Zu diesem Buch

Mit dem rechten Arm griff ich über meine rechte Schulter, packte eine Handvoll Haare, bückte mich blitzschnell nach vorn und riß mit allem, was ich an Kraft aufzubieten hatte. Er machte einen Salto über meine Schulter und krachte mit einem Mordsgetöse in Tante Beas Schaukelstuhl. Das Messer schlitterte über den Boden. Es war ein richtiges Drecksstück, die Klinge kaum länger als siebeneinhalb Zentimeter.

Carlotta kann auch noch als taxifahrende Privatdetektivin von ihren *street fighter*-Qualitäten profitieren, als sie diesen schlanken Blondkopf mit dem markanten Gesicht und den tiefliegenden blauen Augen aufs Kreuz legt. Als Ex-Cop der Bostoner Polizei gehört so etwas zur Routine. Allerdings wird Carlotta bei dieser brenzligen Gelegenheit mal wieder klar, daß sie bei Parallelaufträgen schneller in Schwierigkeiten geraten kann, als ihr lieb ist (siehe oben).

In Fall 1 sucht sie im Auftrag ihres kürzlich suspendierten Freundes Mooney eine Entlastungszeugin. Hauptmerkmale: Wasserstoff-Blondine. Attraktive Nutte. Schlangen-Tätowierung.

Fall 2 beschert ihr eine halbwüchsige Ausreißerin namens Valerie Haslam, Tochter aus gutem Hause und Schülerin der ebenso teuren wie angesehenen Emerson-Privatschule.

In beiden Fällen führen die Spuren in die *Combat Zone,* Bostons üblen Rotlichtbezirk. Keine empfehlenswerte Gegend für Upper-Class-Kids und selbst für so eine abgebrühte Taxifahrerin wie Carlotta kein geeignetes Pflaster.

Linda Barnes, geboren 1949, war Lehrerin für dramatische Künste, ehe sie sich ganz der Schriftstellerei widmete und vier Bücher mit dem Privatdetektiv Michael Spraggue veröffentlichte. Mit «Lucky Penny» (veröffentlicht in «Heimlich, still und mörderisch. Ein Krimilesebuch», Rowohlt Verlag) gewann sie 1985 den Anthony Award für die beste Kurzgeschichte: Es war der erste Auftritt von Carlotta Carlyle. Inzwischen liegen vor: Carlotta steigt ein (Nr. 3264) Carlotta jagt den Coyoten (Nr. 3099), Carlotta spielt den Blues (Nr. 3120), Ein Schnappschuß für Carlotta (Nr. 3250) und in gebundener Ausgabe Carlotta geht ins Netz.

Mit Privatdetektiv Michael Spraggue liegen vor: Blut will Blut (Nr. 3064), Früchte der Gier (Nr. 3262), Marathon des Todes (Nr. 3040) und Zum Dinner eine Leiche (Nr. 3049).

Linda Barnes

CARLOTTA FÄNGT SCHLANGEN

Aus dem Amerikanischen
von Jürgen Bürger

rororo
Rowohlt

rororo thriller
Herausgegeben von Bernd Jost

29.–32. Tausend September 1997

Deutsche Erstausgabe
Veröffentlicht im Rowohlt Taschenbuch Verlag GmbH,
Reinbek bei Hamburg, Oktober 1990

Redaktion Peter M. Hetzel
Umschlagfoto Thomas Henning
Umschlagtypographie Peter Wippermann/Nina Rothfos
Die Originalausgabe erschien 1989 unter dem Titel
«The Snake Tattoo» bei St. Martin's Press, New York

Satz Sabon (Linotronic 500)
Gesamtherstellung Clausen & Bosse, Leck
Printed in Germany
990-ISBN 3 499 42959 4

Carlotta fängt Schlangen

Für Richard –
in Erinnerung an unsere Tochter

DANKSAGUNGEN

Viele Leute waren so freundlich, diesen Roman in verschiedenen Fassungen des Manuskriptes zu lesen, haben Änderungsvorschläge gemacht und mir Ermutigung gegeben, wenn ich sie benötigte. Dies waren hauptsächlich James Morrow, Karen Motylewski, Richard Barnes, Susan Linn, die Ladies, die das Mittagessen machen – ganz besonders Bonni Sunstein –, und Cynthia Mark-Hummel. Ihnen allen gilt mein ganz besonderer Dank.

Außerdem möchte ich meiner Agentin Gina Maccoby für ihre Fähigkeit, ihre Begeisterung, ihre aufrichtige Empörung und Unterstützung meinen Dank aussprechen. Carlotta fühlt sich sehr geehrt, Sie in ihrem Team zu haben.

Der Glaube an eine übernatürliche Ursache
des Bösen ist nicht erforderlich;
die Menschen allein sind zu jeder
Schlechtigkeit durchaus in der Lage.

Joseph Conrad
Under Western Eyes,
Part II (1911)

KAPITEL 1

Ich hätte keinen von beiden Fällen übernehmen sollen. Ganz bestimmt hätte ich nicht beide übernehmen sollen. Wie meine Mutter immer so schön sagte, öfters auf jiddisch als auf englisch: «Du kannst mit einem Hintern nicht auf zwei Pferden reiten.»

Ich aß gerade zu Abend – übriggebliebene Pizza, die ich mit einer Büchse Anchovis ein bißchen aufgepeppt hatte –, als es an meiner Tür klingelte. Ich wartete, hoffte, es würde dreimal klingeln, dann war es nämlich für Roz, aber nach einmal Blöken war Ruhe. Scheint so, als würde es immer nur dann klingeln, wenn ich gerade esse.

Ich schaufelte mir noch schnell eine Gabel rein. Ich hatte Hunger, aber ich konnte es mir nicht leisten, die Klingel zu ignorieren. Die meisten meiner Klienten vereinbaren einen Termin bei mir, aber ich kriege auch einen guten Teil verlorener Seelen ab, die sich an die Gelben Seiten klammern.

Es klingelte wieder.

«Komme!» brüllte ich, hoffte, daß dem zukünftigen Klienten Anchovis-Atem nichts ausmachte. Ich kann es mir nicht leisten, Klienten zu vergraulen. Die Nachfrage nach einem weiblichen Privatdetektiv nimmt zwar zu, aber ich arbeite nebenbei immer noch als Taxifahrerin, um mir solchen Luxus wie *Fancy-Feast* leisten zu können, das einzige Katzenfutter, das T. C. frißt. Ich überlegte, daß es mir mein Klient mehr übelnehmen würde, wenn ich ihn warten ließ, während ich mir die Zähne putzte, als meinen Mundgeruch, also ging ich in die Diele und machte mich an die langwierige Arbeit, die Haustür aufzuschließen, die Riegel zurückzuschieben und die Sicherheitskette abzunehmen, während ich gleichzeitig einen Blick durch den Spion warf.

Es war Mooney. Lieutenant Mooney von der Boston Police.

Cops auf meiner Schwelle können mich nicht weiter umhauen, weil ich früher selbst mal einer war. In einem anderen Leben habe ich für Mooney gearbeitet. Also, eigentlich habe ich für die großartigen Menschen der City of Boston im Commonwealth of Massachusetts gearbeitet, habe sie beschützt und verteidigt. Aber die Leute, mit denen ich meistens zu tun hatte – Einbrecher, Trinker, Drogen-Freaks, Nutten und ausfallende Ehegatten –, waren nicht die aufrechten Bürger, die mich engagierten. Wenn ich das Wort «Boss» benutzte, was ich allerdings so gut wie nie tat, weil es ein Wort ist, das ich absolut nicht ausstehen kann, dann meinte ich damit Mooney.

Ich riß die Tür auf.

«Hat ja lange genug gedauert», sagte er.

«He», sagte ich, «du hättest deine Marke schwenken sollen. Willst du was Pizza?»

«Anchovis?» fragte er, womit er entweder ein enzyklopädisches Gedächtnis bewies, was meine Eßgewohnheiten betraf, oder aber auch einen gut ausgebildeten Geruchssinn.

Ich nickte.

«Nee», sagte er.

«Ich könnte die Anchovis ja auch runternehmen», sagte ich, «aber du schmeckst dann immer noch, wo sie gelegen haben.»

«Ja», sagte er. «Siehst gut aus, Carlotta.»

Ich trug eine zerrissene Jeans und ein altes graues Sweatshirt. Meine Haare befanden sich in einer ihrer typischen völlig-ungebändigt-und-dringend-nötig-mal-wieder-zum-Friseur-zu-gehen-Phasen, daher hatte ich sie einfach mit ein paar Haarnadeln irgendwie hochgesteckt. Ich habe feuerrote Haare – das ist Natur –, und ich wünschte mir für einen flüchtigen Augenblick, ich hätte sie wenigstens kurz durchgekämmt. Außerdem war ich barfuß, was bei mir der Regelfall ist, da Damenschuhe der Größe 43 schwer zu finden sind, und wenn, dann sind sie kaum zu bezahlen. Ich konnte mich nicht erinnern, Make-up aufgelegt zu haben, und ich duftete wie eine Sardelle.

Ich schätze, Mooney hat mich schon in schlimmerer Verfassung gesehen, aber er achtete eigentlich auch gar nicht richtig darauf. Wahrscheinlich hätte ich ihm die Tür in Spitzenunterwäsche aufmachen können, und er hätte mit dem gleichen gedankenverlorenen starren Blick, dem gleichen «Siehst gut aus, Carlotta», gefolgt von einem schnellen «Ich muß mir dir reden» reagiert.

Ich führte ihn in mein Büro, was eigentlich das Wohnzimmer mit einem Rollschreibtisch drin ist.

«Was dagegen, wenn ich ...» setzte ich an.

«Wieso holst du deine Pizza nicht einfach her?» sagte er.

So ist das bei uns. Ich meine, gleichzeitig an dieselbe Sache denken. Das hat manches erleichtert, als ich noch für ihn gearbeitet habe, und manchmal denke ich, er hat mir nie verziehen, daß ich die Polizei verlassen habe.

Als ich aus der Küche zurückkam, zwei Bier und die Pizza balancierend, dachte ich, ich würde Mooney auf der Couch lümmeln oder vielleicht im Schaukelstuhl schaukeln sehen. Ich hatte nicht erwartet, ihn auf dem unbequemen Stuhl neben meinem Schreibtisch hocken zu sehen, der, der den Klienten vorbehalten ist.

Er kümmerte sich um die Biere, während ich die Jalousie meines Schreibtisches hochschob und die Pizza auf einem Stapel abstellte.

«Und auch noch Peperoni», sagte er, rümpfte seine Nase und schüttelte seinen Kopf. «Du mußt Technicolor-Alpträume haben.»

Ich bin in einem koscheren Haus aufgewachsen, ob du's nun glaubst oder nicht. Nicht daß meine Mom besonders fromm gewesen wäre – sie war mehr Gewerkschaftsfunktionärin als Synagogengängerin –, aber das Haus, in dem wir wohnten, hatte meiner Großmutter gehört, und Mom würde niemals ihr Andenken entweihen, indem sie dort Milch und Fleisch zubereitete. Draußen war eine ganz andere Sache, besonders in chinesischen Restaurants, wo Schweinefleisch sonderbarerweise erlaubt war. Ich lebe nicht koscher, würde nicht mal im Traum daran denken, aber irgendwie ist das Gesetz der Beschränkung auf koscher noch nicht zu einem Ende gekommen. Daher besitzen *trayf* Fleisch und Käse den Reiz doppelt verbotener Früchte. Ich liebe Schinken-und-Käse-Sandwiches und über alles Peperoni-Pizza.

«Ich könnte dir ein Sandwich machen», bot ich ihm an.

«Ich hab schon gegessen.»

Mooney führt ein durch und durch geregeltes Leben. Abgesehen von seiner Zeit bei der Army und einer kurzen, unglücklichen Ehe hat er nicht besonders viele Nächte fort von seiner Mutter verbracht. Es ist nicht seine Schuld. Sein Vater ist vor ungefähr vier Jahren gestorben, und Mom zog auf der Stelle in Mooneys Apartment. So läuft das hier bei denen, bei den Bostoner Iren. Kein persönliches Opfer ist zu groß. Selbstlos und reizend. Wahrscheinlich hatte Ma um Punkt sechs abends Fleisch, Kartoffeln und zwei Gemüsebeilagen auf dem Tisch.

«Als du Cop warst», sagte Mooney vorsichtig, so als müßte er sich immer noch klar darüber werden, wie er den Satz zu Ende bringen sollte, «hast du da eine blonde Nutte mit einer Schlangentätowierung gekannt?»

«Eine Schlange?» wiederholte ich. «Wo?»

«Am linken Bein.»

«Im Augenblick wüßte ich nicht.»

«Bist du sicher?»

«Ich bin nicht direkt auf dem neuesten Stand, was die Nutten-Szene betrifft, Mooney. Wieso willst du diese Lady?»

«Ich dachte, ich sollte es dir sagen», er kippte den größten Teil seines Bieres und fuhr dann lustlos fort, «bevor du's aus der Zeitung erfährst.»

Ich hörte auf zu essen, mehr wegen seines Tonfalls als wegen seiner Worte.

«Ich bin suspendiert worden», sagte er.

Ich gab irgendein Geräusch von mir, sagte «häh» oder «Komm schon!» oder irgendwas. Ich konnte nicht glauben, daß ich richtig gehört hatte. Mooney ist der beste Cop, den ich kenne. Er ist clever genug, um es bis zum Police Commissioner zu bringen, und er ist anständig genug, den Job nicht haben zu wollen. Ich habe direkt nach der Polizeiakademie unter ihm gearbeitet, und den größten Teil meiner Karriere bei den Cops haben wir zusammengeklebt.

«Bei Lohnfortzahlung», sagte er. «Bis zum Abschluß der Ermittlungen.»

«Scheiße», sagte ich.

«Ich hätte nie gedacht, daß es mal soweit kommen würde.» Er sprach so leise, daß ich mich vorbeugen mußte, um ihn verstehen zu können. «Ich dachte, die Sache würde direkt aufgeklärt. Sie haben die Geschichte nicht an die große Glocke gehängt, aber es ist jetzt schon drei Tage her, also geben sie es an die Presse. Ich versteh das schon, ich meine, wenn sie es nicht tun, dann sickert's irgendwie so durch und sieht dann noch schlimmer aus, als es ist.» Er starrte das Firmenzeichen auf der Dose an, als wollte er es sich einprägen.

«Was wird denn schlimmer aussehen?» sagte ich. «Was zum Teufel ist überhaupt passiert?»

«Ich dachte, das Department würde sich drum kümmern, aber jetzt... Ach Scheiße, ich weiß nicht. Ich glaube, ich will dich engagieren.»

Ich hoffe, mein Mund war leer, denn mir muß die Kinnlade runtergefallen sein. Bei dir wär das genauso gewesen, wenn du wüßtest, was Mooney über Privatdetektive und andere miese Typen gesagt hat.

Der Mann muß völlig verzweifelt gewesen sein.

Er sah allerdings nicht verzweifelt aus. Er sah müde aus. Mooney ist acht Jahre älter als ich, sieht so langsam die große Vier-Null auf sich zukommen, wie er sich ausdrückt, aber normalerweise denke ich nicht über sein Alter nach, weil er dieses Thema bei seiner Energie und Vitalität beiseite schiebt. Er ist ein großer, schwerer Mann von einsdreiundneunzig und dem Gewicht eines Football-Verteidigungsspielers, hat ein rundliches Gesicht, dunkle Haare und intelligente braune Hab-schon-alles-gesehen-Augen. Mit seinen konservativen Hemden und Tweedsakkos könnte er leicht als College-Professor durchgehen, wenn da nicht seine Arme und Schultern wären. Er hat Bizepse von der Sorte, wie man sie nicht durch Vorlesungen kriegt.

Heute abend hatte er dunkle Ringe unter den Augen. Sein Hemd war zerknittert, so als hätte er drin geschlafen. Zum Teil lag das sicher an seinen herabhängenden Schultern, aber ich fragte mich, ob er wohl auch Moms Mahlzeiten stehengelassen hatte.

Ich nahm einen Bissen von meiner Pizza und kaute. Wenn ich es irgendwie vermeiden kann, lasse ich keine einzige Mahlzeit aus. Natürlich ist meine Definition des Wortes *Mahlzeit* ziemlich locker. Mooney starrte versonnen die Büchse *Rolling Rock* an.

«Noch eine?» fragte ich.

«Nein.»

«Erzählst du mir was über diese Sache?»

Er musterte seine Fingernägel, dann den Schreibtisch, dann das Zimmer. Er ist auch früher schon in meiner Wohnung gewesen, aber dieses Mal machte er richtig Inventur, registrierte das abgewetzte Samtsofa, den Fleck auf Tante Beas Lieblingsschaukelstuhl, die leichten Kratzspuren der Katze auf den Mahagoni-Beistelltischchen. Ich habe schon gesehen, wie er Tatorte von Verbrechen auf die gleiche Weise kurz inspiziert hat. Er stand auf und ging bis zu dem Sittichkäfig, wanderte dann auf und ab, als würde er die Polsterung unter dem Orientteppich testen. Schließlich nahm er ein silbergerahmtes Foto vom Couchtisch.

«Wie geht's Paolina?» fragte er.

Bei der Erwähnung von Paolina mußte ich lächeln. Eine reine Reflexhandlung. Mooney weiß das, und wenn er mich ablenken wollte, dann hatte er den richtigen Weg dazu gefunden. Paolina ist meine kleine Schwester. Nicht meine richtige Schwester; ich bin Einzelkind. Als ich noch Cop war, bin ich dieser Organisation beigetreten, den *Big Sisters*. Sie weisen einem ein Mädchen zu, das einen älteren Freund braucht, eine Ersatzschwester. Ich hatte Glück. Ich bekam Paolina. Sie ist heute zehneinhalb. Es ist jetzt schon mehr als drei Jahre her, seit es mir dieses verängstigte, schmale Gesicht und diese riesigen dunklen Augen angetan haben.

«Gute Aufnahme», sagte er.

«Ich hab gestern erst einen Brief bekommen», sagte ich. «Ich hatte schon angefangen, mir Sorgen zu machen.»

Angefangen, mir Sorgen zu machen, ha! Ich stand am Rande der absoluten Panik, als ich schließlich den Brief aus Bogotá erhielt. Auf dem Umschlag waren jede Menge Stempel, ganz zu schweigen von einem fetten ENTREGA IMMEDIATA, weswegen man eigentlich meinen sollte, die Post hätte weniger als drei Wochen dafür benötigen müssen, den Brief zuzustellen. Ich mußte ihn nicht erst aus der Tasche nehmen, um mich zu erinnern, was darin stand.

> *Liebe Carlotta,*

Paolina ist zweisprachig, aber bei mir hält sie sich immer an Englisch. Sie hat eine fürchterliche Klaue, und ihre Rechtschreibung ist oft ziemlich ungewöhnlich. Sie hatte sich wirklich richtig Mühe gegeben, hatte Linien auf das Papier gezogen, um die Sätze in einer Reihe zu halten, und anschließend hatte sie versucht, die Linien wieder auszuradieren, wobei sie auch ein paar Worte verschmiert hatte.

> *Im Flugzeug war's lustig und ein bißchen unheimlich. In Bogotá ist es überall total voll. Es gibt hier Kühe, die auf der Straße rumlaufen, und Hühner. Der Mann, den sie meinen Großvater nennen, ist sehr krank. Du fehlst mir.*
>
> *Ich liebe dich,*
> *Paolina*

«Ihr geht's gut», sagte ich zu Mooney. «Aber ich weiß nicht, wann sie zurückkommt.»

Marta, Paolinas verrückte kolumbianische Mutter, hatte mich vor fünf Wochen angerufen. Ihr Vater in Bogotá war krank geworden, und sie mußte ihn unbedingt noch mal sehen, bevor er starb. Und sie mußte Paolina mitnehmen, ihre Älteste, weil Popi sich an Paolina erinnern würde. Weitere Einzelheiten erfuhr ich nicht, weil Marta nicht besonders viel Englisch spricht, und mein Spanisch ist ziemlich bescheiden.

Ich habe dieses Gespräch noch ziemlich oft in meinem Kopf abspulen lassen. Soweit ich weiß, kommen Marta und ihre Familie nicht besonders miteinander aus. Solange ich sie kenne, hat sie weder mit ihnen noch über sie gesprochen. Vielleicht spielte ja Geld bei der ganzen Sache eine Rolle, eine Erbschaft oder so. Das würde erklären, warum Marta so hartnäckig darauf bestanden hatte, Paolina mitzunehmen. Ein flüchtiger Blick auf das Mädchen, und ich würde ihr meine Millionen sofort überschreiben, wenn ich sie hätte. Okay, ich gebe zu, ich bin voreingenommen.

Ich mußte Paolina zwei Dinge versprechen, bevor sie abreiste. Erstens, daß ich mit dem Sittich weiter Spanisch paukte. Paolina und ich haben einen permanenten Streit, was den Vogel betrifft. Sie, der Vogel, hat mal meiner verstorbenen Tante Bea gehört, die ihr in einem Augenblick mangelnder Kreativität den Namen *Fluffy* verpaßt hat. Als ich Haus und Vogel erbte, taufte ich den Wellensittich sofort um. Heute heißt sie nach der berüchtigten Anarchistin aus den zwanziger Jahren Red Emma. Emma Goldman war eine der Heldinnen meiner Mom und auch von mir. Paolina gefällt der Name nicht, weil, wie sie durchaus sehr richtig bemerkt, Red Emma nicht rot, sondern grün ist. Also nennt Paolina den Vogel Esmeralda.

Der Wellensittich, selbst an seinen besten Tagen alles andere als clever, hat in seiner Verwirrung gleich ganz aufgehört, noch was zu sagen.

Das andere Versprechen war, daß ich keine andere kleine Schwester bekommen würde, während sie fort war. Der Gedanke ist mir nie gekommen. Paolina ist meine kleine Schwester, gleichgültig wo auch immer sie ist.

«Sie wird zurückkommen», sagte Mooney leise.

«He, tut mir leid», sagte ich.

«Ich glaube, ich erzähl's dir jetzt wohl besser.»

Während ich von Paolina geträumt hatte, mußte er wohl so was wie eine geistige Münze geworfen haben. Sie hatte auf ihrer Kante geschwankt, war dann zu meinen Gunsten umgefallen. Er stellte Paolinas Foto wieder auf den Couchtisch, kam zurückgeschlendert und setzte sich.

Ich wartete.

«Es war Samstag abend», begann er, wechselte zu der Stimme über, die er immer benutzte, um Berichte vorzulesen und Befehle zu geben. «Auf dem Nachhauseweg bin ich kurz auf einen Drink ins *Blue Note* gegangen.»

Er warf mir einen Blick zu, aber ich behielt einen völlig ausdruckslosen Gesichtsausdruck. Das *Note* ist eine Bar in der *Combat Zone*, das ist unser Bostoner Amüsierviertel, ein mieser Abschlepperladen, wo sich die Nutten versammeln.

Nicht daß er mir eine Erklärung schuldig wäre. Mooney und ich hatten nie was miteinander. Wir sind uns schon verdammt nahegekommen, aber ich ziehe mich immer zurück. Ich war schon mal verheiratet, ich hatte eine Menge Lover, und ich betrachte mich als aus dem Mann-Frau-Geschäft zurückgezogen. Um die Wahrheit zu sagen, ich werde einfach nicht mehr schlau draus.

«Ich genehmigte mir einen Drink», fuhr Mooney fort. «Ein Bier vom Faß, und ich bestellte mir noch eins. Diese Frau – also, sie hat sich an mich rangemacht. Ich war nicht im Dienst oder so. Ich hatte sie noch nie gesehen. Ich vermute, sie ist neu im Gewerbe. Jung. Eine Ausreißerin. Vietnamesin, also versuche ich mich an Wörter und Ausdrücke zu erinnern, die ich drüben aufgeschnappt habe, aber besonders viel fällt mir nicht mehr ein. Verdammt, wer will sich auch schon erinnern? Sie hat's nicht forciert, hat mir keine unmißverständlichen Angebote gemacht. Ihre Anmache war, wie's in jeder Singles-Bar oder so läuft. Wenn sie noch weitergegangen wäre, würde ich mich zu erkennen gegeben haben müssen, aber ich glaube eigentlich nicht, daß ich sie eingelocht hätte. Ich hätte sie gewarnt, sich nicht an Männer ranzuschmeißen, die glänzende schwarze Schnürschuhe tragen.»

Ich grinste über seine Beschreibung des typischen Cop-Schuhwerks, aber ich sagte nichts, weil Mooney seinen Bericht der Kaminuhr zu erstatten schien. Ich kaute leise, wollte ihn nicht daran erinnern, daß ich auch noch im Raum war.

«Ich hab mit ihr geredet», fuhr er fort, «einfach nur geredet, und dann packt mich irgend so ein Bursche bei der Schulter und schleudert mich durch den halben Raum. Nachdem ich wieder einigermaßen klar denken konnte, bemerke ich, daß der Kerl die Frau anschreit, und ich denke, das ist dann wohl ihr Loddel, und er hat mich als Cop erkannt, und er ist sauer auf sie. Mir hätte klar sein müssen, daß er mich nicht auf diese Weise von ihr weggerissen haben würde, wenn er gewußt hätte, daß ich ein Cop war...»

Er streckte seine Hand aus und nahm sich ein Stück von der Pizza, entfernte sorgfältig die Anchovis und legte sie auf ein anderes Stück. Ich nickte, um ihm zu zeigen, daß es okay war. Doppelte Portion Anchovis war mir recht, und es war genug Pizza für uns beide da. Zwei Minuten lang war unser Kauen das lauteste Geräusch im Zimmer.

«Und dann fängt er an, das Mädchen hin und her zu schütteln», sagte Mooney. «Er hat sie nicht geschlagen, sondern bedroht. Also gehe ich dazwischen, und er zieht ein Messer. Ich weise mich als Cop aus. Ich meine, ich kann mich genau daran erinnern, wie ich mitten in dieser Scheiße sage: ‹Boston Police, legen Sie die Waffe weg›, und dabei komme ich mir wie der letzte Trottel vor. Er scheint mich nicht gehört zu haben. Mir fällt kein einziges Wort Vietnamesisch mehr ein, das ich jemals konnte. Ich ziehe meine Kanone, aber auf gar keinen Fall würde ich schießen. Zu riskant mit den anderen Leuten in der Nähe. Der Bastard greift mich an. Wir zappeln hin und her, stoßen ein paar Gläser von der Theke. Leute brüllen und rennen durch die Gegend, aber ich kann mich nur auf diese verdammte Hand und das Messer konzentrieren. Er kommt ziemlich dicht an mich ran, aber er ist kein besonders guter Kämpfer. Und trotzdem, er greift weiter an. Er verfehlt mich um eine Meile, und ich verpasse ihm ein Ding mit dem Knauf meiner Kanone. Er geht zu Boden. Ich lege ihm Handschellen an und lese ihm seine Rechte vor. Von da an läuft alles nach Vorschrift.»

«Klingt doch okay so», wagte ich nach einer langen Pause zu sagen. Ich fragte mich, ob Mooney wohl nicht schon früher zu mir gekommen ist, weil's um das Aufreißen einer Frau geht. «Klingt doch nach einer ganz ordentlichen Festnahme.»

Mooney gab ein Geräusch von sich, das wohl ein Lachen hatte sein sollen, aber es lag auch nicht die Spur Humor darin. «Der Bursche hat einen Schädelbruch. Er liegt jetzt im New England Medical

Center, und sein Zustand ist ziemlich schlecht. Er ist ein gottverdammter Vorsitzender der vietnamesischen Gemeinde von Dorchester. Die Frau, das Mädchen, das ich für eine kleine Ausreißerin und Nutte gehalten hab, das war seine Frau. Sie schwört, daß er kein Messer hatte. Kein Mensch außer mir hat ein Messer gesehen, und er hatte auch keins bei sich, als sie ihn ins Krankenhaus brachten, und in der Bar hat auch niemand eins gefunden. Sie sagen, er spricht kaum ein Wort Englisch. Und kein Mensch in der Bar hat auch nur einen Furz gesehen. Der Barkeeper nicht, die Betrunkenen nicht. Im Augenblick wird es noch unangemessene Brutalität genannt, aber es könnte erheblich schlimmer werden, falls er …»

«Stirbt?» sagte ich, als Mooney verstummte.

«Ja», sagte er. «Stirbt.»

Ich stand langsam von meinem Stuhl auf, ging in die Küche und machte zwei neue Büchsen auf: ein Bier, eine Pepsi. Das Bier stellte ich auf den Schreibtisch. Mooney nahm einen tiefen Schluck.

«Weißt du, Carlotta», sagte er, «ich bin diese Sache im Geist schon so oft durchgegangen, daß ich manchmal glaube, ich müßte verrückt werden. Ich geh's wieder und wieder durch, und nie scheint sich was daran zu ändern, aber wenn das BPS mich deswegen befragt, komme ich mir vor, als stünde ich auf der anderen Seite eines Spiegels oder so, oder als würde ich in einer Fremdsprache reden.»

Das BPS ist das *Bureau of Professional Standards*. Auch als Dienstaufsicht bekannt.

«Tut mir leid», sagte ich, weil ich nicht wußte, was ich dazu sonst sagen sollte.

«Ich muß immer wieder an die Zeitungen denken, Carlotta. Bei all den Schwierigkeiten, die das Department in letzter Zeit hatte, werden sie mich doch in der Luft zerreißen. Es wird auch nicht ganz speziell mein Fall sein. Verdammt, ich werde stellvertretend für all die miesen Cops in dieser miesen Stadt stehen. Jeder einzelne im gottverdammten Stadtrat wird eine Meinung zu dieser Sache haben. Der Bürgermeister. Jeder einzelne gottverdammte Bewerber um ein öffentliches Amt. Sie werden mich einen Rassisten und einen Faschisten und Gott weiß was zum Teufel noch alles nennen.»

Er hatte recht. Es war für einen Cop nicht direkt die beste aller Zeiten, die Aufmerksamkeit der Öffentlichkeit auf sich zu lenken. Die Polizei von Boston ist nicht besser oder schlechter als die Polizei anderer Städte, doch in letzter Zeit haben die Zeitungen einen Skandal nach dem anderen aufgedeckt. Als erstes war da die Enthüllung, daß es Cops waren, die den Millionenraub auf die Medford Trust Bank durchgezogen haben. Dann folgten die verschiedenen Geständnisse besagter Cops, Männer, die nicht imstande zu sein schienen, ihren Mund zu halten, nachdem ihnen erst einmal Straffreiheit zugesagt worden war. Neben anderen riskanten Taten hatten sie Prüfungsunterlagen zur Einstellung in den Polizeidienst gestohlen. Sie waren ins Polizeipräsidium eingebrochen, hatten für ihre Kumpel die Noten ein bißchen beschönigt, für andere, die sie nicht leiden konnten, ein bißchen schlechter gemacht. Die Presse nannte das den «Test-Schwindel». Jetzt waren Gerüchte im Umlauf, daß Cops Bestechungsgelder zum «Schutz» von Bars annahmen und diese dann, was noch schlimmer war, noch nicht mal beschützten. Den Zeitungsfritzen war dafür bislang noch kein eingängiger und griffiger Slogan eingefallen, aber irgendwas mit «Skandal» oder «Schwindel» würde schon bald auftauchen.

«Also», sagte Mooney und atmete dabei tief aus, «hatte ich gehofft, du würdest diese Zeugin vielleicht kennen. Sie muß die ganze Sache einfach gesehen haben. Eine Wasserstoffblondine. Nutte. Sieht gut aus, ist aber kein ganz junges Mäuschen mehr. Vor allen Dingen erinnere ich mich an ihre Tätowierung, es war eine Schlange. Sie kringelte sich vom Knöchel um ihr Bein rauf, und sie hat einen kurzen Lederrock getragen.»

«Dürfte nicht zu schwer sein, sie zu finden», sagte ich. «Eine Schlangentätowierung, sagst du.»

«Genau das hab ich auch gedacht. Ich war mir absolut sicher, daß die Sitte mir auf Anhieb sagen könnte, wer sie ist, oder daß sie sie wenigstens in ihren Akten hätten. Sie haben Rosenknospen, Herzen, schmutzige Wörter und Schmetterlinge, aber keine Schlangen. Und kein Mensch scheint sie zu kennen. Und jetzt bin ich draußen. Ich kann mich nicht mal mehr auf dem laufenden halten, weiß nicht, wer nach ihr sucht. Ich bin absolut draußen.»

Ich sagte: «Ist dir sonst noch jemand aufgefallen?»

«Sie ist diejenige, an die ich mich am besten erinnere. Der Barkeeper war ein rotblonder Knabe mit einer dicken Wampe. Sonst waren nicht besonders viele Leute da. Du kennst doch selbst die Gäste von diesen Bars. Sobald die einen Cop erspähen, verschmelzen sie mit der Einrichtung.»

Von oben kam ein lauter Knall. Ein Geräusch, an das ich mich zu gewöhnen begann.

«Übt Roz wieder Karate?» fragte Mooney. Das war keine klugscheißerische Bemerkung. Roz, meine Mieterin, ist begeisterter Fan des Kampfsports, ganz zu schweigen von Kampfsporttrainern.

«Klempner», sagte ich, als das Knallen weiterging.

«Probleme?»

«Das Bad wird renoviert.»

«Die Geschäfte scheinen gut zu laufen.»

Ich ließ ihn in dem Glauben. Von oben kam weiteres Donnern und dumpfes Schlagen. Es hörte sich an, als würde Gott Bowling spielen.

«Und, wie sieht's aus?» fragte er.

«Du brauchst sie, ich werde sie finden, Mooney.»

«Also okay», sagte er, schaffte es, gleichzeitig besorgt und erleichtert zu klingen. Er lehnte sich zur Seite, um seine Brieftasche hervorzuziehen. «Reicht ein Hunderter als Vorschuß?»

«Das geht auf Kosten des Hauses», sagte ich.

«Nimmst du auch einen Scheck?»

«Lies es mir von den Lippen ab, Mooney. Auf Kosten des Hauses.»

«Ich bin kein Fall für die Wohlfahrt.»

«Ich biete dir auch keine Almosen an. Eine Hand wäscht die andere, wie immer.»

«Das galt damals, als du noch Cop warst.»

«Hat sich nichts geändert.»

«Die Sache ist zu groß für einen Gefallen», sagte er.

«Willst du drauf wetten?» sagte ich. Wetten ist eine alte Tradition zwischen Mooney und mir. Wieder etwas, das wir beide gemeinsam haben: Wir hassen es beide zu verlieren. «Wann findet das Hearing statt?»

«Am sechsundzwanzigsten. Heute in zwei Wochen.»

«Wenn ich sie vor deinen Cop-Kumpeln finde – und vor der Verhandlung –, bezahlst du. Wenn ich sie nicht finde oder wenn ich sie nicht zuerst finde, war's gratis.»

«Hör mal, Carlotta, ich habe vollstes Vertrauen in die Polizei...»

«Ja, klar», sagte ich.

«Keine Wette», sagte er. «Ich bezahle, ob du sie findest oder nicht.»

Mooney verdient nicht gerade das große Geld. Und was seine Mom vom Sozialamt kriegt, ist zum Sterben zuviel und zum Leben zuwenig.

«Hör mal», sagte ich, «wenn du glauben würdest, daß die Cops sie als erste finden, dann wärst du doch jetzt wohl nicht hier, richtig?»

Die Rohre rumpelten bedrohlich.

«Richtig», sagte er gedrückt. «Wie ich schon sagte, ich dachte, die Sitte würde sie innerhalb von vierundzwanzig Stunden schnappen, aber jetzt...»

«Dann verlaß dich auf dein Gefühl, Moon. Genau deshalb bist du ein guter Cop.»

Beinahe hätte er gelächelt. Ich schätze, er ist schon eine ganze Weile nicht mehr ein guter Cop genannt worden.

«Tja, wenn wir hier von einer Wette reden», sagte er schon ein bißchen schwungvoller, «dann laß uns doch den Einsatz erhöhen. Wenn du sie zuerst findest, bezahle ich dir, was ihr Privatschnüffler heutzutage eben aus euren Klienten herauspreßt. Aber wenn du sie nicht zuerst findest – und ich dann noch nicht im Bau sitze –, dann, äh, gehst du mit mir aus. Und ich meine ein richtiges Date, nicht nur auf ein Eis.»

Als ich noch Cop war, haben Mooney und ich so gut zusammengearbeitet, daß ich nicht mal im Traum daran dachte, mit ihm auszugehen. Nachdem ich jetzt Privatmann war, nicht mehr zu seinen Untergebenen gehörte, lädt er mich ziemlich oft ein. Und ich lehne immer ab. Irgendwann mal hab ich beschlossen, daß er ein zu guter Freund ist, um das durch eine Affäre aufs Spiel zu setzen.

Oder vielleicht höre ich auch nur die Stimme meiner Mutter. «Laß dich nie mit einem Cop ein», war wieder einer ihrer Lieblingssprüche. Sie hatte einen geheiratet – meinen Dad –, daher wußte sie, wovon sie sprach.

«Wie wär's, wenn du mich mit Eishörnchen bezahlst?» schlug ich vor.

«Im Ernst», sagte er. «Ein Date.»

«Laß uns das hier bei einer reinen Geschäftsbeziehung belassen, okay?» sagte ich.

«Dann gibt's keine Wette. Ich bezahle dich für deine Zeit.»

«Dann nehme ich den beschissenen Fall nicht an.»

«Komm schon, Carlotta. Was hast du schon zu verlieren?»

«Meine Unschuld jedenfalls nicht, Moon. Was würde deine Mom dazu sagen?»

«Ich werde sie sofort danach fragen, wenn ich nach Hause komme, Carlotta.»

«Hör mal, Mooney.» Ich biß mir innen auf die Wange, um nicht laut loslachen zu müssen. Laut Mooney hat seine Mutter keinen Humor, Punkt. «Laß mich das auf meine Art machen. Ich brauche dein Geld nicht im voraus. Ich nage nicht am Hungertuch. Es geht mir ganz gut. Ich habe ein Dach über dem Kopf und einen zahlenden Mieter.»

Sogar kostenlose Hilfe bei den Installationen. Was ich allerdings nicht erwähnte, weil es mir irgendwie nicht wie ein Vorteil vorkam.

«Mach dir doch nichts vor, Carlotta», sagte Mooney, «du verdienst nicht genug damit. Du fährst nachts dieses bescheuerte Taxi. Das ist gefährlich.»

«Es macht mir aber Spaß, mit diesem bescheuerten Taxi zu fahren.»

Mooney ist stur, und ich bin noch sturer. Wir beackerten das Thema eine Weile und ließen die genauen Bedingungen der Vereinbarung am Ende offen. Er bestand darauf, eins von meinen Standard-Klientenformularen zu unterschreiben, und ich ließ ihm seinen Willen.

Ich dachte, ich könnte es ja immer noch jederzeit wieder zerreißen.

KAPITEL 2

Wenn die *Twin Brothers Plumbing Company* nicht gewesen wäre, wäre ich, kurz nachdem Mooney gegangen war, ins Bett gegangen. Wie sich's dann aber ergab, kauerte ich zwei Stunden später auf dem Fahrersitz eines *Green & White Cab*, starrte eine Gasse in der *Combat Zone* runter, versuchte, nicht zu erfrieren. Gestern erst hatte Boston die Gläubigen mit einem Mords-April-Schneesturm belohnt, bei dem die Einheimischen noch mal gründlich über Kalifornien nachdachten. Nicht ich. Ich schaufel lieber die Osterglokken aus, als mich mit hellsehenden Nachbarn und dem einen oder anderen Erdbeben abzufinden.

Frühlingsblumen heiterten meine Gasse jedenfalls nicht auf. Ich hatte an der Stelle geparkt, wo sie auf die Straße mündet, neben einem Hydranten. Die schmale Straße war mit zerschlagenen Weinflaschen, fettigen Hamburger-Verpackungen und matschigen Schneehaufen verziert. Ich verschränkte meine Arme und wünschte mir eine wärmere Jacke, während ich meine Augen über die baufällige Feuerleiter einer dreistöckigen Absteige wandern ließ. Damals, als ich noch Cop war und die *Zone* zu meinem Revier gehörte, hatte ein Zuhälter namens Renney seinen Stall hier untergebracht. Janine war eine seiner Stuten. Und sie mußte ich jetzt finden, um zu überprüfen, ob meine Ahnung richtig war.

Ich verlagerte mein Hinterteil. Gloria, die furchterregende Funkerin von *G & W*, gab einem Fahrer, der in letzter Minute noch aufkreuzte, nicht die bequemen, neuen Cabs mit den Schalensitzen. Sie hatte mir die beste, um 10.37 abends kurzfristig zur Verfügung stehende Karre gegeben. Ich tat den Bostonern einen großen Gefallen, indem ich die Schleuder für ein paar Stunden aus dem Verkehr zog.

Weißt du, kaum war Mooney gegangen, rannte ich auch schon nach oben, um zu sehen, was die Klempner machten. Großer Fehler.

Also, jetzt erzähl ich mal was über die *Twin Brothers Plumbing Company*.

Twin Brothers gehört nicht etwa zwei Zwillingsbrüdern oder überhaupt irgendwelchen Brüdern. Der eine Bursche ist schwarz, der andere weiß; einer klein, der andere groß. Und beide sind stockdoof. George, möglicherweise der dümmere der beiden, hatte mich vor zwei Monaten engagiert, um eine Serie von Diebstählen in seiner Firma zu untersuchen. Er hatte nichts über meine feineren Qualitäten in den Zeitungen gelesen oder war von meinen alten Kumpeln bei der Boston Police zu mir geschickt worden. Er hatte noch nicht mal meine große rote Anzeige in den Gelben Seiten gesehen. Roz hatte ihn zu mir geschickt.

Roz, eine Punk-Rock-Künstlerin, wohnt in der Mansarde meines alten viktorianischen Hauses in zwei halbfertigen Zimmern, die sie in einem reizenden Mattschwarz gestrichen hat. In ihrem Wohnzimmer stehen kitschige Möbel und fünf Fernseher; ihr Schlafzimmer ist komplett mit Gymnastikmatten ausgelegt. Roz macht Karate, extrem seltsame Klamotten aus Acryl, und sie färbt jede Woche ihre Haare in einer anderen Farbe. Außerdem kümmert sie sich um die anfallende Hausarbeit. Als Gegenleistung für letzteres bekommt sie eine gewaltig heruntergesetzte Miete für eine Wohnung in Spuckweite zum Harvard Square.

Als Roz mir einen Klienten besorgte, hätte ich den Ärger sofort riechen müssen.

Also, ich siebe meine Klienten nicht auf ihren Grips hin, weil meine Klienten nämlich, ganz ehrlich, nicht so reichlich sind, daß ich sie scharenweise wegschicken könnte. Vor zwei Monaten war ich wirklich erfreut gewesen, George vor meiner Tür zu sehen, brannte förmlich darauf, von seinen fehlenden U-Rohren, Schraubenschlüsseln und Rohrreinigungsspiralen zu hören.

Ich habe *Twin Brothers Plumbing* elf kalte Nächte lang überwacht, bevor Georges jugendlicher Cousin beschloß, sich mit ein paar Kupferrohren zu bedienen. Eigentlich hatte ich vorgehabt, nur Fotos zu schießen, aber das Kid war zierlich, kleiner noch als ich, und er sah nicht danach aus, als hätte er den Mumm, sich groß zu wehren. Also habe ich ihn mit einem meiner besten Volleyballsprünge angegriffen, nur um sehr schnell herauszufinden, daß ich ihn unterschätzt hatte. Der Blödmann kämpfte, packte eine Handvoll meiner Haare und haute mir aufs Auge. Ich hielt fest, dämpfte seinen jugendlichen Enthusiasmus mit ein paar Metern Seil und stellte ihn den Gentlemen vor, die er beklaut hatte. Und an diesem Punkt hätte der Ärger eigentlich aufhören sollen. Nichts als Ruhm und Ehre und einen dicken Scheck, richtig? Statt dessen fing damit der Ärger erst an.

Weil nämlich George nicht wollte, daß ich einen Familienangehörigen schnappte. Georges Herz hing nämlich eigentlich daran, einem gewissen Elisha Johnson eine Falle zu stellen, einem armen Schwein von einem Angestellten, der sich nichts anderes hatte zuschulden kommen lassen, als Georges Schwester schöne Augen zu machen. Und ungefähr zu diesem Zeitpunkt kam ich auch dahinter, daß *Twin Brothers Plumbing* so tief in den roten Zahlen steckte, daß sich daran auch nichts ändern würde, wenn ich ihren Dieb schnappte. Für den Laden zeichnete sich der Bankrott drohend ab, und ich stand auf einer langen Liste von Gläubigern ganz weit unten. Es sah ganz danach aus, als würde ich meinen armseligen Vorschuß nehmen und den Rest unter Erfahrung abschreiben müssen.

Aber George, der große, blöde weiße Bursche mit seiner Schwester, und Rodney, sein kleiner kaffeebrauner Partner, waren auf ihre Art schon ehrlich. Sie boten an, ihre Schulden zum Tausch abzuarbeiten. Ein unwiderstehliches Angebot, richtig – besonders wenn man sich erst kürzlich nach den Preisen für Installationsarbeiten erkundigt hatte. Ich meine, wer braucht schon keinen Klempner? Ich schlug bereitwillig in den Handel ein, da mein altes viktorianisches Haus zwar jede Menge Charme und eine wunderbare Lage besitzt, dafür aber um so weniger modernen Komfort. Die Toilette auf dem ersten Stock gluckert, das Waschbecken ist angeschlagen und gesprungen, die Badewanne ist für Liliputaner, und auf dem Boden, der alles andere als eben ist, sammeln sich in der hinteren Ecke die Wollmäuse. Ich hatte Visionen von glänzenden Fliesen, geschmackvollen Tapeten. Verdammt, vielleicht sogar ein Jacuzzi.

Und jetzt mußte ich am eigenen Leib erfahren, wieso *Twin Brothers Plumbing* pleite ging.

Ich hatte beigefarbene Fliesen haben wollen. Die Kacheln, mit denen sie bei mir aufkreuzten, waren so dunkelbraun, daß sie schon praktisch schwarz waren. Ich wollte eines dieser Sockelwaschbekken. Sie kamen mit einem kistigen Ding mit eingebautem Schränkchen an, und das Ganze dann auch noch in, und das ist wirklich kein Quatsch, Neonorange.

So. Eigentlich kann ich ganz gut nein sagen. Aber ich hatte nicht mit Roz gerechnet. Roz ist nicht einfach nur ein Mieter. Sie ist gelegentlich meine Assistentin und, was erheblich wichtiger ist, meine Putzfrau. Ich brauche sie. Ich hasse Hausarbeit. Weil sie Künstlerin ist, wenn auch von der Punk-Sorte, und weil ich dankbar war, daß sie mir Klienten zugeschustert hatte, obwohl die sich dann als ziemliche Versager rausstellten, hatte ich ihr versprochen, daß sie bei der Neugestaltung des Bades mit den *Twin Brothers* zusammenarbeiten könnte.

Mir hätte klar sein müssen, nachdem ich die Burschen erst mal gesehen hatte, daß man Roz' Urteilsvermögen nicht trauen konnte, worin das auch immer im einzelnen bestand.

Roz hat im Grunde einen erbärmlichen Geschmack, was Männer angeht; das heißt, sie beurteilt sie rein nach ihren äußeren Reizen. Ein guter Body ist für Roz alles, daher ist es nicht schwer zu erraten, wie sie die *Twin Bros* kennengelernt hat. George, der große Knabe, hat Muskeln, oder zumindest sieht er aus, als hätte er Muskeln, bis man Rodney sieht, den kleinen Burschen, der wirklich Muskeln hat. Sie beide eroberten Roz' nichtmonogames Herz und, wie es nun mal ist, ihr künstlerischer Sinn blieb dabei auf der Strecke.

Daß die zwei Brüder beide verheiratet sind, jeder mit einer Frau namens Marie, hoffentlich nicht dieselbe Frau namens Marie, spielt für Roz dabei nur eine sehr geringfügige Rolle. Also ich, ich lasse mich nie mit verheirateten Burschen ein. Das Leben ist auch so schon hart genug.

Ein Schatten bewegte sich über das Fenster oberhalb der Feuerleiter, und ich richtete mich auf. Es war eine magere graue Katze, in deren Augen sich das grelle Licht aus dem Fenster fing und sie wie Warnblinklichter aufleuchten ließ.

Ich löste meinen Griff um das Lenkrad und entspannte meine zusammengebissenen Zähne. Solche Folgen kann es haben, wenn ich nur über *Twin Brothers Plumbing* nachdenke. Ich gelangte zu der Ansicht, daß es ein kluger Schritt gewesen war, aus dem Haus zu stürmen. Andernfalls hätte ich nämlich die Kacheln (immer noch die falsche Farbe), das Waschbecken (ein neuer, merkwürdiger Avocado-Farbton) und die beiden Handlanger aus dem Badezimmerfenster geworfen. Vielleicht wären sie in einer Schneewehe gelandet. Vielleicht auch nicht.

Ich kuschelte mich tiefer in meine viel zu dünne Jacke. Wenn ich an mehr als nur an Flucht gedacht hätte, dann hätte ich mir statt meiner alten wollenen Seemannsjacke meinen Parka geschnappt. Ich stieß meine Hände in die Taschen. Kein Handschuhe.

Wenn ich noch mal zurückgegangen wäre, um mir Handschuhe zu holen, hätte ich sie gefeuert. Wenn ich sie gefeuert hätte, würde ich für alle Ewigkeit mit einem unvollendeten Badezimmer leben müssen – keine Toilette, kein Waschbecken, keine Badewanne. Wenn ich sie gefeuert hätte, dann hätte mir das leid getan. Noch mehr leid getan. Es tat mir ja jetzt schon mehr als genug leid, jemals von *Twin Brothers Plumbing* gehört zu haben.

Das linke Vorderfenster des Taxis ließ sich nicht ganz schließen, daher blies mir ein Sturm kräftig ins Ohr. Die Heizung war so schwach, daß eine Decke auf der Rückbank zur Standardausrüstung gehörte. Da das Taxi die durch Bostoner Gesetz vorgeschriebene Trennscheibe besaß, bestand die einzige Möglichkeit, wie ich mir die Decke schnappen konnte, darin, auszusteigen, die hintere Tür zu öffenen und im großen und ganzen auf mich aufmerksam zu machen. Bislang hatte ich der Versuchung widerstanden. Jede halbe Stunde ließ ich den Motor laufen, ließ die Heizung ein bißchen laufen und kam damit erst mal wieder aus. Ich versuchte, mir warme Gedanken zu machen.

Ein Taxi ist ein gutes Fahrzeug bei Observierungen, fast, aber nicht ganz vergleichbar mit einem Lieferwagen von einer Telefongesellschaft. Die Leute achten nicht besonders auf Taxis, sofern sie gerade keine brauchen, und Leute, die sich immer Taxis ranwinken, beachten nur solche, die anhalten. Fußgänger und andere Fahrer gehen immer davon aus, daß Taxifahrer rücksichtslos und unberechenbar sind und dazu neigen, urplötzlich und ohne Vorwarnung mitten auf der Straße zu wenden. Taxis verschmelzen irgendwie mit der Umgebung.

Hinter dem Steuer eines Taxis verschmelze ich ebenfalls mit der Umgebung, was für einen einsfünfundachtzig großen Rotschopf, der dünn genug ist, daß jeder einzelne Zentimeter zählt, einen echten Reiz haben kann. Wenn ich fahre, trage ich eine alte Schlägermütze, unter der ich meine Haare verstecken kann, und da ich sitze, können die Leute auch keine blöden Bemerkungen über die Qualität der Luft hier oben machen. «Meine Güte, für eine Frau sind Sie aber ziemlich groß», sagen die Leute immer zu mir, wenn ich stehe, als ob mir das nicht auch schon aufgefallen wäre.

Ich fahre gern Taxi. Das Taxifahren hat mich durchs College gebracht, ohne als Kellnerin arbeiten zu müssen, und außerdem habe ich dabei gelernt, wie ich mich durch die Stadt fortbewegen kann, ohne auch nur einmal an einer roten Ampel warten zu müssen. Spät nachts auf den Straßen Bostons fühle ich mich zu Hause. Es macht mir Spaß, die schnellste Abkürzung zu finden, die kürzeste Umgehungsstraße. Nach dem Examen hörte ich mit dem Taxifahren auf, um zur Polizei zu gehen. Auch das hat mir gefallen, aber ich hatte meine Probleme damit, Befehle entgegenzunehmen. Am Ende haben sie mich dann gefeuert.

Also, das ist nicht ganz richtig. Sie haben mir erlaubt, meinen Abschied zu nehmen. Wenn Mooney nicht gewesen wäre, hätten sie mich garantiert gefeuert.

Von der Einmündung meiner Gasse konnte ich die Hauptstraße sehen, die Washington Street, wo sich der Verkehr im Schneckentempo abquälte – zum großen Teil deshalb, weil die Knaben in ihren BMWs und Volvos auf der Pirsch nach Nutten waren. Wegen Aids laufen die Geschäfte nicht so besonders, aber das Geschäft geht weiter.

Einen großen Teil meiner Zeit als Cop, den ich nicht ganz so toll fand, habe ich in der *Zone* verbracht. Damals war ich ziemlich gefragt, weil keiner der Jungs mit hohen Absätzen durch die Gegend latschen und Nutte spielen wollte. Gott, was habe ich die Lockvogel-Streife gehaßt. Eine Lady der Nacht zu mimen und irgend so ein armes Schwein zu verhaften, der seinen Sex auf einer Bezahl-wenn-du-gehst-Basis haben wollte, war nicht das, weswegen ich zur Polizei gegangen war.

Eine schlanke schwarze Nutte ging die Feuertreppe zu Renneys Wohnung hinauf. Sie trug so hohe Absätze, daß die Sehnen ihrer Beine wie straff gespannte Kordeln heraustraten. Ihr Rock war so kurz, daß er unter ihrer Lederjacke verschwand. Ihr Name fiel mir nicht mehr ein. Ich meinte, ich hätte sie früher schon mal gesehen. Mitzi vielleicht.

Ich war mir nicht absolut sicher, daß Janine bei Renney auftauchen würde. Ich war nicht mal sicher, ob Janine überhaupt diejenige war. Aber irgendwann zwischen Mooneys Weggang und dem Augenblick, an dem ich aus dem Haus gestürmt und meine Haustür hinter mir zugeknallt hatte, war mir Janine eingefallen.

Janine benutzte Abziehbilder. Abwaschbare Tätowierungen. Lebensmittelfarben. Sie hat immer gesagt, Typen würden für eine tätowierte Frau mehr bezahlen, aber gleichzeitig würden sie auf Abwechslung stehen, daher waren Tätowierungen des Abends ihre Spezialität. Sie hat ein paar ganz schön kunstvolle Tattoos entworfen, und für mich hörte sich diese Schlange ganz nach Janine an. Und damals, als ich sie verhaftete, sagen wir, zweimal alle drei Monate, ist sie immer wieder zu Renney zurückgekehrt.

Also, wieso nicht einfach Mooney anrufen und ihm diese Information durchgeben? Weil Mooney und ich eine ziemlich komplizierte Vergangenheit von Soll und Haben haben, und ich hasse es, wenn er mir einen Punkt in der Abteilung Gefallen voraus ist. Warum nicht irgendeinen Cop anrufen und ihm sagen, wie er einem Kollegen helfen kann? Weil ich möchte, daß das PD mir einen großen Gefallen schuldet. Wenn ich ihnen Janine auf einem Tablett servieren würde, Mooney die Schande einer Anhörung ersparen könnte, vielleicht würden sie dann ein paar Anwälten erzählen, was für ein guter Beweisjäger ich bin, was für ein zäher und beharrlicher

Beschatter und so weiter. Das Netzwerk guter alter Kumpel funktioniert hier bei uns prächtig.

Also, ich hatte Janine vielleicht seit anderthalb Jahren nicht gesehen. Das Leben einer Nutte vom Straßenstrich ist kurz und brutal, und bei allem, was ich wußte, konnte Janine jetzt auch irgendwo in den Vororten Mutter von zwei Kindern sein. Ich hatte keine Lust, daß die Cops sich auf meine Kosten eins ins Fäustchen lachten.

Daher beobachtete ich die Feuertreppe. Ich wartete. Ich sah, wie zwei Zivil-Cops eine Lady, die viel zu alt aussah, um noch ihren Körper zu verkaufen, und einen Jungen, der zu jung aussah, um schon zu wissen, daß er etwas zu verkaufen hatte, verhafteten. Ich sah, wie kleine Päckchen in Hosentaschen geschoben wurden und Geldscheine sich praktisch wie von selbst sehr klein zusammenfalteten und verschwanden. Irgendwer warf eine Bierflasche aus einem Fenster. Aber keine Spur von Janine.

Mein Kopf lehnte gegen die Kopfstütze, praktisch bewußtlos, als die Tür geöffnet wurde, die hintere Sitzbank quietschte, die Tür wieder zugeschlagen wurde und eine Männerstimme, noch jung, da sie sich wie im Stimmbruch anhörte, sagte: «Bitte! Fahren Sie!»

Vielleicht lag es an der Jugendlichkeit, vielleicht an der Eindringlichkeit. Was auch immer, jedenfalls verkniff ich mir meine Nicht-im-Dienst-Antwort und fuhr los.

Ich bog zweimal kurz hintereinander rechts ab, weil der Verkehr in dieser Richtung weniger dicht war, und der Junge schien sich hinten im Fond wegzuducken, als wollte er von niemandem gesehen werden. Ich hoffte nur, daß ich nicht in einen Raubüberfall verwikkelt wurde. Bankräuber nehmen nur selten Taxis, aber nach all meinen Erfahrungen als Cop konnte mich wirklich nicht mehr viel überraschen.

Ich stellte den Innenspiegel so, daß ich mir meinen Fahrgast ansehen konnte.

Er kauerte in einer Ecke, die Beine fest zusammengepreßt, die Hände auf seinen Schenkeln zu Fäusten geballt. Ich sah mir sein Gesicht einen Augenblick länger an, prägte es mir genau ein, falls ich dem Polizeirevier eine Beschreibung geben mußte. Das hab ich mir zur Gewohnheit gemacht, seit ich das erste Mal von einem Fahrgast überfallen worden bin.

Er konnte kaum älter als sechzehn gewesen sein. Er hatte ein langes, schmales Gesicht, das praktisch blau vor Kälte war. Seine

Augen standen unter einem knochigen Brauenwulst dicht beieinander, und sie lagen so tief, daß es schwer war, ihre Farbe zu erkennen. Ich entschied mich für Grau, so wie blasse Steine. Auch seine Nase war dünn, sprang wie ein Schnabel vor, was ihm eine leicht arrogante Ausstrahlung verlieh, die aber wiederum durch Ohren wettgemacht wurde, die viel zu weit abstanden. Seine Haare waren maisblond, irgendwie spiselig, ein bißchen punky. Er trug eine schwarze Jeans, ein T-Shirt und eine dünne Windjacke – nicht besonders viel für den Winter im April. Wahrscheinlich würde er in ein paar Jahren seine richtige Größe erreichen, aber vorläufig waren seine Hände noch übergroß und seine Brust praktisch konkav. Er zitterte, aber die Decke hatte er nicht angerührt.

Ich griff nach hinten und zog die Klappe in der Trennscheibe zurück, dachte, ich sollte ihm sagen, er solle sich die Decke überlegen.

«Scheiße», sagte er leise. «Gottverdammt, gottverdammt, gottverdammt.» Die Litanei verstummte, dann schaute er sich um, wurde sich plötzlich seiner Umgebung bewußt, bekam einen neuen Tonfall der Panik in seine Stimme und sagte: «Fahren Sie rechts ran, okay?»

Wir waren noch keine acht Blocks gefahren. Ich hielt unter einer Straßenlaterne an. Ich behaupte, daß man unter Straßenlaternen weniger wahrscheinlich von jemandem überfallen wird. Ich halte sehr viel von ihnen.

Er war so lange still, daß ich mich schließlich umdrehte. Er schien in seinen Taschen rumzukramen, sein Hemd abzuklopfen, seine Hose. Er zog das Futter der Taschen seiner Windjacke heraus und starrte sie dann mit einer Ungläubigkeit an, die entweder echt oder verdammt gut gespielt war. «Scheiße», sagte er wieder, laut, aufbrausend. «Hören Sie, ich habe kein Geld, aber wenn Sie mich nach Hause bringen könnten, vertrauen Sie mir, dann kann ich Sie bezahlen, wenn wir erst dort sind. Ehrlich, Sie können sich drauf verlassen.» Seine Augen waren gerötet. Vielleicht von der Kälte, vielleicht hatte er aber auch geweint. Durch die Trennscheibe konnte ich das nicht genau erkennen.

«Wo wohnst du denn?» fragte ich.

«In Lincoln.»

Lincoln liegt so ziemlich so weit von der *Combat Zone* entfernt, wie man nur kommen kann. Nicht in Meilen – es ist eine Fahrt von weniger als einer Stunde –, sondern vom Wesen her. Lincoln ist ein nobler kleiner Schlaf-Vorort. Sauber, frisch, perfekt. Die Rasen sind picobello gepflegt. Das Anlein-Gesetz ist auf den Stadtversammlungen von brennendem Interesse. Die Kirchen sind weiß und haben Türme. Die Bewohner sind weiß und haben durchschnittlich 2,4 Kinder, gesunde Collies und Volvo-Kombis. Die Müll-Fee bringt den kompakten Abfall auf die Müllkippe, ohne die kurvenreichen Straßen zu beschmutzen.

«Hör mal», sagte ich, «falls du ausgeraubt worden bist, willst du die Sache vielleicht den Cops melden?» Ich dachte daran, daß es eine weite Fahrt nach Lincoln war und daß Janine ganz bestimmt nicht in mein Cab schlendern würde, wenn ich unterwegs war.

«Ich werde Sie schon bezahlen, wirklich. Meine Leute werden.»

«Bist du sicher, daß sie zu Hause sind?» Ich wollte die Dreißig-Meilen-Fahrt nach Lincoln nicht. Ich wollte Janine.

Er verschränkte seine Arme, ließ sich auf dem Rücksitz zurücksinken und sah sehnsüchtig die Decke an. Er war in dem Alter, in dem er nicht zugeben konnte, daß ihm kalt genug war, um sie wirklich zu benötigen. «Ich bin ziemlich sicher, daß sie zu Hause sind. Wenn sie aber doch nicht da sein sollten, könnte ich, also, ich könnte Ihnen einen Scheck ausstellen oder so, oder mir das Geld von Nachbarn leihen.»

Er suchte wieder in seinen Taschen herum, sagte dann noch ein paarmal «Scheiße», und schließlich: «Ich glaub das einfach nicht. Ich kann's wirklich nicht fassen.»

«He», sagte ich, «bist du abgezockt worden?»

«Abgezockt?»

«Von einer Nutte? Hat sie dir deine Brieftasche geklaut, du weißt schon?»

Er errötete bis zu den Haarspitzen. Dann versuchte er einen auf ganz cool zu machen, so als würde er dauernd Nutten aufreißen.

«Nein, das ist es nicht. Wirklich.» Er starrte noch ein bißchen in dem Taxi herum, vermied es, die Decke anzusehen. «Tja, also, ich weiß nicht. Wissen Sie, wenn hier in der Nähe vielleicht irgendwo ein Polizeirevier wäre... Also, wenigstens könnte ich von da jemanden anrufen und bitten herzukommen und mich abzuholen.»

«Es gibt hier ein Revier», sagte ich. «Vielleicht solltest du den Cops auch von deiner Brieftasche erzählen.»

Ich fuhr Richtung New Sudbury Street. Das war verdammt viel näher als bis nach Lincoln.

Das Kid machte wieder seinen Mund auf, als wir fast dort waren. «Glauben Sie, die Polizei könnte mir auch helfen, wenn's was, äh, Persönliches wäre? Zum Beispiel, wenn ich unbedingt jemand finden müßte, jemanden, der vermißt wird, einen Freund...»

«Ein Freund hat dir deine Brieftasche geklemmt?»

«Ich glaube, ich, äh, muß sie irgendwo verloren haben oder so», sagte er. «Ja, klar, als ich da an der Ecke stand, muß sie mir einfach aus der Tasche gefallen...»

Während er plapperte, nahm ich eine Karte aus meiner Handtasche und legte sie in die Schale in der Trennscheibe. Ich mußte erst gegen die Trennscheibe klopfen, damit er sie herausnahm. Er klopfte immer noch ungläubig seine Kleider von oben bis unten ab.

«Was soll das sein?» sagte er, nachdem er die Karte mindestens zweimal gelesen hatte. Ich konnte die Bewegungen seiner Augen im Spiegel sehen.

«Was draufsteht. Ich bin Privatdetektiv. Wenn die Polizei deinen Freund nicht finden kann, vielleicht kann ich's dann. Die Cops haben eine Menge vermißter Leute, nach denen sie suchen müssen. Ich konzentriere mich auf den Einzelfall.»

Er musterte gründlich zuerst die Karte und dann mich. Ich versuchte, solide und seriös auszusehen.

Vor dem Polizeirevier hielt ich an. «Frag nach Detective Royce», sagte ich. «Und falls sie nichts rausfinden, meine Nummer steht auf der Karte.»

Er saß da und zitterte eine Weile, dann sagte er, es täte ihm wirklich leid, daß er nicht bezahlen könnte. Er fragte, wie hoch der Fahrpreis denn wäre. Ich las ihm vor, was auf dem Taxameter stand, und er sagte, er würde mir die 3,55 Dollar plus Trinkgeld überweisen. Er öffnete die Tür.

«Hast du einen Dime, damit du zu Hause anrufen kannst?» fragte ich. «Damit dich jemand abholen kommt?»

Er saß einfach da, die Tür offen. Mit geröteten Augen. Er erinnerte mich an einen Jungen, in den ich in der zehnten Klasse mal verknallt gewesen war. Wie hat er noch gleich geheißen? Doug irgendwas?

Ich griff in meine Handtasche und zog einen Fünfer raus, schob den Schein durch die Durchreiche.

«He», sagte er.

«Addier's zu dem, was du mir sowieso schon schuldest», sagte ich. «Die haben da drinnen einen Sandwich-Automaten.»

«Ich hab Hunger», sagte er, als wäre es ihm erst in diesem Augenblick klargeworden. Er hielt den Schein hoch und lächelte, wobei nette weiße Zähne aufblitzten. Gleichmäßige Zähne, so wie man sie hat, wenn man jahrelang Klammern getragen hatte. «Vielen Dank.»

«Laß die Finger von dem Kaffee, und alles ist bestens», sagte ich. Dann verschwand er in der Dunkelheit.

KAPITEL 3

Ich verplemperte zwei weitere Stunden in der *Zone* – beobachtete Renneys Wohnung, fuhr langsam an der Busstation vorbei, überprüfte wieder Renneys Wohnung –, ohne auch nur so was wie einen flüchtigen Blick auf Janine werfen zu können. Jede einzelne der zwanzig zitternden Straßenmädchen, wegen der Kälte alle mit hohen Stiefeln, hätte mit einer Python unter ihrer undurchsichtigen Strumpfhose rumlaufen können. Also machte ich Schluß, brachte das Cab zurück, fuhr schnell nach Hause, putzte mir die Zähne, rutschte zwischen die Laken und entdeckte, daß ich überhaupt nicht müde war.

Ich leide unter periodisch wiederkehrenden Anfällen von Schlaflosigkeit. Es ist nicht tödlich, und das ist auch schon das Beste, was ich darüber sagen kann. Früher hab ich dann im Bett gelegen und vor mich hin geflucht, aber ich habe gelernt, damit klarzukommen. Heute steige ich wieder aus dem Bett, tue einfach so, als wäre es schon Morgen, und mache irgendwas, das mir Spaß macht, wie zum Beispiel auf meiner alten *National Steel*-Gitarre rumzuspielen.

Ich versuchte eine Melodie von Blind Lemon Jefferson in E, ein Stück von seinem ersten *Biograph*-Album. Ich kann immer noch ein paar ziemlich anständige Blues-Riffs greifen, aber heute übe ich nicht mehr soviel wie früher, daher klingt mein Spiel nicht mehr so, wie es sollte. Ich mußte den Wechsel dreimal üben, bevor das Timing stimmte.

Ich höre im Hintergrund gern eine Mundharmonika oder vielleicht auch eine pulsierende Baßlinie. Mein Ex-Mann spielte Baß und Gitarre, Mandoline, Geige, Banjo – alles, was Saiten hatte. Seine Harmonien fehlen mir, aber ich habe gerade aufgehört, ihn zu vermissen. Ich stelle mir die Harmonie einfach vor oder spiele manchmal einfach zu meinem Tapedeck. Ich spiele kaum modernes Zeug. Keine Liebeslieder. Einfach nur altmodischen Man-hat-mir-Unrecht-getan-Blues.

Meine Finger fanden eine Melodie. Die Worte fielen mir wieder ein:

Cocaine's for horses, not for men,
Doctor said it'd kill me, but he didn't say when.
Cocaine, running 'round my brain.

Das war eines meiner früheren Lieblingsstücke, so wie Chris Smither es mal gespielt hat, schön und locker und lässig. Cal hat's immer gesungen, wenn er bis zu den Kiemen vollgedoped war, so wie ein Lungenkrebspatient gierig Zigarettenrauch einsaugt.

Ich sang es einmal, versuchte dann, die Tonart zu wechseln.

Ich habe keine tolle Stimme, aber sie ist ehrlich – die Gabe des absoluten Gehörs. Die Fenster meines Cabs alle hochgekurbelt, schreie und brülle ich zum Radio – wann immer ich gerade keinen Fahrgast habe. Zu Hause ziehe ich sämtliche Register, was die Lautstärke betrifft. Früher habe ich mir noch wegen Roz Gedanken gemacht, aber bislang habe ich noch keinen Lärm gefunden, der laut genug gewesen wäre, um sie zu wecken. Meistens stört sie mich.

Weißt du, Roz macht Krach, wenn Roz mit jemandem schläft, und selbst wenn ich dann Gitarre spielte, konnte ich sie noch schreien und stöhnen hören. Ich stehe zu meiner Neugierde, daher steckte ich meinen Kopf heraus, um der Sache nachzugehen, als ich so gegen halb fünf die Treppe knarren hörte.

Es war der größere der beiden *Twin Brothers*, der sich da die Treppe herunterschlich, während er noch damit beschäftigt war, den Reißverschluß seiner Jeans hochzuziehen. In diesem Augenblick gab ich alle Hoffnung für mein Badezimmer auf.

KAPITEL 4

Ich muß wohl eingenickt sein, als es an der Tür läutete. Mein Unterbewußtsein stieß den Telefonhörer von der Gabel, aber das verdammte Ding klingelte einfach weiter, und es dauerte nicht lange, bis ich mir dachte, daß es wahrscheinlich die Haustür war. Es konnte gut dreimal Klingeln für Roz gewesen sein, aber ich hatte nicht mitgezählt, und ich wußte, daß sie es sowieso nie hören würde, also schnappte ich mir meinen Bademantel und peste barfuß die Treppe runter.

Fall es einer der *Twin Brothers* war, beabsichtigte ich, ihn zu erwürgen.

Aus Höflichkeit den Einbrechern gegenüber lasse ich die Lampe auf meiner Veranda immer brennen. Mit dem rechten Auge gegen den Spion gepreßt, konnte ich eine Gestalt auf der Treppe zu meiner vorderen Veranda ausmachen. Während ich nach den baumelnden Enden des Gürtels meines Bademantels tastete, sie fand und fest um meine Taille zusammenband, drehte sich die schmale Gestalt zu meiner Tür um. Es war der Junge, den ich vor dem Polizeirevier abgesetzt hatte.

Ich hatte ihm gesagt, er sollte mir den Fahrpreis mit der Post schicken und nicht, ihn mir persönlich per Expreßzustellung mitten in der Nacht vorbeibringen.

«Tut mir leid», sagte er, kaum daß ich die Tür aufgerissen hatte und bevor ich auch nur ein einziges Wort sagen konnte. Es nimmt mir immer den Wind aus den Segeln, wenn sich jemand entschuldigt, bevor ich überhaupt die Chance erhalte, in die Luft zu gehen.

Er zuckte zusammen, als er das sagte, und hob eine Hand an sein Gesicht. Blut tropfte aus seinem Mundwinkel. Seine Lippen waren geschwollen; eine dunkle Furche teilte die Oberlippe.

«Da solltest du einen Eiswürfel drauflegen», sagte ich.

«Es tut mir wirklich leid.» Er warf einen ausgiebigen Blick auf meinen Bademantel und schüttelte kurz seinen Kopf, so als würde er gerade aus einer Art Trance erwachen. «Wie spät ist es? O Mann, o Scheiße. Sie haben schon geschlafen. Ich hatte keine Ahnung, wie spät es ist... Ich wollte Sie engagieren. Ich meine, ich bin nicht einfach nur vorbeigekommen, weil jemand...» Er hob seine Hand an seinen Mund. «Deswegen.»

«Besser, du kommst jetzt erst mal rein», sagte ich, hoffte, die Tür schließen zu können, bevor der Wind noch meinen Bademantel aufblies. Der Junge schien auf der Veranda festgefroren zu sein. Ich mußte seine Hand praktisch von der äußeren Windfangtür losreißen und ihn in die Küche schleifen. Ich packte ein paar Eiswürfel in ein Geschirrtuch, gab ihm den daraus resultierenden Eisbeutel und ließ ihn sich auf einen Stuhl setzen.

Die Katze schlenderte herein, hellwach, und beschnupperte die Knöchel des Jungen. T. C., ein großer schwarzer Kater mit einer weißen Vorderpfote, bekämpft normalerweise jedes andere männliche Wesen gleich welcher Spezies. Vielleicht hielt er dieses Exemplar für zu jung. Außer Konkurrenz, sozusagen.

Der Junge war unglaublich höflich. Während ich das Jod rauskramte, sagte er immer wieder, ich sollte mir keine Mühe machen, und das wäre bestimmt nicht nötig. Er sagte an einem Streifen «bitte» und «vielen Dank» und tätschelte den Kater, der ein Mordstheater abzog. Du weißt schon, die ganze Kein-Mensch-in-diesem-Haus-hat-mich-je-zuvor-gestreichelt-Nummer. Rollte sich herum. Schnurrte schamlos. Der Junge fragte, ob er leise sein sollte, um niemanden zu wecken, wobei in seiner Frage etwas Spekulatives mitschwang, ob ich wohl verheiratet war, alleine schlief oder was. Vielleicht war er doch nicht mehr so jung. Ich dachte an Roz und den *Twin Brother*, der sich um halb fünf aus dem Haus geschlichen hatte. Ich sagte ihm, er brauchte sich keine Gedanken über Lärm zu machen.

«Ich möchte Sie gern engagieren», sagte der Junge, seine Worte undeutlich durch das Tuch und Eis. «Um Nachforschungen anzustellen. So wie's auf der Karte steht. Das machen Sie doch, stimmt's?»

Ich ließ mich auf einem meiner kunterbunt zusammengewürfelten Küchenstühle nieder, auf dem mit der kaputten Vinylsitzfläche, und machte ein beruhigendes Geräusch im Kontrast zu meinem äußeren Erscheinungsbild. Mein Bademantel ist nicht direkt die empfohlene Gespräch-mit-zukünftigem-Klienten-Kleidung; er sieht wie eine leuchtend rote Chenilletagesdecke aus, die an den Seiten zusammengenäht worden ist. Ich liebe Rot, aber für gewöhnlich trage ich diese Farbe nicht in der Öffentlichkeit, da sie sich mit meinen Haaren beißt.

Unter dem Bademantel trug ich ein weißes Männer-T-Shirt, was meine Lieblingsnachtwäsche ist, weil es weich ist und nicht kratzt. Ich habe mir während meiner Ehe angewöhnt, im Bett die T-Shirts meines Mannes zu tragen. Gleichgültig, in welchem verführerischen Nightie auch immer ich angefangen habe, spätestens in der Mitte der Nacht gab ich auf und kehrte wieder zu den guten alten T-Shirts zurück. Spitze juckt. Als wir uns trennten, hat er mir eine ganze Schublade voll dagelassen. Ich hab sie rausgeworfen und Ersatz gekauft. Irgendwie kam es mir nicht richtig vor, Cal loszuwerden und seine Hemden zu behalten.

Ich zog den Bademantel über meinen übereinandergeschlagenen Knien zurecht. Normalerweise ziehe ich mich ordentlich an, wenn ich mit einem Klienten spreche, nichts Ausgefallenes, aber eben okay. Und da saß ich nun, morgens um 5.22, in meinem alten, vergammelten Bademantel, und kam mir wie die «Vorher»-Illustration in einem «Mit der richtigen Kleidung zum Erfolg»-Handbuch vor.

Andererseits wirkte die Bitte um Hilfe des Jungen aufgrund seines Äußeren dringend. Seine Jeans war schlammverschmiert, sein Hemd zerrissen. Er sagte «Entschuldigung», bevor er in dem winzigen Gästebad verschwand, um sich ungestört um seine Lippe zu kümmern. Als er zurückkam, war sein Gesicht blaß, aber seine Haare ordentlich gekämmt. Wahrscheinlich hatte er aufgepaßt, nicht ins Waschbecken zu bluten.

Irgendwie kam es mir nicht richtig vor, ihm zu sagen, er solle um neun Uhr noch mal vorbeikommen, nur damit ich mich anständig anziehen konnte.

«Hören Sie», sagte er, «ich muß dieses Mädchen finden. Valerie Haslam.» Soviel kam klar und deutlich raus. Dann begann er zu stammeln, und er setzte sich und sprach mit dem Tisch. «Sie ist, sie ist dieses Mädchen, das ich kenne. Wir gehen auf dieselbe Schule. Sie, äh, sie wohnt schon immer auf der anderen Straßenseite mir gegenüber... Und wir sind, äh, so was wie Freunde, wissen Sie.»

«Vielleicht solltest du mir auch mal deinen Namen verraten», sagte ich, während ich ihm einen frischen Eiswürfel reichte.

«Scheiße, ich meine, entschuldigen Sie, das hab ich ganz vergessen. Ich heiße Jeremy, Jerry, ich meine, Jeremy ist ein blöder Name. Meine Freunde nennen mich Jerry. Jerry Toland.» Er streckte die Hand aus, mit der er den Eisbeutel gehalten hatte. Ich hätte beinahe laut geschrien, als ich sie schüttelte, so kalt war sie.

«Valerie ist irgendwie, also, sie ist nicht der Typ Mädchen, der einfach wegläuft, ich meine, sie haut nicht einfach so ab und sagt keinem Menschen was. Ich meine, sie hätte sich wenigstens verabschiedet oder so. Aber jeder sagt, sie ist noch nicht lange weg, und vielleicht ist sie ja einfach allein weg, und Mädchen in ihrem Alter sind ja sowieso reifer, und vielleicht ist sie nur für eine Woche nach New York. Ich meine, kein Mensch scheint sich besonders dafür zu interessieren, wissen Sie, eben so, als wäre sie nur ein weiteres Gepäckstück, das vermißt wird. Ihre Mom ist nicht zu Hause, und der Vertrauenslehrer sagt, es würde mich nichts angehen. Ich schätze, ich hätte auch in Lincoln zur Polizei gehen können, aber sie ist nicht mehr in Lincoln, und ich sehe einfach nicht, daß diese Typen wirklich irgendwas Handfestes unternehmen. Sie wissen schon, um sie wieder zurückzuholen.»

«Wie alt bist du, Jerry?» sagte ich.

Er brauste sofort auf. «Was hat das denn damit zu tun?»

«Wie alt?»

«Hören Sie, tun Sie mir einen Gefallen. Erzählen Sie mir jetzt nicht, daß alles viel besser sein wird, wenn ich erst älter bin und solche Scheiße. Ich meine, soviel älter als ich können Sie auch nicht sein, also sparen Sie sich diese Scheiße.»

Jedesmal, wenn der Junge fluchte, sah er mich an, um zu sehen, ob ich schon in Ohnmacht fiel. Wenn er Scheiße sagte, dann kam es raus, als würde er es in Anführungszeichen sagen. Vielleicht hatte er beschlossen, zum Beweis seines fortgeschrittenen Alters kräftig zu fluchen. Er sollte mal die Zehnjährigen in Paolinas Sozialsiedlung hören.

«Es geht um Verträge, Jerry», sagte ich. «Ich verdiene mir mit dem, was ich mache, meinen Lebensunterhalt, ich mach es, um meine Rechnungen bezahlen zu können.»

«Also, machen Sie sich deswegen nur keine Sorgen», sagte er. «Ich hab Geld. Ich meine, ich konnte mein Fahrgeld zwar nicht bezahlen, aber das war nur, weil meine Brieftasche...» Er schluckte. «Weil ich meine Brieftasche verloren habe. Ich habe ein gottverdammtes Bankkonto, Aktien, festverzinsliche Wertpapiere, Himmel, alles, was Sie wollen. Geld hab ich genug.»

«Wie alt bist du?»

«Wieso?»

«Wir können das gerne die ganze Nacht weiterspielen.»

«Ich bin siebzehn», sagte er erbittert. Sein Tonfall überraschte mich. Ich schätze, man sollte sich freuen, es zuzugeben, wenn man siebzehn ist. Ich schätze, ich hoffe, ich werde mich auch noch freuen, es zuzugeben, wenn ich neunundsiebzig bin.

Ich sagte: «In diesem Staat ist jeder Vertrag, den du unterzeichnest, nicht rechtlich bindend. Du kannst jederzeit aussteigen, und da stehe ich dann, auf der Suche nach Valerie.»

Er bot mir wieder seine Hand an, die kalte, und sah mir herausfordernd in die Augen. «Ich heiße Jerry Toland. Meine Adresse lautet 112 Lilac Palace Drive, Lincoln. Ich möchte Sie engagieren. Ich werde aus dieser Sache nicht aussteigen, und wenn Sie den Fall nicht übernehmen wollen, nennen Sie mir jemanden, der ihn übernehmen wird.»

Mir gefiel die Art und Weise, wie er das sagte, aber ich ließ es mir nicht anmerken. Ich sagte: «Und ihn wirst du dann auch aus dem Bett schmeißen?»

«Scheiße. Das tut mir leid, wirklich. Ich meine, ich entschuldige mich und alles.»

«Wie geht's deinem Mund?»

«Ist schon okay. Das Eis tut gut.»

«Wie ist es passiert?»

«Ich war dumm.»

Auch das gefiel mir. Keine Entschuldigungen. Keine Klagen. Also sagte ich: «Mein Büro ist im Wohnzimmer. Wenigstens mein Schreibtisch. Warum kommst du nicht mit rüber, und dann reden wir über alles.»

«Auch wenn ich erst siebzehn bin?» sagte er.

«Auch wenn du erst sechzehn bist, was ich stark vermute.»

«Sechzehn und sieben Monate.» Er versuchte es mit einem Grinsen, aber seine Lippe spielte da noch nicht ganz mit.

Zum zweitenmal in vierundzwanzig Stunden ging ich ins Wohnzimmer, womit ich wahrscheinlich irgendeine Art von Rekord brach. Normalerweise gehe ich immer nur dort hinein, um Fluffy zu füttern – ich meine natürlich, Red Emma –, und ich halte sie überhaupt nur aus Respekt vor meiner Tante Bea. Der Vogelkäfig hatte früher den Ehrenplatz direkt vor dem Erkerfenster. Ich habe ihn zur Seite gestellt, damit er nicht den Ausblick auf den Magnolienbaum auf dem winzigen Fleckchen Rasen vor dem Haus versperrte.

Das Wohnzimmer habe ich nie renoviert, daher sieht es dort immer noch genauso wie damals aus, als Tante Bea starb. Also, fast. Tante Bea hatte das Mahagoni immer auf Hochglanz poliert. Roz wedelt einmal mit einem Staubtuch drüber, wenn es sie überkommt, was Hausputz genau nach meinem Geschmack ist. Ich schätze, ich sollte die Sachen wahrscheinlich besser pflegen, aber ich habe immer noch meine Probleme damit zu glauben, daß das Haus wirklich mir gehört. Ich zahle jeden Monat meine Grundsteuern auf ein Treuhänderkonto. So kommt es mir wie Miete vor, und, das kannst du mir ruhig glauben, die Miete wird immer gesalzener.

Den größten Teil meiner Arbeit erledige ich am Küchentisch, weil mir der Anblick des Kühlschrankes gefällt. Aber Klienten scheinen Tante Beas Ausstattung vorzuziehen.

Ich führte Jerry ins Wohnzimmer und knipste die Schreibtischlampe an, eine der wenigen, die nicht an den elektrischen Timer angeschlossen waren. Er warf einen Blick auf den Orientteppich und protestierte, daß er ihn volltropfen würde. Irgendwer hatte dieses Kid scheinbar anständig erzogen. Was mich nachdenklich machte, und nachdem ich ein trockenes Handtuch geholt hatte, fragte ich ihn, ob er vielleicht seine Leute anrufen wollte. Oder sonst irgendwen. Um ihnen zu sagen, daß mit ihm alles in Ordnung war.

«Ich hab vom Polizeirevier aus angerufen», sagte er. «Sie werden sich keine Sorgen machen.» Ich war mir nicht sicher, ob er log oder nicht, aber ich glaube meinen Klienten gern, wenn ich anfange, also ließ ich es dabei bewenden.

Ich zog einen Spiralblock aus der unteren linken Schublade des Schreibtisches und überschrieb die erste Seite mit dem Datum, Jerrys Namen und seiner Adresse. Ich fragte ihn nach einer Telefonnummer, die er mir daraufhin sofort nannte. Dann sagte er, wahrscheinlich sollte ich auch die Nummer seiner Eltern wissen.

«Ihr wohnt nicht zusammen?»

«Sicher tun wir das. Ich hab Ihnen gerade die Nummer des Anschlusses auf meinem Zimmer gegeben.»

Ich komme nicht aus solchen Verhältnissen, wo die Kids ihr eigenes Telefon haben. In Paolinas Sozialsiedlung kann sich auch keiner Privatanschlüsse für die lieben Kleinen leisten.

«Okay», sagte ich. «Jetzt erzähl mir von Valerie.»

Ich erhielt ihren vollständigen Namen und ihre Anschrift. Und ihre Telefonnummer, aber Jerry wußte nicht, ob sie den Anschluß zusammen mit dem Rest ihrer Familie teilte. Ihre Mutter hieß Mathilde. Jerry glaubte, daß es mit einem e am Ende geschrieben wurde, nicht mit einem a. Ihr Vater hieß Preston W., und er war Banker oder vielleicht auch Investmentberater. Hatte bei dem Namen wahrscheinlich einfach Banker werden müssen. «Preston W. Haslam» klang nach altem Geld, und ich meinte, den Namen schon mal irgendwo gehört zu haben. Andererseits konnte es aber auch einfach daran liegen, daß es diesen typischen Banker-Klang hatte. Valerie hatte eine kleine Schwester von vielleicht fünf oder sechs Jahren, und ihren Namen wußte Jerry nicht genau, Sherri vielleicht. Irgendwas Süßes jedenfalls, mit einem i am Ende.

«Wann ist Valerie denn ausgerissen?» fragte ich.

«Ist sie nicht. Sie ist einfach nicht der Typ...»

«Ja», sagte ich. «Wann ist sie verschwunden?»

«Ich hab sie am, äh, Montag noch gesehen. Am Vierten. Ich glaube nicht, daß irgendwer sie seitdem noch mal gesehen hat. Das ist nicht richtig. Ich meine, das ist doch nicht richtig, oder?»

«Klingt auf jeden Fall merkwürdig», sagte ich.

«Valerie ist ein tolles Mädchen, echt», sagte Jerry, als wäre ich drauf und dran, abfällige Bemerkungen über sie zu machen. «Ich meine, in letzter Zeit war sie in der Schule nicht direkt Spitze, aber sie würde auf keinen Fall weglaufen, nur weil sie ein paar beknackte Kurse verhauen hat.»

«Welche Schule?» fragte ich.

«Oh», sagte er. «Die *Emerson.*»

Wenn die Gerüchte stimmten, konnte sich der Junge meine Honorare leisten. Die *Emerson School* war angeblich die nobelste Privatschule in ganz Massachusetts, und das in einem Staat, der weiß Gott eine Menge Snob-Schulen hat.

«In welchen Fächern ist sie denn durchgerasselt?» fragte ich.

«Biologie. Und sie war drauf und dran, auch im Theaterkurs durchzufallen, was wirklich ziemlich schwer ist, aber ich vermute, sie hat ihr Zeug doch noch abgegeben, also hatte sie nur in Biologie wirklich ernste Probleme. Sie hätte sich einen Privatlehrer nehmen können, oder sie hätte den Kurs auch einfach abbrechen können.»

«Hast du sie heute abend gesucht? In der *Zone*?»

Er starrte den Teppich an, hob den Eisbeutel an seine Lippe.

«Wieso glaubst du, daß sie ausgerechnet dorthin abgehauen ist?» versuchte ich es wieder.

«Ich sagte doch schon, ich glaube nicht, daß sie weggelaufen ist.»

«Warum hast du dort nach ihr gesucht?»

«Ich hatte da was anderes zu tun. Ich weiß auch nicht, was ich gedacht hab. Ich bin wirklich total müde.» Er wollte schon noch sagen, daß ihm sein Mund weh tat, aber ich schätze, ich war nicht alt genug, um dieses Vertrauen zu verdienen. Aus der Art und Weise zu schließen, wie er mich ansah, hatte ich immer noch das ungute Gefühl, daß er mich immer noch als Mädchen einstufte, auf das er Eindruck machen wollte.

«Willst du mir erzählen, was mit deinem Mund passiert ist?»

«Ich bin gegen eine Wand gelaufen.»

«Bevor oder nachdem du mit der Polizei geredet hast?»

«Jesus», sagte er. «Die werden Valerie nie finden. Wissen Sie, wie viele Kids in Boston vermißt werden? Tausend. Tausend vermißte Kids. Und dann hat dieser Bursche gesagt, ich sollte mit dieser *Youth Assistance Unit* reden. Das klang super, wissen Sie, bis ich dahinterkam, daß es zwei Cops sind. Zwei Cops für tausend Kids. Scheiße. Es ist einfach unglaublich. Total.»

«Sie kümmern sich drum», sagte ich.

«Ich hab mich nach Ihnen erkundigt. Sie haben mir gesagt, Sie wären früher auch Cop gewesen.»

«Ja.»

«Warum haben Sie aufgehört?»

«Warum erzählst du mir nicht mehr über Valerie?» sagte ich. «Ihre Freunde. Ihre Gewohnheiten.»

«Mann», sagte er. «Echt. Ich weiß überhaupt nicht, womit ich anfangen soll. Da ist soviel Scheiße, die für keinen Menschen groß wichtig ist. Und ich hab keinen Schimmer, wo sie hin ist.»

«Überlaß mir doch bitte die Entscheidung, was wichtig ist und was nicht, okay?»

Valerie war vierzehn, fast fünfzehn, nach Jerrys Rechnungsweise. Sie war Linkshänderin. Sie hatte eine wirklich enge Freundin, Elsie McLintock. Sie hatte ihr ganzes Leben immer in einem Haus gewohnt. Mit zwölf hatte sie sich beim Schlittschuhlaufen den linken Arm gebrochen. Im Winter trug sie gerne Strickmützen. Ihre Lieblingsfarbe war Pink. Einmal hatte sie Jerry einen Pullover gestrickt. Sie strickte gerne, und sie ging gern Schlittschuhlaufen. Sie war eine ziemlich gute Schlittschuhläuferin.

Ich mag das Schlittschuhlaufen auch. Abgesehen von Volleyball ist das die einzige Art von körperlicher Betätigung, die ich aushalte.

Ich kann vorwärts und rückwärts laufen, aber von dem ausgefallenen Zeug mit Rumgespringe und so kann ich nichts. Valerie konnte.

Valerie konnte Hockey nicht ausstehen. Sie war eine gute Tänzerin. Sie schummelte nicht wie die meisten anderen Kids bei Tests in der Schule. Auf der Innenseite ihres linken Handgelenkes hatte sie eine kleine Narbe. Er wußte auch nicht, wie das passiert war. Sie war schon immer da gewesen. Vielleicht war's ja angeboren oder so. Ich erfuhr eine Menge von Zeug dieser Art. Ich bat ihn, mir ihre Personenbeschreibung zu geben, und eine Hand griff nach seiner Brieftasche. Als ihm klarwurde, daß zusammen mit seinem Geld auch sein Foto von Valerie verschwunden war, wurde er noch blasser, und ich kam zu dem Schluß, daß es keine Rolle spielte, ob er nun sechzehn oder siebzehn war. Er war immer noch ein Kind, und er hatte einen langen Tag hinter sich.

Ich holte eine Decke und ein Kissen aus dem Schrank im Flur und sagte ihm, daß er ein paar Stunden auf der Couch schlafen könnte. Nach Sonnenaufgang war noch jede Menge Zeit, das Gespräch fortzusetzen.

KAPITEL 5

In dieser Stadt gibt es eine Kleiderordnung für Taxifahrer. Hemden müssen Kragen haben, und Shorts sind nicht erlaubt, nicht mal bei der größten Knallhitze im August. Privatdetektive andererseits können improvisieren. Nach zwei Stunden herrlich ungestörtem Schlummer ging ich, gekleidet in einen stahlblauen Pullover und eine schwarze Wollhose, wieder runter.

Die Decke lag ordentlich gefaltet auf der Couch, das Kissen lag glattgestrichen obendrauf. Ich rief Jerrys Namen. Nichts. Ich sah nach, ob das Bad vielleicht besetzt war. Der Klient schien einen Flattermann gemacht zu haben, was mich schon irgendwie verdutzte, weil bei mir sämtliche Türen mit Sicherheitsschlössern ausgestattet sind, so daß man auf jeden Fall einen Schlüssel benötigt, um in meine Wohnung hinein- und auch wieder hinauszukommen.

Dann begegnete ich Roz, die aus der Küche kam.

Roz ist immer wieder eine Freude fürs Auge. An diesem Morgen hatten ihre Haare die Farbe von Preiselbeeren, die Sorte, die immer in einem Stück aus der Büchse flutscht. Sie trug ein dunkelrotes T-Shirt, das fast bis zum Saum eines schenkellangen schwarzen Jeansrocks reichte, dazu eine schwarze Spitzenstrumpfhose mit einer Laufmasche am rechten Bein sowie grüne, spitze, knöchellange Lederstiefel. Roz ist klein und dünn, abgesehen von ihren Brüsten. Bei Roz fallen einem zuerst immer ihre Haare auf, weil die normalerweise eine unnatürliche Farbe haben, dann registriert man ihre Augen, weil sie nämlich immer ein Super-Augen-Make-up trägt – falsche Wimpern und aufgeklebte Pailletten –, und dann bemerkt man ihre Brüste, weil sie nämlich sehr nachdrücklich da sind und weil sie die ohne Ausnahme weltbeste T-Shirt-Kollektion besitzt. Dieses spezielle zeigte ein Bild von Smokey und die Aufschrift: *DEFEND YOUR RIGHT TO ARM BEARS.*

Roz' Schuhe faszinierten mich immer wieder. Sie hat eine dieser lächerlich kleinen Schuhgrößen, siebunddreißig irgendwas, weswegen sie sich all diese seltsamen Schuhe kaufen kann, die sonst kein Mensch haben will. Davon gibt's in *Filene's Basement* ganze Berge, total billig. Ihre knöchellangen Stiefel des Tages hatten unglaublich dünne, zehn Zentimeter hohe Absätze. Sie stand so sehr auf ihren Zehen, daß ihre Füße wie kleine Hufe aussahen.

Also, nicht wirklich. Im Grunde bin ich ja nur eifersüchtig auf ihre Schuhe. Schuhe der Größe vierundvierzig sind, falls man überhaupt mal das seltene Glück hat, welche zu finden, immer im hübschen Standardbraun.

«Ist er da?» fragte ich, deutete mit dem Kopf auf die Küche.

«Häh?» antwortete sie, leckte dabei einen klebrigen Finger ab. Roz ißt zum Frühstück immer Erdnußbutter, direkt aus dem Glas. Sie beherrscht die Kunst, sich nicht um sich selbst zu kümmern. Sie macht hier alles sauber, und sie hat sich überlegt, daß man nichts saubermachen muß, wenn man nichts schmutzig macht. An manchen Tagen kommt sie völlig ohne Gabeln, Löffel, Messer, Teller oder Gläser aus. Ich bin wirklich froh, daß jeder von uns seine eigenen Lebensmittelvorräte hat, denn wenn Roz' Finger gerade mal nicht von oben bis unten voller Erdnußbutter sind, dann sind sie mit Farbe, Terpentin oder Entwicklerflüssigkeit eingeschmiert.

Ich bewundere Roz' elementare Faulheit. Andere Leute in ihrem Alter, das ich mal so um die Zwanzig schätzen würde, machen Aerobic und eliminieren die Toxine in ihrem Körper. Sie arbeiten an einer Verbesserung ihrer Eßgewohnheiten, versuchen eine Beziehung zu ihrem Seelenleben aufzubauen. Roz hat ein T-Shirt, auf dem steht: «*Live Hard, Die Young*». McDonald's ist ihre Vorstellung von einem Bio-Restaurant.

«Ich vermisse einen Klienten», sagte ich. «Er hat die Nacht auf der Couch verbracht.»

«Oh», sagte sie. «Das war ein Klient.» Sie ließ mich mit ihrem Tonfall deutlich wissen, daß sie dachte, er wäre meine Version der *Twin Brothers*. Was dumm war, denn Jerry Toland, auch wenn er gut aussah, wäre schon für Roz so was wie Vergewaltigung Minderjähriger gewesen, ganz zu schweigen von mir. Und wenn ich mich schon so weit herabgelassen hätte, mich an Kindern zu vergreifen, wieso zum Teufel würde der Vergriffene dann wohl auf meiner Couch geschlafen haben? «Er mußte weg», fuhr sie fort. «Ich hab ihn rausgelassen. Er ist süß.»

«Toll», sagte ich.

«Probleme?» sagte sie.

«Ist irgendwer für ihn gekommen?» fragte ich.

«Nee.»

«Hat irgendwer draußen auf ihn gewartet?»

«Nee.»

«Großartig», sagte ich matt.

«Er hat dir eine Nachricht hinterlassen.»

«Wo?»

«Ich hab sie an den Kühlschrank geklebt.»

Das ist eine Methode, wie wir untereinander kommunizieren. Ich hätte den Zettel wahrscheinlich irgendwann in den nächsten drei Monaten bemerkt. Roz soll eigentlich das Kühlschranktür-Schwarze-Brett auf dem laufenden halten, Jahre alte Nachrichten, abgelaufene Rabattmarken und solches Zeug wegwerfen, aber das macht sie nur selten.

Die Nachricht war eher so was wie ein Fetzen Papier, ein herausgerissenes Blatt aus einem Adreßbuch, und es war gar nicht so einfach, den Wisch zu entziffern. Die Nachricht lautete: «Versuchen Sie's zuerst bei Elsie. 'tschuldigung, daß ich weg bin. Danke für alles.» Wenigstens war es das, was es laut Roz' Meinung bedeutete. Jerry hatte eine fürchterliche Klaue.

Roz begann einen Slogan aus einer TV-Werbung zu summen. Sie

läßt die Glotze immer plärren, während sie malt, und das hat merkwürdige Folgen auf ihren Verstand und ihre Kunst. Sie wirkte lebhaft und vergnügt, so als hätte sie neun Stunden geschlafen, statt den größten Teil der Nacht wie eine rollige Katze zu schreien. Ich mußte unbedingt mit ihr reden, um ein Statement bezüglich des Bades und der *Twin Brothers* abzugeben. Ich mußte ihr sagen, daß, obwohl es mir gleichgültig war, mit wem sie schlief, ich andererseits allerdings nicht wollte, daß ihr Urteilsvermögen bezüglich Badezimmer-Design durch ihre Beischlafarrangements belastet wurde.

«Carlotta», sagte sie, als könnte sie meine Gedanken lesen, «he, machst du dir wegen der *Brothers* Gedanken?»

«Richtig», sagte ich.

«Beruhige dich wieder, okay?»

«Wieso?»

«Das Bad wird dich umhauen. *Paddammm!*»

«Roz, ich möchte ein Bad, in dem es auch der Katze nicht peinlich wäre zu pinkeln, okay? Ich will nicht den letzten Schrei. Ich will ein ganz normales, einfaches Badezimmer.»

«Aber du hast doch gesagt...»

«Ich sagte Beige, nicht Schwarz. Ich sagte Pink, nicht Orange. Sind die Burschen farbenblind oder taub oder was?»

«Carlotta, du mußt mir einfach vertrauen», sagte sie. Sie lächelte rätselhaft und walzte aus dem Zimmer. Ich konnte ihre Absätze die Treppe hinaufklackern hören.

Mir war irgendwie danach, wieder ins Bett zu kriechen und noch mal von vorn anzufangen. Statt dessen machte ich den Kühlschrank auf, erspähte einen Karton *Tropicana* und schenkte mir ein ordentliches Glas ein. Orangensaft macht meinen Kopf klar.

Roz hatte ihren *Herald* – ich kriege den *Globe* – auf dem Küchentisch liegenlassen, und natürlich brachten sie Mooneys Geschichte auf der ersten Seite, holten aus der Sache raus, was rauszuholen war. Wenn man zwischen den Zeilen las, schienen sie zu versuchen, seine Sache mit dem anderen aktuellen Polizeiskandal in Verbindung zu bringen, bei dem es um das Einsacken von Bezügen für Überstunden ging, obwohl sie nicht in Bars oder bei Sportwettkämpfen auftauchten. Ich konnte Mooney genausowenig Geld für einen Job annehmen sehen, den er gar nicht gemacht hatte, wie ich ihn auch nicht sehen konnte, wie er im Verlauf einer

Festnahme jemanden aufmischte, aber ich gebe zu, der Artikel machte mich doch ein wenig nachdenklich.

Ich fragte mich, wie es wohl um Mooneys Finanzen bestellt war. Ich fragte mich, ob seine Mom krank gewesen war, ob er in letzter Zeit irgendwelche außergewöhnlichen finanziellen Belastungen gehabt hatte. Und dann wurde mir plötzlich klar, daß die Leute überall in New England es jetzt genauso machten, daß sie nach Gründen suchten, warum Mooney in Ungnade gefallen war, auch wenn der *Herald* sorgfältig darauf achtete, in jeden zweiten Satz das Wort «angeblich» einzubauen. Leute, die Mooney nicht mal persönlich kannten, gackerten über seinen Sturz. Das machte mich sauer. Ich fragte mich, ob Mooney die Zeitungen wohl vor seiner Mom versteckte.

Ich warf den *Herald* in den Mülleimer und las noch mal Jerry Tolands Zettel. Nach anderthalb Gläsern Orangensaft besaß ich die Geistesgegenwart, ins Wohnzimmer zu gehen, mit meinem Notizbuch zurückzukehren und zu blättern, bis ich den Namen «Elsie» unter den hingekritzelten Notizen der vergangenen Nacht fand: Elsie McLintock, Valeries beste Freundin.

Ich ging meine Notizen noch mal durch, und mir fiel auf, wie wenig Jerry mir im Grunde über Valerie verraten hatte. Das Mädchen existierte nur in Verneinungen. Sie war weder Königin des Schulballes noch Abschlußrednerin, noch die Begabteste von allen. Ich hatte ihn dazu bringen müssen, es ihm förmlich aus der Nase ziehen müssen, bis er mir eine Personenbeschreibung gegeben hatte. Sie hatte braune Haare. Hell- oder dunkelbraun? Keine Ahnung. Ihre haben diesen, also, goldenen Schimmer. Ihre Augen waren, äh, irgendwie grau, oder vielleicht auch grün. Sie reichte ihm kaum bis zur Schulter, was meiner Schätzung nach dann so ungefähr einsdreiundsechzig war, und vielleicht gehörte sie zu den eher dünnen Menschen.

Sie war ruhig, schüchtern, aber sie mochte ihre Theater-AG. Sie gehörte auf der Schule keiner bestimmten Gruppe an. Man konnte sie weder als Preppie noch als Langweiler oder Sportkanone einordnen. Sie nahm keine Drogen. Das hatte Jerry ganz vehement betont. Vielleicht eine Spur zu vehement.

Über Valeries Familie hatte ich praktisch nichts erfahren. Verflucht soll er sein, dieser Jerry. Die Art und Weise seines Abganges paßte mir nicht.

Elsie McLintock stand hier als jemand, der ein Foto von Valerie haben würde. Das würde mir weiterhelfen, wenn man die Schwäche von Jerrys Personenbeschreibung berücksichtigte.

Ich ging zum Schrank und sah mir die verschiedenen Packungen mit Getreideflocken an. Mir war nicht nach der Geschmacksrichtung Vollkorn-Rosine, und das Haltbarkeitsdatum der Corn-flakes war schon lange überschritten.

Wie beschreibt man überhaupt einen Menschen? An seinen Augen, an seiner Stimme konnte ich erkennen, daß Valerie Haslam Jerry Toland etwas bedeutete. Wie charakterisiert man die Menschen, die man liebt? Paolina hat braune Haare, aber «braun» sagt überhaupt nichts über das Schimmern und den Fall dieser Haare, nichts darüber, wie eine Strähne sich vielleicht an ihrer Wange kringelt oder ihre Nase kitzelt. Und wenn ich versuchen sollte, Paolina genau zu beschreiben, dann müßte ich mit ihrem Lachen anfangen, ein übersprudelndes Lachen, das immer dann herausplatzt, wenn man es am wenigsten erwartet. Paolinas Lachen wirkt wie eine ganz besondere Belohnung, exklusiv mir vorbehalten.

Tja, Paolina war in Kolumbien, für mich genauso «vermißt» wie Valerie Haslam.

Ich frühstückte. Ein Hefebrötchen, Frischkäse, Kaffee mit Milch und Zucker. Auf einem Teller. Aus einer Tasse. Mit Besteck und Serviette. Da bin ich ziemlich verschwenderisch.

«Fang mit Elsie an.» Ich doch nicht. Ich fing mit dem Telefon an. Ich rief die hiesigen Krankenhäuser, Gefängnisse und schließlich auch noch das Leichenschauhaus an. Keine Valerie Haslam. Keine bislang nicht identifizierten weißen, weiblichen Teenager. Ich rief bei dem Mädchen zu Hause an, weil ich fand, ihre Eltern sollten von der ganzen Sache erfahren. Vielleicht würde Valerie ans Telefon gehen, und dann konnte ich Jerrys Schuldschein zusammen mit dem Standardvertrag zerreißen, den er unbedingt hatte unterschreiben wollen, ob nun rechtsgültig oder nicht. Ich erreichte nur einen Anrufbeantworter mit einer schroffen Männerstimme. Ich hinterließ meinen Namen und meine Nummer.

Es klingelte dreimal an der Tür, das Zeichen für Roz. Ich hörte, wie sie die Treppe heruntergeflogen kam, das Trappeln ihrer winzigen Schuhe. Sie begrüßte beide *Twin Brothers* mit dem gleichen Enthusiasmus, als hätte sie nicht mit einem von ihnen den größten Teil der Nacht verbracht.

Es ist feige, ich weiß, aber ich beschloß zu flüchten, bevor die Zerstörung begann. Es war noch viel zu früh, als daß Mooneys Nutte in der *Zone* auftauchen würde, also beschloß ich, mich an Jerrys Rat zu halten und mit Elsie anzufangen. Warum auch nicht? Valeries Eltern waren nicht zu Hause, und die Kids müßten jetzt in der Schule sein, richtig?

Auf dem Weg aus der Tür klingelte das Telefon. Die strenge Stimme am anderen Ende wies sich als Mrs. Mooney aus, die Mutter des Lieutenants. Sie wollte wissen, ob ich bei ihr vorbeikommen könnte. Es wäre egal, wann. Aber am liebsten sofort.

KAPITEL 6

Damals, als ich noch ein Cop war, bin ich immer mit meinem Streifenwagen an Mooneys Wohnung vorbeigefahren und hab mir vorgestellt, wie es drinnen wohl aussehen würde. Jetzt parkte ich meinen Toyota ein Stück den Block runter und starrte das Ziegelgebäude die Straße hinauf an. Abgesehen von einem Oberlicht über der Haustür hatte der Architekt sich nicht zu besonders vielen ausgefallenen Akzenten hinreißen lassen. Vier Stockwerke hoch war der triste gelbe Ziegelkasten gespickt mit rechteckigen Fenstern. Die drei zur Haustür hinaufführenden Stufen waren aus nacktem Beton und wurden von zwei Urnen flankiert, in denen eigentlich Geranien hätten wachsen sollen. Die rechte der beiden Urnen war kaputt, ein Stück des Randes immer noch gezackt. Die linke war ganz und enthielt eine dünne Schmutzschicht auf dem Boden.

Der Mooney-Clan lebte früher in South Boston, eine irische Hochburg, die berühmt dafür war, Busse voller schwarzer Kids mit Steinen zu bewerfen. Irgendwann wurde Mooney es satt, aufgrund seiner Adresse immer als bigott abgestempelt zu werden, und kurz nachdem die Cops einen Ring von Feuerteufeln eingebuchtet hatten, die dabeigewesen waren, die Gegend um die Symphony Road in ein zweites Beirut zu verwandeln, zog er in die Hemenway Street-Wohnung. Seine Mutter wollte, daß er nach dem Tod seines Vaters wieder zurück nach Hause, nach Southie kommen sollte, doch

Mooney war stur. Er behielt seine Wohnung, also verkaufte Mom die Heimstätte der Familie und zog zu ihrem einzigen Sohn.

Ich überprüfte die auf der Straße parkenden Wagen, hoffte, Mooneys verbeulten Buick zu entdecken. Sieben Autos glänzten mit Knöllchen.

Mooney spricht nicht viel über seine Mutter. Was ich über sie weiß, kann in wenigen Worten zusammengefaßt werden: Witwe eines Cops, Mutter eines Cops. Ich bin ihr einmal auf dem Revier begegnet und bekam den starken Eindruck, daß sie nicht viel von weiblichen Cops hielt. Vielleicht war das der Grund, warum ich sie als Mitglied der *Ladies Auxiliary* einstufte, sie über ihren Mann und Sohn definierte. Das mache ich niemals bei Frauen, die ich mag – nicht mal bei Frauen, die ich nur flüchtig kenne.

Ich wußte nicht viel über Mooneys Mom. Nicht mal ihren Vornamen. Für mich existierte sie als eine Präsenz – ernste, strenge, rechtschaffene Katholikin –, und ich war mir nicht ganz sicher, ob ich diesen Eindruck durch Mooney gewonnen oder ob ich ihn mir selbst zusammengebastelt hatte.

Ihre scharfe Stimme am Telefon hatte mir auch nicht weitergeholfen.

Ich drückte meine Haare an, bevor ich klingelte. Diese automatische Geste machte mich stutzig. Damals, als ich noch ein unsicherer Teenager gewesen war, hatte ich das andauernd gemacht. Heute – tja, Pech, wenn meine Haare einfach nicht zu bändigen waren. Aber diese instinktive Reaktion drängte mir die Frage auf, ob ich Mooneys Mom vielleicht beeindrucken wollte. Und warum.

Im gleichen Augenblick, als ich auf die Klingel drückte, kam auch schon ihre Stimme aus dem Lautsprecher. Sie mußte auf mich gewartet haben. Vielleicht hatte sie an einem Fenster hinter der Gardine gestanden und mich kommen sehen. Als ich meinen Namen nannte, drückte sie mir auf. Die innere Tür war aus schwerem, massivem Holz und besaß ein vergittertes, staubiges Fenster. Im Foyer roch es muffig, und der graue Teppichboden auf der Treppe hatte schon viele Jahre hinter sich.

Ich mußte 3 B nicht erst suchen. Die Tür stand bereits offen, und Mrs. Mooney wartete dort auf mich. Ich hätte sie nicht wiedererkannt.

Sie trug ein formloses, rosafarbenes Schürzenkleid, das von ihren Schultern glatt nach unten fiel, darüber eine abgetragene beige

Knallhart.

Ein Angebot, das Sie nicht ablehnen können …

Strickjacke. Ihr graues Haar war voll und üppig, ganz offensichtlich eine Perücke. Der Kontrast zwischen den prächtigen, glänzenden Haaren und ihrem eingefallenen Gesicht war einfach zu kraß. Irgendwas um die Kinnlinie ließ Mooney wiedererkennen. Tiefe Linien zerfurchten ihre Stirn und zogen ihr Gesicht in unzufriedenen Falten herunter.

Sie gönnte mir ein leichtes Lächeln, aber sie hatte nichts von ihrer herrischen Art am Telefon verloren.

«Kommen Sie rein», sagte sie, und es war keine Einladung, sondern ein Befehl.

«Guten Tag», sagte ich förmlich. «Mein Name ist Carlotta Carlyle.»

«Peg Mooney», sagte sie, bot mir ihre zerbrechliche Hand an. «Ich habe Sie in Uniform in Erinnerung.»

Sie schloß hinter mir die Tür, lehnte sich schwer dagegen. Dann verlagerte sie ihr Gewicht auf die Gummihandgriffe eines Aluminiumlaufstuhles.

«Bitte», sagte sie forsch, «nehmen Sie doch auf der Couch Platz. Es dauert ein bißchen, bis ich mich in dem Sessel niedergelassen habe. Hätten Sie gern etwas Limonade?»

Auf dem Couchtisch stand ein Glas mit einem kleinen Spitzendeckchen darunter, das den Holztisch vor Schaden bewahrte. Nicht daß es jemals ein besonders gutes Möbel gewesen wäre, aber was immer Pflege und Politur konnten, war getan worden.

Genauso war der Raum. Der Stoff des grünen Brokatsofas war zum Zerreißen dünn, abgewetzt durch häufiges und sorgfältiges Reinigen. Die gesmokten Kissen waren mindestens zwanzig Jahre alt, ihr einst goldener Taft wurde an den Rändern grau. Zu viele Möbel waren in das kleine Zimmer gestopft worden, zu viele putzige Ziertischchen und Fußbänkchen. Zu viele Deckchen und Kissen und Nippes. Die Wirkung war die eines größeren Raumes in komprimierter Form. Ich bekam hier Platzangst und fragte mich, wie Mooney das aushielt, Mooney, der in seinem Büro nur einen Scheibtisch, einen Stuhl und ein einziges Bild hatte.

Es war sicher, daß die Möbel aus dem Zuhause von Mooneys Kindheit stammten, zu abgenutzt, um verkauft werden zu können, und zu «gut», um einfach weggegeben werden zu können. Sah es in Mooneys Zimmer anders aus, oder hatte er seine Mom mit seiner Wohnung tun und machen lassen, was immer sie wollte?

Ich versuchte, Mrs. Mooney bei der langwierigen Prozedur des Setzens zu helfen, aber sie schickte mich mit einem beinahe wütenden Nicken fort. Meine Großmutter hat früher auch immer alles allein gemacht. Stur wie ein Esel, nannte meine Mom sie immer mit einer Spur Bewunderung in der Stimme.

Ich habe die Mutter meiner Mutter nie kennengelernt, auch wenn mich ihre jiddischen Redensarten während meiner Kindheit und Jugend ständig begleiteten. Als meine Mutter einen Andersgläubigen heiratete – einen Nichtjuden, einen Katholiken –, weigerte sich meine streng orthodoxe Großmutter, ihre Tochter zu sehen. Sie beklagte ihre Tochter und sang die traditionellen Gebete für die Toten. Im Laufe der Jahre gab sie nach. Sie telefonierte mit meiner Mutter, zuerst nur an ihrem Geburtstag, später dann jeden Freitagabend – früh –, bevor der Sonnenuntergang und die *shabbas* die Verwendung von Maschinen undenkbar machten. Meine Mutter sagte immer, wenn meine *Bubbe* nur noch einen Monat länger gelebt hätte, dann hätten sie sich wieder versöhnt und wir uns kennengelernt.

Statt dessen begleitete ich meine Mutter, um ihr zu helfen, *Bubbes* Wohnung nach ihrem Tod auszumisten. Ein Foto von mir, eine kunstvoll gerahmte Vergrößerung eines Schnappschusses, den Mom ihr vor langer Zeit mal geschickt hatte, hing an einem Ehrenplatz an der Wohnzimmerwand. Meine Großmutter hatte nie auch nur mit einer Silbe erwähnt, das Bild überhaupt zu haben.

Der muffige Geruch, den ich mit Alter und Sturheit, Krankheit und Tod assoziierte, haftete auch in Mooneys Wohnung.

Der *Herald* lag zusammengefaltet auf dem Couchtisch, die Story über Mooney nach oben. Ich wollte die Zeitung verstecken.

Peg Mooney sah, wie meine Augen es registrierten, und sofort reckte sie herausfordernd ihr Kinn.

«Ich schätze, Sie haben das gelesen», sagte sie, während sie sich auf dem Sessel niederließ. Es war ein langsamer Vorgang. Sie umklammerte den Laufstuhl, bis sie ungefähr fünfzehn Zentimeter über dem Sitzpolster schwebte, dann ließ sie los und ließ sich mit einem tiefen Seufzer unvermittelt fallen.

Ich tat, als wäre ich von meinem Glas Limonade gebannt. Sie war gut, frisch ausgepreßt und herb. Ich hoffte, daß Mooney sie gemacht hatte, denn der Gedanke war mir unangenehm, daß seine Mutter sich nur für mich soviel Mühe gemacht hatte, mit ihren schwachen, klauenartigen Händen.

«Mein Sohn weiß nichts davon, daß ich Sie angerufen habe», begann sie.

Ich wartete, beobachtete sie.

«Und ich will auch nicht, daß er es erfährt. Es gibt Dinge in seinem Leben, von denen ich nichts wissen will, und es gibt andere Dinge in meinem Leben, von denen ich nicht will, daß er sie erfährt. Wir leben auf engem Raum zusammen, aber ein Privatleben ist trotzdem etwas sehr Wichtiges, glaube ich.»

Ich nickte zustimmend, trank meine Limonade.

«Ich weiß, daß Sie früher für Joseph gearbeitet haben», sagte sie.

Ich brauchte einen Augenblick, bis mir klar wurde, daß Joseph Mooney war. Ich wußte, daß er Joe hieß, aber diesen Namen hatte nie irgendwer benutzt.

«Und da Sie Polizistin waren, nehme ich an, daß Sie immer noch Leute bei der Polizei kennen.»

«Ja, das tue ich», sagte ich. Über ihrem Kopf konnte ich an der gegenüberliegenden Wand gerahmte Fotografien sehen, genau wie in der Wohnung meiner Großmutter, ein paar Schwarzweißaufnahmen, andere in älteren, sepiafarbenen Tönen. Auf einem Foto mußte Mooney als kleiner Junge zu sehen sein. Er trug einen Matrosenanzug, und sein Gesicht war voller und weicher, aber im wesentlichen war es das gleiche wie heute.

«Alle meine Freunde bei der Polizei sind heute pensioniert», sagte sie. «Also, eigentlich waren es nie meine Freunde. Es waren Pats Freunde, die Saufkumpanen meines Mannes. Die Frauen wurden toleriert, nicht so wie heute... Aber ich weiß, daß sich seit damals alles verändert hat. Die jungen Cops sind nicht mehr die gleichen. College-Cops, so hat mein Pat sie immer genannt, und er hat immer auf sie herabgeblickt, obwohl er es selbst nie bis zum High School-Abschluß geschafft hat. Er war ein guter Polizist, mein Mann, sieben Belobigungen wegen Tapferkeit, und einmal ist er sogar angeschossen worden. Er hat sein Leben dem Department geopfert, genau wie mein Junge.»

Ich machte es mir bequem und trank meine Limonade. Ich war eingeladen worden, mir Erinnerungen anzuhören. Okay, ich hatte schon Schlimmeres überstanden. Wenn es ihr half, für eine Weile ihren Schmerz zu vergessen, die Zeit hatte ich ganz bestimmt für sie. Ihre Stimme wurde sanfter, wenn sie von «ihrem Pat» sprach, und mir fiel ein ganz leichter irischer Akzent auf. Ich suchte die Wand nach einer Aufnahme einer jüngeren Mrs. Mooney ab. Da war sie in ihrem Hochzeitskleid, lächelte schüchtern, ohne ein still ertragenes Leiden in den Augen.

«Kann ich Ihnen vielleicht irgend etwas holen?» fragte ich sie. «Ich könnte Ihnen einen Kaffee machen oder einen Tee.»

«Nein, vielen Dank», sagte sie, verhärtete sich augenblicklich wieder, als ich sie in die Gegenwart zurückholte. «Aber es gibt etwas, das Sie für mich tun können. Sie können mir erklären, wie ein Mann sein ganzes Leben dem Department schenken kann und warum sich dann plötzlich alle wegen nichts gegen ihn wenden.»

«Ich glaube nicht, daß ich Ihnen das erklären kann», sagte ich.

«Als mein Mann noch lebte, hätte der *Herald* niemals so einen Mist gedruckt. Die Polizei hätte sich niemals so unloyal verhalten und so über einen ihrer eigenen Leute geredet, und das noch einem Reporter gegenüber.»

«Ihr Sohn muß erklärt haben, was geschehen ist...»

«Er spricht nicht darüber. Er tut so, als wäre es gar nicht geschehen, und er geht jeden Tag aus dem Haus, so als müßte er zur Arbeit, nur daß ich jetzt weiß, daß er nicht arbeiten geht. Ich dachte, vielleicht wäre er zu Ihnen gekommen...»

«Nein», sagte ich.

«Sind Sie katholisch?» fragte sie aus heiterem Himmel.

«Nein», erwiderte ich ehrlich.

«Aha», flüsterte sie. «Das hätte er mir nicht gesagt.»

«Ist das so wichtig?» fragte ich.

«Ja», sagte sie, ohne mit der Wimper zu zucken. «Für mich.»

«Mrs. Mooney, was kann ich für Sie tun?»

«Mein Sohn hält Sie für vertrauenswürdig.»

«Ich halte sehr viel von Ihrem Sohn», sagte ich. «Er ist ein anständiger Polizist und ein anständiger Mensch.»

Sie deutete unbestimmt zu der Wand mit den Fotos hinter ihrer Schulter. «Da hängt ein Bild von ihm mit seiner Frau», sagte sie. «Gehen Sie, schauen Sie es sich an. Sie sind so ein hübsches Paar.»

Ich wollte sie korrigieren. Seine Ex-Frau. Aber andererseits, wahrscheinlich akzeptierte sie ihre Scheidung nicht. Ich stand auf und durchquerte den Raum.

Es war ein 20 × 25-Studio-Porträt, und Mooneys Frau wirkte nett, hatte ein sanftes, lächelndes Gesicht. Zierlich. Blond. Hohe, slawische Wangenknochen. Sie klammerte sich an Mooneys Arm, und das Lächeln auf seinem Gesicht war so sorglos, daß es fast weh tat.

Ich richtete meine Aufmerksamkeit auf ein anderes Foto, auf das eines ernst dreinblickenden Mannes. «Ist das hier Ihr Mann?» fragte ich.

«Der in Uniform», sagte sie. «Das ist Pat. Er trug immer seine Uniform. Er war bis zu seinem letzten Tag Streifenpolizist, und er war stolz darauf.»

Ich kehrte zu dem Sofa zurück und setzte mich vorsichtig, um das Polster zu schonen.

«Nun, Miss Carlyle», sagte sie, «wenn ich immer noch Leute im Department kennen würde, dann brauchte ich Sie jetzt nicht zu...»

«Zu was?» sagte ich, als sie stockte.

«Möchten Sie noch etwas Limonade?» fragte sie. «Es macht wirklich keine Umstände...»

«Nein, vielen Dank», sagte ich.

«Hören Sie», sagte sie, «falls Sie wirklich als Privatdetektiv arbeiten, dann möchte ich Sie engagieren, um eine Aufgabe für mich zu erledigen. Ich würde es selbst tun, aber ich bin zu lahm und zu langsam.»

«Welche Aufgabe?»

«Ich habe ein bißchen Geld zur Seite gelegt. Ich kann Sie bezahlen.»

«Welche Aufgabe?» wiederholte ich.

«Früher hätte ich das nicht tun brauchen. Das Department hat sich immer um seine Leute gekümmert, wissen Sie.»

Ich wartete, voller unguter Ahnungen.

«Ich möchte, daß Sie mit dem Polizisten sprechen, mit dem, der den Bericht geschrieben hat, und ich möchte, daß Sie ihn davon überzeugen, daß er ein Messer gesehen hat, daß er sich bei dem Schreibkram geirrt hat, verstehen Sie?»

«Bitte», fuhr sie fort, als ich nichts sagte. «Nur wegen dem, was in der Zeitung steht, ist es noch nicht zu spät. In Polizeirevieren verschwinden manchmal Sachen. Vielleicht befand sich das Messer in der Tasche des Mannes, und sie haben es dann später im Krankenhaus gefunden, aber einer der Sanitäter hat es dann gestohlen oder so. Es gibt Möglichkeiten, das zu regeln, ohne daß jemandem dabei geschadet wird.»

«Sie glauben nicht, daß es ein Messer gab, nicht wahr?» sagte ich behutsam.

«Es ist mir egal», erwiderte sie.

«Sie glauben, Ihr Sohn hätte diesen Burschen zusammengeschlagen und eine Falschaussage gemacht?»

«Hören Sie mir mal genau zu, Mädchen», sagte sie wütend. «Es ist mir gleichgültig, ob es ein Messer oder eine Kanone oder eine Maschinenpistole oder ein Maschinengewehr gegeben hat. Mein Junge ist ein guter Cop, genau wie sein Vater einer gewesen ist.»

«Die Zeiten haben sich geändert», sagte ich.

«Und das nicht zum Besseren.»

«Hat sein Vater Leute zusammengeschlagen?» Ich hätte sie nicht herausfordern sollen, aber ich konnte einfach nicht anders. Da war ein Funkeln in ihren Augen, und sie antwortete mir, als hätte sie auf einen Kampf gewartet und als wäre ich der ausgewählte Gegner.

«Leute, die es verdient hatten, zusammengeschlagen zu werden, ja. Und er hat sich deswegen auch nicht geschämt. Nichts von diesem modernen ‹Sei-nett-zu-dem-Abschaum-dieser-Welt›-Blödsinn, und laß sie wiederkommen und dich morgen erschießen. Mein Mann hat immer genau gewußt, auf welcher Seite er stand.»

«Das muß ihm ein Trost gewesen sein.»

«Das war es», sagte sie. «O ja, das war es.»

«Dann möchten Sie also, daß ich einen Polizeibeamten besteche», sagte ich ruhig. Ich trank den letzten Tropfen Limonade und stellte das Glas zurück auf den Tisch, exakt in die Mitte des Häkeldeckchens. «Sie wissen, daß Ihr Sohn das verabscheuen würde.»

«Er würde nichts davon erfahren», sagte sie. «Das ist Teil Ihres Jobs. Ich möchte, daß es taktvoll gemacht wird. Ich kann Ihnen hundert Dollar bezahlen, und weitere hundert für den Officer.»

«Nein», sagte ich. «Tut mir leid. Ich kann es nicht.»

«Dann werden Sie es vielleicht tun, weil es Ihnen etwas ausmacht, was mit Joseph passiert. Diese Geschichte macht ihn fertig, sie bringt ihn um.»

«Mrs. Mooney, glauben Sie mir, es gibt keine Möglichkeit, diese Sache taktvoll zu erledigen, es gibt keine Möglichkeit, sie überhaupt irgendwie zu erledigen. Ich werde den Job nicht übernehmen, und ich werde diesbezüglich auch keine Silbe gegenüber Ihrem Sohn fallenlassen. Und, bitte – versprechen Sie mir das –, versuchen Sie es nicht selbst. Sie würden für ihn alles nur noch schlimmer machen.»

«Schlimmer für ihn», sagte sie. «Schlimmer für ihn? Und wie sollte Ihrer Meinung nach für ihn alles noch schlimmer werden?»

Ich sagte nichts.

«Gehen Sie», sagte sie. «So gehen Sie doch endlich.»

Ich bedankte mich für die Limonade, doch sie tat, als würde sie mich nicht hören, saß wie eine gemeißelte Figur ihrer Selbst in steinernem Schweigen da. Ich verabschiedete mich und rannte beinahe die Treppe zur Haustür hinunter. Ich mußte den Geschmack dieser Limonade aus dem Mund bekommen, den kranken Geruch der Wohnung aus meiner Nase.

Viel zu schnell fuhr ich zur *Emerson School* hinaus. Die Tachonadel kroch immer weiter rauf – zehn, zwanzig, fünfundzwanzig Meilen über die Geschwindigkeitsbegrenzung auf der Route 2. Ich hatte verdammtes Glück, nicht von einem Cop angehalten zu werden.

KAPITEL 7

Jerry hatte geschworen, Geld wäre kein Problem, aber ich glaube nicht, daß ich ihm glaubte, bis ich über die frisch gemähten Rasen der *Emerson* schlenderte. So nennen sie den Laden. Sie lassen einfach den Titel mit «Schule» weg, weil jeder, der jemand ist, weiß, daß die *Emerson* eine Privatschule ist, eine noble, private High School.

Wenn das hier eine High School war, dann war das, was ich in Detroit besucht hatte, eine grausame und außergewöhnliche Strafe.

Es war nicht einfach nur der Golfplatzrasen. Gut gestutzte Büsche, prächtige Tannen und noble Ziegelgebäude trugen zu der Wirkung bei, ein Mini-Harvard vor Augen zu haben. Doch statt der umgebenden Betriebsamkeit und Hektik des Harvard Square lag die *Emerson* in einem mehrere Morgen großen parkähnlichen Gelände. Der Zulassungsausschuß führte höchstwahrscheinlich Aufnahmegespräche mit den Eichhörnchen und nahm nur diejenigen, die einem auch aus der Hand fraßen.

Nirgendwo hörte ich eine Glocke läuten, aber trotzdem wimmelte der viereckige Innenhof plötzlich von Schülern. Die Mädchen schienen ausnahmslos Röcke zu tragen – keine Uniformröcke oder so was, sondern einfach nur Röcke verschiedener Farben und Längen. Sie kicherten, ein beruhigendes typisches Teenager-Geräusch. Die Jungs trugen Sakkos mit weißen Hemden, die am Kragen offenstanden.

Mußte so was wie eine Kleidervorschrift sein, sagte ich mir. Ich konnte nämlich nicht glauben, daß diese Kids hier sich bewußt entschieden hatten, wie der Nachwuchs der leitenden Angestellten bei IBM auszusehen. Ein paar signalisierten ihre Individualität mit angepunkten Frisuren. Gemessen an Roz' Maßstäben zwar nur sehr dezent, aber ganz ohne Frage geradezu revolutionär auf der *Emerson*.

Sie trugen Bücher. Das haben wir in Detroit auch gemacht. Somit hatte ich einen Vergleichsmaßstab. Das hier war höchstwahrscheinlich eine Schule.

Ich hätte mich direkt im Büro melden müssen. Das war wenigstens das, was auf der wunderbar beschrifteten Tafel am steinernen Eingangstor gestanden hatte: BESUCHER MELDEN SICH BITTE UMGEHEND IM BÜRO. Was auch wirklich meine feste Absicht gewesen war, bis ich dieses Schild gelesen hatte. Sobald ich in einer High School, einem Krankenhaus, einem Gefängnis bin – an jedem Ort, an dem Gefangene gehalten werden –, werde ich aufsässig. Ich mache all das, was man nicht tun soll. Ich bin im Grunde meines Herzens ein Schulschwänzer.

Ich suchte nach Tarnung. Keine Chance, mich unauffällig unter die Schüler mischen zu können. Auf einer normalen High School konnte ich vielleicht mit Jeans und T-Shirt einen auf High School-Schüler machen, aber hier, inmitten all dieser Teenager-Förmlichkeiten wirkten meine Gespräch-mit-den-Klienten-Hose und mein Pullover irgendwie fehl am Platz. Ich setzte also eine Maske der Autorität auf. Vielleicht konnte ich Lehrer spielen.

Es gibt Dinge, die ich diesen Kids beibringen könnte, glaub mir. Angefangen mit dem Wissen, wie man in Städten überleben kann. Dann noch Selbstverteidigung, Blues-Gitarre und Volleyball.

Ich sah mich um, betrat unangefochten ein paar der roten Ziegelgebäude. In einem entdeckte ich an einer hellgrauen Wand einen gerahmten Plan des Campus. Stell sich einer das nur mal vor, ein Campus. Meine High School war ein Kasten mitten in der Stadt – acht Stockwerke hoch, keine Fahrstühle – und so überfüllt, daß der Unterricht auch auf dem Dach genau wie im Park auf der anderen

Straßenseite abgehalten wurde. Was schlimmer war, konnte man nicht mit Sicherheit sagen. Unterricht im Park beinhaltete die Möglichkeit, überfallen zu werden; Schüler auf dem Dach waren Freiwild für verirrte Geschosse vom ROTC-Schießstand.

Die *Emerson* schien jede Menge Platz zu haben. Platz für ein Sprachlabor, einen Aufenthaltsraum für die Schüler, eine Cafeteria, ein Computerzentrum, einen Schulladen, ein kleines Theater und für Ställe. Ja, richtige Pferdeställe hatten die hier.

Die einzigen Pferde, die ich in Detroit gesehen hatte, waren Polizeipferde gewesen, die angeschafft worden waren, um bei Krawallen eingesetzt zu werden.

Ich beschloß, ein bißchen herumzuwandern, die privilegierte Atmosphäre zu schnuppern, die Valerie verlassen hatte. Draußen war weit und breit kein Mensch mehr zu sehen. Alle waren jetzt in ihren Klassen, angezogen worden von einem unsichtbaren Magneten. Die Luft roch nach frisch gemähtem Gras. Die Sonne glitzerte. Ein dünner Mann mit gebeugten Schultern reparierte ein Tornetz auf dem Fußballplatz.

Ich zog gerade einen verspäteten Besuch im Büro in Erwägung, als mir wieder einfiel, daß alle High School-Kids Sport machen müssen. Einschließlich Elsie McLintock. In meiner Verkleidung als freischaffender Volleyballtrainer, der den Lageplan der Schule immer im Kopf hatte, fand ich das richtige Gebäude und trat unauffällig durch gewaltige Doppeltüren ein.

Die Turnhalle war riesig, aber weniger hätte ich in der *Emerson* auch nicht erwartet. Zu meiner Freude lief gerade ein stümperhaftes Volleyballspiel. Ich setzte mich auf die Tribüne, ganz ausgepowert durch all die Eleganz, hieß den vertrauten Geruch von Turnschuhen und Sportsocken willkommen.

Ich kannte Elsie McLintocks Namen. Ich wußte nicht, wie sie aussah oder in welcher Klasse sie war. Ich vermutete, daß sie in der neunten Klasse war, und Jahre bedeuten soviel, wenn man erst so wenige hinter sich hatte.

Vom Spielfeld kam jubelndes Geschrei. Ein Spiel entschieden, und allgemeines Händeklatschen. Zwei Mädchen der Siegermannschaft – die eine klein, die andere groß – konnten wirklich spielen. Sie streiften über das Spielfeld, machten Punkte, wann immer sie wollten. Ihre Mannschaftskameradinnen spielten, als hätten sie eine Scheißangst.

Ich spiele dreimal wöchentlich morgens Killer-Volleyball in meinem Cambridge-YWCA. Das ist eine ausgezeichnete Bewegung, und außerdem hat es nicht die Sinnlosigkeit von, na sagen wir, Strampeln auf einem Trainingsfahrrad. Irgendwer gewinnt, irgendwer verliert. Ich liebe das. Ich bin Außenfeldspielerin – ein *spiker* –, aber wenn's sein muß, kann ich auch Mittelfelddeckung spielen.

Eines der Mädchen, das offenbar nichts gegen Schweiß hatte, kam außer Atem vom Spielfeld, und eine Ersatzspielerin übernahm ihren Platz. Sie setzte sich zwei Reihen vor mich.

«Gutes Spiel», sagte ich, verlagerte meinen Platz runter neben sie.

«Danke.» Sie atmete schwer.

«Erschöpft?»

«Ich hatte Mononukleose, und jetzt kann ich mich nicht mehr bewegen. Es kommt mir vor, als brauchte ich eine Ewigkeit, bis ich wieder in Form bin.»

Eine Ewigkeit bedeutete in ihrem Alter wahrscheinlich zwei Wochen.

Ich sagte: «Kennst du Elsie McLintock?» Ich dachte mir, ich könnte es ja ruhig mal versuchen. Es war eine kleine Schule – was die Schülerzahl betraf, nicht die Fläche.

«Elsie?»

«Ja. McLintock. Sie ist in der Neunten.»

«Ich glaube, ich hab ihren Namen schon mal irgendwo gehört.»

«Weißt du, wann sie Sport hat?»

«Nee.» Sie verfolgte das Spiel. Sie hatte eines dieser klassischen WASP-Profile mit der leichten Himmelfahrtsnase, die einen rotznäsig wirken läßt, selbst wenn man es gar nicht ist. Sie wischte sich ihr dichtes blondes Haar aus der Stirn. Ich machte mir die Tatsache zunutze, daß Mädchen aus gutem Hause mit üppigen Mähnen Erwachsenen nur höchst selten sagen, daß sie sich verpissen sollen.

«Weißt du vielleicht, wo ich sie finden könnte?»

«Ms. Sutton hat die Stundenpläne», sagte sie, verfolgte dabei weiter konzentriert das Spiel.

«Ms. Sutton?»

«Laura, die mit den Zöpfen.»

Eines der Mädchen, die hart kämpften und gut spielten, war tatsächlich die Lehrerin.

«Danke», sagte ich.

Auf der rechten Seite eines Basketballfeldes ging ein kleines Büro ab. Ich vermutete, daß Ms. Sutton nicht plötzlich hier auftauchen würde, da das Spiel im Augenblick brenzlig war und ihre Mannschaft sie brauchte. Sie war eine sehr ordentliche Lehrerin mit vier Karteikästen auf dem Schreibtisch, die fein säuberlich nach Jahrgängen geordnet waren. Ich fischte mir Elsies Karte aus der Kartei der neunten Klasse, und daraus möglicherweise für Ms. Sutton resultierende Unannehmlichkeiten taten mir aufrichtig leid. Ich wünsche mir, sie würde im Y in meiner Mannschaft mitspielen. Sie war klein, aber couragiert. Sie machte ein paar ziemlich unmögliche Einlagen, sprang sogar ein paarmal dicht ans Netz und pfefferte den Ball ins gegnerische Feld, was für einen Winzling eine ziemlich knifflige Sache ist.

Ich sah auf meine Uhr. In einer halben Stunde würde Elsie McLintock vom Englisch-Block in den sozialwissenschaftlichen Block wechseln. Damit blieben mir dreißig Minuten, um herauszufinden, ob ein Block ein Gebäude oder eine Zeiteinheit war, und wie Elsie aussah.

Die Sache mit den Blocks war ein Kinderspiel. Ich kehrte zu dem Gebäude mit dem Lageplan zurück und entdeckte den Englisch-Block in der Legende am unteren Rand. Elsie zu identifizieren war schon eine Ecke schwieriger. Nirgendwo hingen Fotos von den Schülern. Die ganze Aktion sah ziemlich sinnlos aus, bis ich erkannte, daß es in jedem Klassenzimmer ein Telefon gab.

Ohne größere Schwierigkeiten machte ich den Raum ausfindig, in dem Elsie Englisch hatte, Raum 121. Der Englischunterricht fand immer im Englisch-Block statt, alle Sprachen im Sprachen-Block, alle Mathematik-Kurse wieder in einem anderen Gebäude und so weiter. Ich fand einen leeren Raum auf der anderen Seite des Korridors, nahm den Hörer vom Haken, tippte 121 ein und fragte mich, wen ich wohl an die Strippe bekommen würde. Manchmal haben Haustelefonanlagen einen speziellen Code. Du weißt schon, man muß zuerst eine Neun wählen oder so was. Das Klingeln in Elsies Klassenzimmer war so laut, daß ich erschreckt zusammenzuckte.

Elsies Lehrer, ein rundlicher Mann, dessen Haare sich merklich lichteten, durchquerte den Raum, und ich versteckte mich hinter der Tür.

«Tut mir leid, daß ich störe», sagte ich schnell. «Elsie McLintock bitte ins Büro.»

«Sarah?» fragte die tiefe Stimme.

Ich gab eine einsilbige, unverbindliche Antwort. Es ist so leicht, am Telefon zu lügen.

«Ich kann diese Unterbrechungen wirklich nicht ausstehen.»

«Tut mir leid», sagte ich sehr ernst. «Bitte, schicken Sie sie sofort zu mir. Es ist dringend.»

Als das Mädchen aus der Klasse kam, folgte ich ihr.

Sie war klein. Gepflegt. Hellbraune Haare fielen in einem gutgeschnittenen Schwung auf ihre Schultern. Sie trug einen grauen, knielangen Jeansrock und eine pastellfarbene, geblümte Bluse. Zwei goldene Armbänder klimperten an ihrem Handgelenk.

«Elsie», rief ich.

Sie drehte sich um. Wenigstens hatte ich die richtige erwischt.

«Du brauchst nicht ins Büro.»

«Aber Mr. Chesney hat gesagt... Wer sind Sie?»

«Jerry Toland hat mich engagiert, um Valerie zu finden.»

«Hähmmmmh», machte sie oder irgendwas in der Richtung.

«Können wir irgendwo hingehen und uns unterhalten?» fragte ich.

«Ich werde zu spät zu Amerikanischer Geschichte kommen.»

«Weiß du, wo Valerie im Augenblick ist?»

«Nein.»

«Ist es dir egal?»

Sie sah mich schräg an. «Tja, natürlich nicht. Sie ist meine Freundin.»

«Dann müssen wir uns unterhalten.»

«Wir könnten in den Aufenthaltsraum gehen», sagte sie zögernd.

«Fein», sagte ich.

Sie ging zu diesem riesigen, mehrgeschossigen und schallisolierten Raum voraus, der in beruhigendem Blau eingerichtet war. Ich konnte mir nicht vorstellen, wieso auch nur eines der Kids in den Unterricht ging, wenn sie doch hier auf einer der dunkelblauen Couches ein Schläfchen halten konnten. Auf einer davon nahmen wir jetzt Platz. Ich ließ meine Hand über den weichen Plüsch gleiten.

«Wie war Ihr Name noch gleich?» Elsies Eltern mußten ihr gesagt haben, daß sie nicht mit Fremden reden sollte. Ich gab ihr eine meiner Visitenkarten. Die Dinger scheinen irgendwie eine beruhigende Wirkung zu haben, auch wenn man sich für achtzehn Mäuse dreihundert Stück drucken lassen kann, auf denen steht, daß man der Präsident von irgendwas wäre.

Das Mädchen musterte mich kurz, und ich hatte das Gefühl, als würde sie die Preise meiner Kleidung einschätzen. «Wieso ist Jerry zu Ihnen gekommen? Ich meine, hat er in den Gelben Seiten nachgeschlagen?»

Ich beherrschte mich. «Tja, ich nehme einfach mal an, er macht sich Sorgen um Valerie.»

«Jede Wette.»

«Sollte das ironisch sein?»

Sie gab mir keine Antwort.

«Hat Valerie dir gegenüber irgend etwas davon gesagt, daß sie weggehen wollte?» fragte ich. «Weglaufen wollte?»

Sie schüttelte den Kopf. Die braunen Haare hüpften. Sie benutzte zuviel Make-up, eine viel zu helle Grundierungscreme. Dunkler Eyeliner umfaßte ihre schmalen Augen, und ihre Lippen waren hellrot. Wenn ich sie mit einem einzigen Wort beschreiben müßte, dann wäre «mißmutig» mein klarer Favorit.

«Hattest du das Gefühl, daß Valerie unglücklich war?» sagte ich.

«In diesem Sauladen? Machen Sie Witze?»

«Das hier ist ein Sauladen?»

«Die Schule ist fürchterlich, wissen Sie.»

Nachdem sie sich das von der Seele geredet hatte, nahm sie ein Päckchen *Virginia Slims* heraus und steckte sich eine an. Ich widerstand dem Impuls, ihr auf die Finger zu hauen. Ich habe früher selbst geraucht – habe lange vor ihrem Alter damit angefangen –, aber es erschreckt mich immer wieder, wenn ich sehe, wie Kids sich eine Kippe anstecken. Ich meine, heute weiß man doch, was sie ihren Lungen damit antun. Sie können es direkt auf den Packungen nachlesen.

«Wollen Sie auch eine?» sagte sie.

«Nein, danke», sagte ich sanft, verkniff es mir, auf die Warnung des Gesundheitsministers hinzuweisen, und versuchte, den Secondhandqualm nicht zu gierig einzuatmen. «Machen Valeries Eltern sich Sorgen um sie?»

«Wahrscheinlich sind die ganz außer sich», sagte sie, als würde ihr die Vorstellung gefallen. «Das heißt natürlich nur, falls sie's überhaupt wissen.»

Sie war so unbekümmert, daß ich sie am liebsten geschüttelt hätte.

«Moment mal», sagte ich. «Vielleicht kriege ich irgendwas nicht ganz richtig mit. Wohnt Valerie hier? In der Schule?»

«Sie wohnt zu Hause. Ich wohne hier.»

«Dann würden Valeries Eltern es also merken, wenn sie abends nicht nach Hause kommen würde, richtig?»

«Sie ist kein Kind mehr, Ms., äh, Carlyle. Wahrscheinlich würden sie davon ausgehen, daß sie hier bei irgendwem übernachtet.»

«Bei dir zum Beispiel?»

«Vielleicht. Aber sie ist nicht bei mir.»

«Hast du ihre Eltern angerufen, um dich zu erkundigen, ob sie vielleicht krank ist oder so?»

«Hören Sie, Valerie ist nicht blöd. Sie wird nicht zu irgendeinem Vergewaltiger ins Auto springen, wissen Sie. Sie hat ein ganz normales Urteilsvermögen. Sie ist schon in New York gewesen.»

Ich sah nicht ganz, wie die letzten beiden Statements zusammenpassen sollten.

«Wissen Sie», sagte Elsie in einem weiteren Versuch, mich zu überzeugen, «sie ist schon fast fünfzehn. Nächstes Jahr kann sie mit der Schule Schluß machen, und sie können absolut nichts dagegen unternehmen.» So wie sie es sagte, klang «fünfzehn» wie «fünfundvierzig».

«Und was ist mit dir?» fragte ich.

«Was meinen Sie damit?»

«Was glaubst du, warum sie weggelaufen ist?»

Sie starrte das oberste Lehrbuch der drei an, die sie dabeihatte – *Analytische Chemie*. «Kann ich nicht sagen.»

«Kannst du nicht, oder willst du nicht?»

«Kann nicht», sagte sie.

«Wann hast du sie zum letztenmal gesehen?»

«Ich hab's mir nicht aufgeschrieben», sagte sie.

«Denk nach», sagte ich.

«Ich werde zu spät zur nächsten Stunde kommen», sagte sie.

«Stimmt», sagte ich.

«Montag, und dann hat sie mich Montag abend angerufen.»

«Von zu Hause?»

«Ich schätze, ja.»

«War sie wegen irgendwas mitgenommen?»

«Nein.»

«Gab's irgendwas Ungewöhnliches an eurer Unterhaltung?»

«Nein.» Sie blickte ostentativ auf ihre Uhr und sagte: «Ich werde nachsitzen müssen.»

«Gibt es sonst noch jemanden, mit dem ich sprechen sollte, eine andere Freundin zum Beispiel?»

«Ich bin Valeries beste Freundin. Kein anderer würde Ihnen irgendwas sagen.»

«Ein Lehrer vielleicht?»

Sie stöhnte tief, wahrscheinlich wegen der Unmöglichkeit, mich wieder loszuwerden. «Ich schätze, Sie könnten mit Geoff reden.»

«Und Geoff ist...»

«Ein Lehrer. Wir nennen eine Menge Lehrer bei ihren Vornamen. Das fördert eine enge Lehrer-Schüler-Beziehung.»

Affenscheiße, hätte ich beinahe gesagt.

«Wo finde ich diesen Geoff?» fragte ich.

«Im Theater-Block. Auf der Bühne oder in seinem Büro.» Sie nahm einen tiefen Zug von ihrer Zigarette und sah überhaupt nicht mehr kultiviert und elegant aus. «Er ist eine Wucht», fügte sie hinzu.

«Toll», sagte ich trocken. «Vielen Dank für deine Hilfe.»

Sie ignorierte meinen Tonfall und begann aufzustehen. Ich bremste sie mit der Bemerkung: «Jerry hat gesagt, du hättest ein Foto von Valerie.»

Sie zog eine graue Lederumhängetasche an dem Riemen auf ihren Schoß, nahm eine Brieftasche heraus, wühlte in einem Haufen Kreditkarten herum, ja, Kreditkarten – MasterCard, Visa, die goldene American Express –, bis sie die richtige Plastikhülle gefunden hatte. Sie zog ein Schulfoto heraus – förmlich, wie gemalt, perfekt.

«Das müssen Sie mir aber zurückgeben», sagte sie.

Valerie hatte ein ernstes Lächeln auf dem Gesicht, das nicht bis in ihre Augen reichte. Ihre Haare waren weich und dünn, lagen dicht an ihrem Schädel, auf Kinnlänge gerade abgeschnitten. Ihr Gesicht war runder als ein perfektes Oval, ihr Kinn klein und spitz. Ihre Augen waren mandelförmig, und sie hatte helle Augenbrauen. Ihre Nase war schmal, wie die Nase eines kleinen Kindes, die noch nicht ihre endgültige, ausgewachsene Form angenommen hatte. Ihre Augen waren haselnußbraun, der Kragen ihrer Bluse hellblau, die Haut rein. Ich glaube nicht, daß ich auf dem Schulgelände einem Teenager mit Akne begegnet war. Ich fragte mich, ob die wohl verwiesen wurden.

Ich drehte das Foto um. Auf der Rückseite stand in kindlicher Handschrift:

Elsie,
nicht vergessen: Mol = Gramm pro Liter, Renaud's Algebra-Fabrik, freitags, EJB, Kurs-Zensuren, in deinem Gesicht, GR.

Ich liebe dich,
Valerie

«Ich liebe dich.» Genau wie Paolina ihre Briefe beendet.

«Nennt sie sich selbst immer Valerie, nie Val?» fragte ich.

«Sie kann Val nicht ausstehen.»

Paolina mag auch keine Spitznamen. Vergangenes Jahr haben sie auf der Schule versucht, sie Paula zu nennen, haben ihr gesagt, das wäre «amerikanischer». Daraus hat sich dann eine Rauferei entwickelt.

«Wer ist EJB?» sagte ich.

«Ach, das ist nur Quatsch. Er ist dieser Typ, mit dem ich mal gegangen bin. Ein absoluter Trottel.»

«Geht Valerie auch mit irgendwem?»

«Wieso fragen Sie nicht Jerry Toland? Fragen Sie Jerry, wieso sie weg ist, okay?»

«Was willst du damit sagen?»

«Fragen Sie ihn einfach», sagte sie.

Und dann ging sie, wiegte ihre Hüften, gab sich verdammt große Mühe, alt auszusehen.

KAPITEL 8

Indem ich Elsie ausfindig gemacht hatte, hatte ich meine Portion Glück für diesen Morgen offensichtlich aufgebraucht. Selbst mit detaillierten Angaben, wo das Büro des Theater-Lehrers war, gelang es mir nicht, Geoff zu finden. Er war für den Rest des Tages nicht mehr in der Schule, war laut irgend so einem kleinen zukünftigen Aktienmakler-von-Amerika als Begleitperson irgendeiner Exkursion unterwegs. Ich fragte mich, wo die Schüler wohl hin sein konnten, was sie wohl haben wollen könnten, das es nicht auch auf dem

Campus gab. Vielleicht waren sie in die Stadt und beobachteten arme Menschen.

Geoff, dessen vollständiger Name nach seinem Messingnamensschild Mr. Geoffrey L. Reardon lautete, schloß sein Büro nicht ab, wahrscheinlich um seinen Schülern zu zeigen, daß er ein tiefes und unvergängliches Vertrauen in sie hatte. Ich warf ganz beiläufig einen Blick den Flur rauf und runter, nach links und nach rechts. Kein Mensch zu sehen. Also trat ich ein und machte die Tür hinter mir zu. Dann riß ich die Jalousie an dem einzigen Fenster runter und knipste die Schreibtischlampe an.

Das Büro besaß einen geflochtenen Teppich, zwei Stühle – einen bequem aussehenden Lederdrehstuhl und ein Ding mit lederner Rückenlehne – sowie einen alten Eichenschreibtisch. Nichts Ausgefallenes, einfach nur das Zeug, das die *Emerson* damals siebzehnhundertirgendwas, als sie ihren Laden aufmachten, bestellt hatte, schön auf Hochglanz poliert und glänzend. Der Schreibtisch stand vor dem Fenster. Ein gerahmter Druck einer Ballerina von Deags hing an der Wand neben der Tür. Daneben zwei ebenfalls gerahmte Diplome. Oberlin und NYU.

Ich stellte mein Diplom nicht zur Schau. Die UMass – Boston war für mich schon okay gewesen, aber sehen wir den Realitäten doch ins Auge, es ist eben keine Nobelschule.

Ein niedriges, dreistöckiges Bücherregal erstreckte sich über eine Wand. Auf den unteren beiden Regalböden stapelten sich dünne, bunte Theatermanuskripte. Auf dem oberen Brett standen Andenken. Ein angelaufener Pokal mit einem Golfspieler obendrauf und mit Reardons Namen auf dem Fuß eingraviert stand neben einer gedrungenen Paul-Revere-Schale, in die Initialen eingraviert waren, die mir nichts sagten. Zwei Fotoalben mit der Aufschrift «Theater AG» voller Fotos von Schülern in Inszenierungen, bei denen Reardon Regie geführt haben mußte, waren wie Kinderbilderbücher aufgestellt worden, was ausgesprochen üble Folgen für ihre Rükkenbindung hatte. Ich blätterte sie flüchtig durch, hoffte, vielleicht ein Bild von Valerie zu finden, eins, auf dem so was wie ein echter Ausdruck in ihren Augen lag, irgendein Anzeichen von Freude oder Verzweiflung oder Sorgen.

An Reardons Inszenierungen schienen immer eine Menge Teenies in Bodysuits beteiligt zu sein. Ich sah keine Aufnahme von Valerie, aber Gesichter standen auch nicht direkt im Mittelpunkt der Fotos.

Reardons Schreibtisch war abgesehen von einem Philodendron, der mal wieder gegossen werden mußte, einem Telefon und einem dicken Manuskript, das am linken Rand von einer kompliziert aussehenden Metallkonstruktion zusammengehalten wurde, leer. Auf dem Deckblatt stand: «*Wanderlust* von Geoffrey L. Reardon.» Das «L» war ausradiert und dann wieder hingeschrieben worden. Ein Pfeil wies darauf hin, daß er eine Änderung zu «L. Geoffrey Reardon» in Erwägung zog. Das Manuskript hatte Eselsohren, als wäre es von mehr als nur ein paar Leuten gelesen worden. Irgend jemand hatte Kommentare an den Textrand geschrieben. Es war ein Theaterstück. «Cecilia» und «David» schienen unterwegs zum Scheidungsgericht zu sein.

CECILIA: Du Lügner. Niemals hast du letzte Nacht angerufen.

DAVID: Du warst nicht zu Hause.

Ich las noch ein bißchen weiter. Hörte sich ganz nach dem Zeug an, daß mein Ex und ich uns gegenseitig an den Kopf geschmissen hatten. Kraftausdrücke gestrichen.

Ich zog die oberste Schreibtischschublade auf und wühlte in Reardons Kram herum, hoffte darauf, zum Beispiel einen Brief mit Absender von Valerie zu finden. Ich fand keinen. Ich entdeckte ihren Namen in seinem Notenbuch, nur daß ich vermute, man wird es wohl kaum Notenbuch nennen können, wenn keiner der Schüler leistungsmäßig eingestuft wird. Neben jedem der zwölf Namen in Valeries Kurs befanden sich Häkchen, ganze Reihen von Häkchen. Zuerst dachte ich ja, es wäre so was wie eine Anwesenheitsliste, aber es gab durchnumerierte Aufgaben, die ausnahmslos abgehakt waren. Ob der eine Schüler besser als der andere war, behielt «L. Geoffrey» für sich. Ich fragte mich, ob die Kids ohne die informativen *A* und *F* wußten, wer seine Sache gut machte.

In der unteren linken Schublade lag mit der Bildseite nach unten ein Studioporträt von einem gutaussehenden jungen Mann. Unterzeichnet Stuart, herzlichst, dein. Vielleicht war einer von Geoffs Schülern ja eine große Nummer in Hollywood geworden. Vielleicht auch nicht. Ein berühmter Schüler verdiente einen Platz auf dem Andenkenregal. Vielleicht war das hier was Persönliches.

In der Schublade befand sich ein ganzer Stapel Schulhefte, den

Klauen nach zu urteilen, Arbeiten von Schülern. Ich nahm eins raus und warf einen kurzen Blick auf die datierten Einträge. Die Handschrift war schlimm genug, um einem üble Kopfschmerzen zu machen.

Die untere rechte Schublade war verschlossen.

Schlösser gehören zu diesen kleinen Dingen, bei denen man sein motorisches Geschick einsetzen kann und wobei ich ziemlich gut bin, wie zum Beispiel auch beim Zupfen der Gitarre. Damals, als ich noch ein Cop war, hat mir dieser Ganove alles über Schlösser beigebracht, ja er hat mir sogar einen Satz Dietriche geschenkt, bevor ich ihn einbuchtete.

Reardons Schreibtischschloß war keine besonders große Herausforderung, aber trotzdem reichte es aus, das alte Adrenalin in meinem Kreislauf zu pumpen, ganz einfach weil ich wußte, daß ich es nicht knacken durfte. Ein Schauer lief mir über den Rücken, als ich das Schloß klicken hörte, und ich atmete schneller, während ich meine Dietriche wieder in meiner Schultertasche verstaute und die Schublade langsam aufzog.

Eine halbleere Flasche *Wild Turkey* und zwei verschmierte Gläser starrten mich wütend an. Toller Fund.

Ich ließ meine Karte mit der Bitte um Rückruf auf dem Schreibtisch zurück. Dann benutzte ich das Telefon, um es noch einmal bei Valeries Eltern zu versuchen.

Eine Frau mit einer leisen Stimme meldete sich und sagte ja, als ich sie mit Mrs. Haslam ansprach. Ich begann zu erklären, wer ich war. Sie unterbrach mich.

«O ja, ich weiß. Ich meine, Jerry hat mir von Ihnen erzählt. Miss – wie war noch gleich der Name? Ich weiß, daß ich ihn mir hier irgendwo notiert habe. Ich habe ihn auf einen Zettel geschrieben. Schon gut. Er ist ja so ein guter Junge, der Jerry. Wußten Sie, daß er Valeries bester Freund war? Ihr bester männlicher Freund, sollte ich wohl besser sagen, sie hat natürlich auch Freundinnen. Also, eigentlich war er ja nicht wirklich ihr Freund, sondern eher so was wie ein Junge und ein Freund, Sie verstehen schon. Sie ist ja noch so jung...»

«Mrs. Haslam, Jerry hat sich wegen des Verschwindens Ihrer Tochter mit mir in Verbindung gesetzt...»

«Ja, das hat er mir auch gesagt. So ein lieber Junge. Haben Sie gesehen, was mit seinem Mund passiert ist? Ich will nur hoffen, daß er keine Narbe oder sonst irgendwas Bleibendes oder Entstellendes zurückbehält...»

Jetzt war ich an der Reihe, ihr ins Wort zu fallen. Zuerst plapperte sie ja noch munter weiter, faselte irgendwas über Jerrys aufgeplatzte Lippe, aber durch bloße Lautstärke und Entschlossenheit setzte ich mich schließlich durch. «Ist Ihre Tochter zu Hause, Mrs. Haslam? Wissen Sie, wo sie ist?»

«Nun, ich habe zwei Töchter, aber natürlich meinen Sie Valerie, nicht wahr? Äh. Entschuldigen Sie mich. Können Sie einen Augenblick dranbleiben? Danke. Ich will nur den Fernseher etwas leiser stellen. Und ich glaube, ich habe auch noch irgend etwas auf dem Herd.»

Den Fernseher leiser zu stellen und nachzusehen, ob sie irgendwas auf dem Herd stehen hatte, dauerte so lange, daß ich schon dachte, unsere Verbindung wäre unterbrochen worden. Gerade als ich beschlossen hatte aufzulegen und noch mal anzurufen, hörte ich sie ins Telefon atmen.

«Oprah Winfrey macht wirklich eine äußerst interessante Sendung über Teenager», sagte sie. «Die Rebellion der Teenager, wissen Sie. Es scheint, als wären sie heutzutage alle aufsässig, aber bei Jerry weiß ich wirklich nicht...»

«Mrs. Haslam», sagte ich laut. «Ich möchte mit Ihnen über Ihre Tochter Valerie sprechen. Wenn Sie Zeit haben, könnte ich jetzt zu Ihnen kommen. Ich bin bereits in Lincoln, daher könnte ich in zehn Minuten drüben sein.»

«O nein», sagte sie. «Ich glaube nicht, daß Sie das tun sollten. Ich war krank. Fieber. Ich glaube, es ist ansteckend. Fieberhafte Erkrankungen sind für gewöhnlich immer ansteckend, müssen Sie wissen, und ich möchte nicht, daß Sie sich auch noch...»

«Könnten Sie mir bitte einfach bestätigen, daß Valerie vermißt wird, Mrs. Haslam?»

«Nun, also, so einfach ist das nicht», sagte sie pikiert. «Valerie verbringt die Nacht manchmal bei einer Freundin. Sie sind in diesem Alter ja schon so unabhängig. Rebellion, genau wie Oprah sagt. Ich will kein Theater machen, wenn das bei allen Mädchen so ist, wissen Sie. Valerie würde es mir sehr übelnehmen, wenn ich deswegen Theater mache. Und Preston, das ist mein Mann, er sagt immer, ich würde Szenen machen.»

Ich fühlte mich, als würde ich in den Kaninchenbau in *Alice im*

Wunderland fallen. Sofern Jerry Toland nicht gern dicke Lügengeschichten erzählte, sprach ich hier mit der Mutter eines vierzehnjährigen Mädchens, das seit einer Woche verschwunden war. Ich hatte den starken Verdacht, daß der Fernseher immer noch plärrte und das bißchen Konzentration voll in Beschlag nahm, die Mathilde Haslam offenbar besaß.

«Ist Ihr Mann vielleicht zu Hause?» fragte ich verzweifelt.

«O nein, meine Liebe», sagte sie. «Preston ist nachmittags niemals zu Hause. Er arbeitet, wissen Sie.»

«Haben Sie eine Nummer, unter der ich ihn erreichen kann?»

«Heute können Sie ihn nicht erreichen. Er wird erst am späten Abend zurück sein. Aber ich kann ihm ausrichten, daß er Sie anrufen soll, sobald er nach Hause kommt.»

«Ja, das wäre nett», sagte ich, sagte es ganz langsam. «Können Sie mir vielleicht die Namen der Mädchen nennen, bei denen Valerie sein könnte? Ihre Freundinnen, abgesehen von Elsie McLintock?»

«Oh, ich werde sie selbst anrufen», sagte sie eifrig. «Das hätte ich schon längst tun sollen, nicht wahr? Ich werde sie jetzt gleich anrufen und hören, ob Valerie bei ihnen ist. Elsie ist wirklich ein süßes Mädchen, nicht wahr? Wie ich Jerry schon gesagt habe, ich bin sicher, das alles kann nur ein Mißverständnis sein. Ich bin fest davon überzeugt, daß niemand beunruhigt sein muß. Wirklich, wenn Sie mich jetzt entschuldigen würden, ich glaube, ich sollte mich wohl besser etwas hinlegen. In meinem Kopf hämmert es wie verrückt. Das Fieber, wissen Sie...»

«Lassen Sie mich Ihnen meine Telefonnummer geben», sagte ich schnell. «Wenn Sie etwas von Valerie hören, würde ich das gerne wissen. Und bitten Sie Ihren Mann, mich anzurufen.»

Vielleicht brachte er ja einen zusammenhängenden Gedankengang zustande.

Ich mußte meine Telefonnummer dreimal wiederholen. Als ich sie fragte, ob sie sie sich notiert hätte, gab sie zu, daß sie kein Papier oder einen Kugelschreiber zur Hand hatte, und dann brauchte sie ungefähr zehn Minuten, um den Schreibkram zu finden. Ich wartete, schüttelte meinen Kopf und tippte mit meinen Fingern auf Reardons Schreibtisch. Als sie wieder an die Leitung kam, schwatzte sie über was auch immer auf dem Herd stand, wobei ihre Stimme noch sanfter klang, trotz der übertrieben sorgfältigen Aussprache etwas Undeutliches hatte. Ich fragte mich, ob zu ihrem Ausflug in die Küche wohl auch ein kleiner Zwischenstop auf einen Drink gehört hatte.

Dieses Mal schaffte ich es, daß sie meine Nummer wiederholte. Ich buchstabierte zweimal meinen Namen. Ich glaube, sie hatte es kapiert.

«Machen Sie sich keine Sorgen», sagte sie noch zu mir, bevor sie auflegte. «Ich bin sicher, alles ist in bester Ordnung.»

Ich nicht.

Ich schaltete Geoffs Schreibtischlampe aus. Dann kam mir ein Gedanke, und ich schob das Manuskript zur Seite, ließ meine Hand unter die Schreibtischauflage gleiten und fand den Schlüssel zu seiner Schreibtischschublade, wodurch ich mir ziemlich blöd vorkam. Ich benutzte ihn, um wieder abzuschließen.

Ich war versucht, auf einen Sprung im Büro der *Emerson* vorbeizugehen, um herauszufinden, wie hoch die Schulgebühren waren. Ich fragte mich, was es wohl kosten würde, Paolina auf diese Schule zu schicken. Aber auf dem Weg dorthin sah ich mir die kleinen Ladies und Gents an, die mit ihren Designer-Klamotten und Neunzig-Bucks-Halbschuhen und sorgfältig gestylten Frisuren zu ihren Klassen marschierten. Weit und breit nicht ein Hispanic zu sehen. Ich dachte, vielleicht wäre Paolina in Cambridge doch besser aufgehoben. Ihre Schule ist hart, aber das ist sie auch.

Ich fuhr in einem kalten grauen Nieselregen, der die Straße schlüpfrig machte, zurück nach Boston. Trotz des miesen Wetters sah die Stadt von weitem toll aus. Es gibt eine Stelle an der Route 2, von wo aus man alle Wolkenkratzer der Innenstadt sehen kann. Man erklimmt einen Berg in Arlington, und dann liegt es auch schon vor einem. Ein Spielzeugmodell von Boston. Normalerweise ist es in Farbe, aber heute sah es wie ein Schwarzweißfoto aus: blaugraue Häuserblocks, aufgestapelt vor dem Hintergrund eines hellgrauen Himmels.

Aus kürzerer Entfernung sahen die Straßen schmutzig aus. Laub und schmutzigbrauner Schnee verstopfte die Gossen.

Ich fuhr nach Hause, fütterte den Vogel und machte mir selbst mit Roggenbrot einen Schinken-und-Käse-Toast. Ich schaltete das Radio ein und setzte mich an den Küchentisch, um zu essen und die Post durchzugehen. Auf WERS sang Rory Block:

«Can't tell my future, Lord, I can't tell my past.»

Der größte Teil der Post war an T. C. adressiert, da er derjenige ist, der im Telefonbuch steht. Heute erhielt er Briefe von zwei Präsidentschaftskandidaten, ein Republikaner, ein Demokrat, in dem sie ihn um Spenden für ihre Kampagnen baten. Ich weiß wirklich nicht, wie die Republikaner an seinen Namen gekommen sind. Außerdem war da noch eine dringende persönliche Mitteilung von Ed McMahon.

Ich bekam einen Brief, auf dessen Rückseite Mooneys Adresse in seiner Handschrift gekritzelt war – Gott sei Dank, also war er nicht von seiner Mutter. In dem Umschlag lag ein Scheck über zweihundert Bucks mit dem Vermerk «Vorschuß» an der winzigen Stelle, die sie einem für Bemerkungen lassen. Ich war schon drauf und dran, das Ding zu zerreißen, entschied dann jedoch, daß es erheblich befriedigender sein würde, ihm den Scheck persönlich zurückzugeben – nachdem ich erst mal seine Nutte gefunden hatte.

KAPITEL 9

Ich wühlte in den Tiefen meiner Schultertasche, machte dabei sieben Lippenstifte und eine Handvoll Kugelschreiber ausfindig, bevor ich schließlich den richtigen zylinderförmigen Gegenstand erwischte. Ich schleppe keine ausgewachsene Taschenlampe mit mir rum – meine Handtasche wiegt sowieso schon eine Tonne –, aber es ist auch kein überflüssiges kleines Spielzeug-Dings, mit dem man nachts kaum sein Schlüsselloch findet.

Ich richtete den Strahl auf Valerie Haslams Foto, das auf dem Armaturenbrett des Cabs stand, und prägte mir ihre makellose Haut, die winzige Nase und die tiefliegenden Augen ein. Wenn ich mich fest genug konzentrierte, konnte ich beinahe die drohende Erfrierung vergessen.

Ich rutschte auf dem Sitz weiter nach unten, beugte mein linkes Bein und legte meinen beturnschuhten Fuß hoch auf das Armaturenbrett. Das war nicht direkt bequem, aber es war mal was anderes. Ich kontrollierte, ob mein Flanellhemd auch bis zum Kinn zugeknöpft und der Reißverschluß meiner Weste auch ja bis ganz oben hochgezogen war. Ich wackelte mit meinen Zehen. Ich war nicht ganz sicher, ob der kleine Zeh des rechten Fußes sich bewegte.

Die gute Nachricht: Ich hatte eins von Glorias besten Cabs erwischt. Als ich den Zündschlüssel drehte, ergoß sich warme Luft aus den Heizungsschlitzen.

Die schlechte Nachricht: Ich wartete zwei Stunden auf das Cab, daher war es schon weit nach ein Uhr morgens, ohne die geringste Spur oder das kleinste Geräusch von Janine, der Nutte, oder Valerie, der Ausreißerin, ergattert zu haben.

Mrs. Haslam hatte mich nicht zurückgepfiffen, daher nahm ich mal einfach so an, daß das Mädchen immer noch nicht wieder aufgetaucht war. Andererseits hatte mich Mr. Haslam aber auch nicht angerufen. Wahrscheinlich hatte Mrs. H. meine Telefonnummer in den Papierkorb geschmissen, kaum daß ich aufgelegt hatte.

Ich parkte wieder in der Nähe dieser Gasse in der *Combat Zone*, mein zweites Zuhause. Gangs knallharter junger Asiaten patrouillierten an den Straßenecken, sprachen Worte, die ich nicht verstand. Weißgekleidete dänische Matrosen schlenderten vorbei – jungenhaft, unterkühlt und scharf auf das große Abenteuer. Einer von ihnen hämmerte auf die Motorhaube meines Taxis. Das unerwartete Geräusch erschreckte mich, aber er verklickerte nur gerade irgendwas zwei anderen Gents, die sich eine Flasche in einer braunen Papiertüte teilten. Drüben auf der Washington Street hupten Autos und ließen ihre Motoren aufheulen. Ein Saxophonspieler übte immer und immer wieder die gleichen Fehler. Den Song kannte ich nicht.

Eigentlich hatte es mir wirklich nichts ausgemacht, auf das Cab zu warten. Leroy, Glorias kleiner Bruder, war zu Besuch gewesen. Gloria hat diese drei Brüder, einer größer und gemeiner als der andere, und jeder mit einem Wahnsinns-Beschützerinstinkt für ihre Schwester. Leroy ist mein Liebling. Der jüngste und kleinste, und man erzählt sich, daß er aus der NFL geworfen worden ist, weil er irgendeinem Typen das Ohr abgebissen haben soll.

Leroy spielt eine dreckige Blues-Mundharmonika, und Gloria besitzt eine alte Gitarre, auf der sie nie spielt – eine *Epiphone*, die sich nicht für länger als bestenfalls eine Minute richtig stimmen läßt. Also ließen Leroy und ich Gloria allein, damit sie in Ruhe mit ihren Telefonen jonglieren konnte, begaben uns in ihr High-Tech-Ein-

Zimmer-Apartment hinter der Garage und veranstalteten eine kleine Jam Session, bis mir die Finger bluteten. Das Spielen auf dieser *Epiphone* ist brutal.

Ich zog meine Handschuhe aus und untersuchte mit meinem Daumen meine Fingerspitzen. Meine Schwielen sind auch nicht mehr das, was sie früher mal waren.

Ich hoffte ein wenig, daß Sam Gianelli auch noch in der Garage vorbeikam. Was er nicht machte, was wahrscheinlich auch wiederum ganz gut war. Ich hege gemischte – sehr gemischte – Gefühle gegenüber Sam.

Sam Gianelli gehört eine Hälfte von *Green & White Cab*. Wir haben eine gemeinsame Vergangenheit – das ist schon Urgeschichte aus der Zeit vor meiner Ehe, damals, als ich noch ein Kid war, das als Aushilfsfahrer jobbte und dumm genug war, mit dem Chef ins Bett zu steigen.

Vor sechs Monaten haben wir's noch mal versucht. Es hat nicht funktioniert. Aus einer Menge von Gründen nicht.

Dieser alte Willie-Brown-Blues kam mir wieder in den Sinn:

Can't tell my future, Lord, I can't tell my past.

Vielleicht lautete die Zeile richtig «Can't tell my future, Lord, *if* I can't tell my past.» Ich mußte mal sehen, ob ich den Text nicht irgendwo auf einem Plattencover finden konnte. Bei einigen dieser alten Aufnahmen ist es ziemlich schwer, die Texte richtig mitzukriegen.

Sam ist etwas über einsneunzig und gut gebaut, hat ein knochiges Gesicht und ein energisches Kinn. Mir tut der Rücken weh, wenn er in ein Zimmer kommt.

Wenn ich körperlich von einem Typen angezogen werde, wenn ich in seiner Nähe ein bißchen schneller atme, dann ist das praktisch so was wie ein Katastrophenalarm. Wenn das rote Fähnchen aufgezogen wird, dann weiß ich, daß ich besser meine Beine unter die Arme nehmen und schnellstens zum nächsten Ausgang rennen – und nicht nur gehen – sollte. Negative Anziehungskraft nenne ich das. Was auch immer es nun ist, genau das läuft bei mir bezüglich Sam ab.

Er ist der stille Teilhaber von *G & W*. Gloria ist die andere Hälfte, und man müßte schon die ganze Stadt abkämmen, wenn man für den tollen Sam einen merkwürdigeren Partner als sie finden wollte. Gloria ist eine selbsternannte «Dreifache», die schwört, daß sie eines Tages für den Stadtrat kandidieren und auch gewählt werden wird, so daß alle weißen Männer sagen können, sie hätten einen Schwarzen, eine Frau und einen Behinderten an der Sache arbeiten.

Außerdem würde sie auch noch die Stimme der Übergewichtigen kriegen.

Gloria ist nicht etwa wegen irgendeines Streiches ihres Stoffwechsels übergewichtig. Sie ist fett, weil sie nonstop frißt, und zwar ausschließlich Junkfood. Sie ist der amtierende Weltmeister im *Tootsie-Roll*-Essen, und im Augenblick greift sie nach dem Rekord für die meisten an einem einzigen Tag verspeisten *Hostess-Cup*-Kuchen. Warum sie immer so vergnügt wirkt, wie es bei ihr der Fall ist, ist mir ein Rätsel. Wenn ich seit einem Autounfall mit neunzehn von der Taille an abwärts gelähmt wäre, dann würde ich garantiert verdammt verbittert sein. Vielleicht war Gloria das ja auch, für eine Weile, aber jetzt kann man nicht mal gleichzeitig an Selbstmitleid und Gloria denken. Vielleicht kompensiert sie es mit Essen. Ich weiß nicht.

Gloria ist die Bienenkönigin von *G & W*. Sie ist der Herr im Haus, das zum weniger als malerischen Massachusetts Turnpike in Allston hinausliegt, eingebettet zwischen einer Reihe Geschäfte für Windschutzscheiben zu absoluten Billigpreisen und gebrauchte Teppiche.

Das Herz von *G & W* schlägt in einer häßlichen rechteckigen Zelle, deren attraktivstes Schmuckstück ein Lochbrett voller Schlüssel ist. Im Vergleich damit wirkt Geoff Reardons Büro wie eine Farbdoppelseite aus *Schöner Wohnen*. Der Boden besteht aus welligem Linoleum, das sich an den Ecken aufgestellt hat. Die Wände bestehen aus Army-grünen Hohlblocksteinen. Ein Kalender, das Geschenk irgendeiner längst pleite gegangenen Versicherung, lockert eine Wand ein wenig auf. Die Streichholzjalousien sind kaputt. Die Aktenschränke sind grau und verbeult. Das Licht kommt von einer nackten Glühbirne.

Ich gehe nicht wegen der angenehmen Atmosphäre zu *G & W*. Ich gehe hin, um zu arbeiten oder um Gloria zu besuchen.

Sie hat die spektakulärste Stimme der Welt – sanft, voll und tief, wie die einer Gospelsängerin. Ich habe sie erst lange Zeit später kennengelernt, nachdem ich sie unsere Namen und Fahrtziele aus voller Kehle über den Funk hatte schmettern hören. *Green & White* hat eine Menge männliche Kunden, die einfach nur ihre Stimme hören wollen, die sagt, daß sie sie in fünf Minuten abholen kommt.

In dem Gebäude, das ich beobachtete, ging jetzt ein Licht an. Ich zählte die Fenster ab. Es war eine Wohnung über der von Renney dem Zuhälter. Pech.

Nachdem Leroy zu seinem Job als Rausschmeißer in einem Club hatte aufbrechen müssen, lümmelte ich mich auf Glorias orangefarbenen Plastikgästestuhl, nachdem ich ihn vorher allerdings zuerst auf Schaben hin untersucht hatte. Ich sehe immer irgendwas in diesem Laden durch die Gegend flitzen. Kleine Mäuse oder große Kakerlaken, ich bin nicht ganz sicher, was von beidem. Sie tafeln mit den Krümeln von Glorias *Twinkies*.

«Was hast du gehört, Gloria?» hatte ich gefragt.

«Nichts», hatte sie geantwortet, war so richtig in Plauderstimmung. Sie nahm ein paar Anrufe entgegen, scheuchte Cabs durch die Stadt. Sie kann fünf verschiedene Dinge gleichzeitig tun, Knöpfchen auf der Telefonkonsole drücken, Adressen durchgeben, Solitär spielen, *Milky Ways* essen. Ich verbrachte einige Zeit damit, ihre Kluft zu bewundern, die – um die Wahrheit zu sagen – wie ein lila Zirkuszelt aussah.

«Arbeitest du?» hatte sie nach eine Weile wissen wollen.

«Zwei Fälle», hatte ich erwidert.

«Ma-aaahaannn», hatte sie gesagt. «Das Geld fließt in Strömen.»

«Ja, ich werd mir noch einen Panzerwagen von *Brink's* bestellen müssen.» Mir war nicht danach, ihr zu sagen, daß einer meiner Klienten noch minderjährig war und der andere meine Dienste gratis erhielt.

«Triffst du dich noch mit diesem Cop?» hatte sie gefragt.

«Du meinst Mooney?» hatte ich vorsichtig geantwortet. «Manchmal. Wieso?»

«Du und er, äh, geht ihr zusammen oder was?»

Miteinander gehen ist so ein putziger Ausdruck. «Nee», hatte ich gesagt. Ich glaube, Gloria behält mein Liebesleben wegen Sam gern im Auge. Vielleicht erstattet sie ihm ja Bericht.

«Wie ich höre, wird er aussagen.»

«Aussagen?» hatte ich wiederholt.

«Ja, bei diesen Hearings. Du weißt schon», hatte sie gesagt.

«Welche Hearings?»

«Es geht dabei wohl um Cops, die Lohn für Überstunden kassieren, ohne tatsächlich bei ihren Jobs aufzukreuzen. Die Bars einschüchtern, die keinen ‹Schutz› haben. Die null Schutz liefern, aber dickes Geld abzocken.»

In meinem Bauch hatte sich alles zusammengezogen. Wenn Mooney vor dem Ermittlungsausschuß aussagen würde, dann mußte er auch in der Sache drinstecken.

Das Licht in der Wohnung neben der von Renney ging aus. Ich zog meine Handschuhe wieder an und setzte mich auf meine Hände, um sie aufzuwärmen.

Mein Dad war Cop. Selbst jetzt noch, Stunden nachdem ich Gloria verlassen hatte, fühlte sich mein Bauch so an, wie er sich früher immer angefühlt hatte, wenn er und Mom eine ihrer donnernden Streitereien hatten, lange vor ihrer Scheidung, als ich noch zu klein war, um mich an viel erinnern zu können. Ich erinnerte mich an eines der Worte, während eines Streites: «Korrupt». «Korrupt», «bestechlich sein» und Varianten davon waren untrügliche Vorzeichen für offene Schlachten mit Töpfen und Krügen und häßlichen Worten, die durch die Luft geschleudert wurden. Ich saß damals dann immer auf der Veranda, hielt mir mit beiden Händen die Ohren zu und wartete darauf, daß der Sturm vorüberzog. Es dauerte viele Jahre, bis ich dahinterkam, was die Worte wirklich bedeuteten.

Aber da war mein Dad bereits tot. Ich konnte ihn nicht mehr fragen.

Ein roter Chevy Camaro, das Auto mit den größten Chancen, einen Strafzettel von einem Cop zu bekommen oder von einem Dieb geknackt zu werden, zischte nur wenige Zentimeter an meinem Kotflügel vorbei und holte mich in die Gegenwart zurück. Er ließ einen Kondensstreifen aus plärrendem Acid-Rock hinter sich zurück.

Ich befragte Valeries ausdruckslose Augen. War das ihre Musik?

Vierzehneinhalb Jahre alt. Ich versuchte mich daran zu erinnern, wie ich mit vierzehn gewesen war, mehr als ein halbes Leben zurück. Damals hatte Zeit eine ganz andere Qualität besessen. Alles, jeder einzelne noch so winzige Wunsch oder Bedürfnis war so unheimlich dringend gewesen, so unmittelbar, absolut wunderbar, umwerfend schrecklich. Was hätte mein vierzehnjähriges Ich wohl dazu veranlaßt, von der *Emerson School* abzuhauen?

Mein Verstand bockte. Ich konnte mich einfach nicht dort vorstellen. Was konnte ein Kid aus den Vororten dazu bringen, in die *Zone* zu rennen? War sie überhaupt hierhergelaufen? Wenn nicht, wieso zum Teufel war Jerry Toland dann hergekommen? Wieso hatte er seine gestohlene Brieftasche nicht bei der Polizei angegeben? Vielleicht hatte er sie Valerie gegeben. Vielleicht hatte sie sie ihm ja auch geklaut, während sie sich stritten.

Ich verlagerte meine Position und ließ den Motor an, war dankbar für den Schwall heißer Luft. Ich beschloß, Renneys Wohnung für diese Nacht zu vergessen, Valerie statt Janine zu suchen. Jeder einzelne Cop in der Stadt hielt im Augenblick wahrscheinlich seine Augen nach wasserstoffblonden Prostituierten auf, versuchte, Mooney aus seiner Klemme zu helfen. Soweit ich wußte, war ich der einzige, der Valerie suchte.

Wenn ich ein wachsames Auge auf Valerie werfe, vielleicht, sagte eine leise Stimme in meinem Kopf, vielleicht macht dann irgend jemand das gleiche für Paolina. Ich glaube eigentlich nicht daran, daß sich die Dinge auf diese Weise ausgleichen, aber ich dachte mir, schaden könnte es ja auch nichts.

Ich fuhr die Randbezirke der *Zone* ab, dann kreuz und quer durch die Neon-Straßen. Ich fragte mich, wie lange es dauern würde, bis dieses Vergnügungsviertel für Erwachsene ein für allemal verschwand, wo sich Chinatown auf der einen Seite ausdehnte und das New England Medical Center an der anderen Flanke nagte.

In dem Augenblick, als ich aufhörte, nach Janine zu suchen, sah ich sie.

Sie ging auf ein Auto zu. Sie war in Begleitung eines Mannes. Sein Gesicht konnte ich nicht erkennen. Er hatte einen Arm um ihre Schultern gelegt, drückte sie fest an sich. Verdammt, besonders gut konnte ich Janine auch nicht gerade sehen. Es sah einfach nur nach ihr aus, von dem schwankenden Gang auf diesen hohen Absätzen bis zur Neigung ihres blonden Kopfes.

Sie stiegen in eine graue Chevy Caprice-Limousine, ein Fahrer saß bereits hinter dem Steuer. Der Bursche hielt ihr die Beifahrertür auf und wartete, während Janine schnell auf die Mitte des Vordersitzes rutschte. Dann zwängte er sich neben sie in den Wagen. Er war untersetzt und dunkelhäutig.

Ich folgte dem Wagen, bevor ich mich wieder daran erinnerte, daß ich zuerst Valerie finden wollte.

KAPITEL 10

Mit kreischenden Reifen fuhr der Chevy los. Auf dem Vordersitz waren Janines krause blonde Haare eingekeilt zwischen einer Schmalzlocke und einer konservativen Banker-Frisur. Der Fahrer hatte, verglichen mit dem kräftigen Burschen auf der Beifahrerseite, schmale Schultern. Ich vermutete, daß wir unterwegs zu einem schnellen Nümmerchen in einem nahegelegenen Hotel waren.

Wir folgten der Washington Street bis zur Auffahrt der Turnpike, doch statt die Zufahrt zur Pike zu nehmen, fuhr der Caprice im Zickzack auf die Columbus Avenue, und ich begann mir Sorgen zu machen.

Ich hab ja nichts gegen Beschattungen, aber es ist schon hart, wenn man jemandem allein auf den Fersen bleiben muß. Durch die Dunkelheit war ich im Vorteil. Die Rücklichter eines Autos sind etwas ganz Charakteristisches. Der Caprice hatte zwei rechteckige Lampenblöcke, von denen jeder aus sechs roten Glasflächen bestand, drei oben und drei unten. Es arbeiteten immer zwei zusammen, zwei Flächen pro Block. Die äußeren Paare blinkten, um die gewünschte Fahrtrichtung anzuzeigen. Die Innen- und Außenpaare jedes Blockes leuchteten gemeinsam auf, wenn der Fahrer auf die Bremse trat. Entweder waren die Blinkerleuchten auf der linken Seite kaputt, oder der Mann hinter dem Steuer hielt nichts vom Blinken beim Linksabbiegen.

Die meisten Scheinwerfer sehen ziemlich gleich aus. Mit meinem ausgeschalteten Taxizeichen auf dem Dach war ich in seinem Rückspiegel nichts als irgendein weiteres Paar runder Augen in der Nacht. Ich hielt mich ein gutes Stück zurück, zweihundert, dreihundert Meter vielleicht.

Beim Fahren höre ich gern Musik. Glorias Taxis, selbst die neueren, haben nur die billigsten Radios eingebaut, also habe ich immer einen Mini-Ghettoblaster dabei, der gut auf den Beifahrersitz paßt. Ich schaltete meinen hiesigen Blues-Sender ein und erwischte gerade noch die letzten Takte eines alten Bonnie Raitt-Stückes. Während ich locker hinter dem Chevy herdüste, sang ich vergnügt mit. Ich kurbelte sogar die Seitenscheibe einen Spaltbreit runter, hoffte auf einen Hauch von Frühling.

Die Columbus Avenue ist nicht der richtige Ort, an dem man den

Frühling riechen kann. Es ist vielmehr eine Gegend, in der man seine Türen gut verriegeln sollte. Dank der Anonymität von Taxifahrern fühle ich mich so ziemlich überall in Boston recht sicher, aber mir wäre eine Strecke lieber gewesen, die die Glanzstücke von Roxbury ausgelassen hätte. Versteh mich jetzt bitte nicht falsch; ich dachte ja gar nicht daran, die Verfolgung abzublasen. Es gibt nichts Besseres als eine Observierung, um einen auf Action scharfzumachen. Ich meine, einerseits wollte ich nicht tief nach Roxbury reinfahren, aber andererseits hatte ich auch kein gesteigertes Verlangen, auf der Suche nach Janine für immer und ewig in der *Zone* rumzuhängen. Ich wollte sie jetzt aufspüren, die Sache hinter mich bringen und mich dann endlich an die Arbeit machen, Valerie, meine Hig School-Ausreißerin, zu finden.

Ich bin eine gute Fahrerin. Ich kann mein Cab auf Autopilot fahren lassen, während ich im Kopf verschiedene Dinge austüftle. Mich beschäftigte Elsies «Fragen Sie doch Jerry, warum sie abgehauen ist»-Bemerkung. Hatte Jerry Valerie vielleicht vertrieben und anschließend mich engagiert, um sein schlechtes Gewissen zu beruhigen? Würde Valerie vor einer harten Prüfung davonlaufen? Wie schüchtern war sie wirklich? Wie erwachsen? Ich hatte schon elfjährige Mädchen gesehen, die ihren Körper verkauften und Bräute, die noch mit achtundzwanzig rot wurden, also konnte man nie wissen. Auf dem Armaturenbrett hob sich Valeries Foto, finster und verschlossen, von der falschen Holzmaserung ab. Zwischen zwei Schlaglöchern schnappte ich das Foto und steckte es in meine Hosentasche.

Die Columbus Avenue wird nicht direkt besonders gut instand gehalten. Manche Leute sagen, das läge daran, weil Boston eine rassistische Stadt wäre und sich kein Mensch einen Furz darum kümmern würde, was in den schwarzen Wohngebieten passiert. Ich vermute, das wird wohl stimmen. Ich meine, die *Red Sox* hatten mal einen schwarzen Spieler. Wenn sie zwei hätten, würden sie den alten austauschen. Lahme weiße Jungs waren ihre Spezialität.

Die *Sox* werden besser, aber die *Celtics* sind immer noch eines der farblosesten Teams der NBA.

Ich setzte im Geist einen glühenden Brief an das Amt für Straßenbau auf, bezichtigte sie des Rassismus bezüglich der Reparatur von Schlaglöchern. Ich war froh, keinen kleinen ausländischen Wagen zu fahren. In der Dunkelheit konnte ich nicht den Chevy im

Auge behalten und gleichzeitig nach Kratern Ausschau halten. Ich erwischte einen von den Abmessungen eines Canyons und stieß mir den Kopf am gepolsterten Wagendach. Ich hörte keine Radkappen abfallen, wofür ich wirklich dankbar war. Gott sei Dank rasten die Burschen vor mir nicht über diese Straße.

Wenn überhaupt irgendwas, dann hielten sie sich für zwei Knaben, die eine Nutte zwischen sich sitzen hatten, ein bißchen zu sehr an die Verkehrsregeln. Keine Schlangenlinien, keine Anzeichen für einhändiges Lenken, das nötig war, wenn man an einem Schenkel rumgrabschte oder ein Bier hob. Ich fragte mich, ob sie mich wohl entdeckt hatten, doch sie wurden weder schneller, noch bogen sie ab. Ich ließ mich weiter zurückfallen, hängte mich hinter einen Pontiac Turbo. Behielt meine Augen aber immer auf dem Heck des Chevy.

Sie bogen in den Franklin Park ab. Ich fluchte, folgte ihnen aber trotzdem. Der Franklin Park war früher mal ein gut gepflegtes Juwel in der Kette der Bostoner Emerald Necklace Parks gewesen. Als die Weißen die Gegend verließen, ging das Geld mit ihnen, und der Golfplatz ging den Bach runter und mit ihm der Zoo. Sie reden immer wieder über eine Renaissance des Viertels und über Drachen-Festivals und davon, den Park wieder in Schuß zu bringen, aber die ganze Kohle, die in den Zoo fließt, scheint in den Taschen irgendeiner Baufirma zu verschwinden, und das Clubhaus des Golfplatzes ist jetzt schon seit Jahren nur noch eine ausgebrannte Ruine.

Frischgebackene Pärchen würden im Traum nicht daran denken, zum Schmusen nachts in den Franklin Park zu fahren. In den Franklin Park geht man, wenn man zusammengeschlagen und vergewaltigt werden will. In den Franklin Park fährt man, wenn man eine Leiche aus einem Auto schmeißen will.

Die Verfolgung war inzwischen etwas schwieriger geworden, da nicht mehr so viele Autos auf der Straße waren. Ich ließ mich weiter zurückfallen, so weit, daß ich nur noch so gerade eben die Rücklichter im Auge behielt. Es bestand die Möglichkeit, daß ich ihn verlor, weil die Straßen im Park zahllose Kurven und Abzweigungen haben. Aber er hielt sich immer schön rechts, und ich war mir ziemlich sicher, daß er in Forest Hills auf den Arborway rauskommen würde.

Hinter mir war kein anderes Auto gewesen, und dann auf einmal doch. Der Wagen mußte mit ausgeschalteten Scheinwerfern durch die Nacht gerollt sein. Er war unsichtbar, bis der Fahrer plötzlich sein Fernlicht einschaltete. Sie brannten in meinem Rückspiegel, ließen mich einen Augenblick lang gar nichts mehr erkennen. Ich blinzelte, kniff die Augen zusammen und hob meine rechte Hand, um meine Augen vor dem grellen Licht abzuschirmen. Ich hätte die Hand nicht vom Steuer nehmen sollen.

Es passierte alles sehr schnell. Ich spürte die plötzliche Beschleunigung, als seine vordere Stoßstange gegen meine hintere Stoßstange donnerte und ich nach vorn geschleudert wurde. Ich latschte auf die Bremse, doch ich hatte das Cab nicht mehr unter Kontrolle. Ich konnte nicht gleichzeitig in den Rückspiegel sehen und fahren und auf die Bremse latschen und das Lenkrad herumreißen und laut schreien. Die Reflexe übernahmen die Kontrolle, und dann war ich von der Straße und schlitterte durch hohes Gras, holpernd und krachend, kämpfte mit dem Steuer. Abrupt war die zusätzliche Beschleunigung fort. Ich bremste, aber der Baum vor mir war viel zu nah. Ich riß das Steuer so hart ich konnte herum, gegen den Uhrzeigersinn, dachte an Glorias brandneues Taxi und an Glorias drei riesige Brüder. Unmittelbar vor dem Aufprall drehte ich den Schlüssel. Der Motor erstarb. Der Baum war gottverdammt viel zu nah.

Ich wurde nach vorn geschleudert, aber der Sicherheitsgurt machte seine Sache gut. Der Lärm kam augenblicklich, war aber überraschend leise, eher eine Reihe von zeitlupenähnlichem Krachen als ein einziger fürchterlicher Schlag. Der Wagen und der Baum wurden durchgerüttelt. Der Baum blieb aufrecht stehen, ragte jetzt aus dem rechten vorderen Kotflügel heraus vor. Der Ghettoblaster knallte zuerst gegen das Armaturenbrett, dann auf den Boden. Er spielte weiter. Ich dachte, vielleicht könnte ich das Ding irgendeiner Werbeagentur schicken, wie zum Beispiel zu der, die diese Uhr-Commercials macht: Eine *Timex* tickt immer weiter.

Ich riß meinen Kopf nach rechts. Rücklichter – nicht die des Chevys – verschwanden über einer Anhöhe, und ich hoffte, es waren die Lichter des Bastards, der mich von der Straße abgedrängt hatte. Ich tastete unter dem Sitz nach dem Stück Bleirohr, das zur Standardausrüstung der meisten Taxifahrer gehört. Es fühlte sich kalt und schwer an.

Ich schaltete die Musik aus, löschte die Scheinwerfer. Im Franklin Park das Warnblinklicht anzuschalten bedeutet, den Ärger einzuladen. Ich saß da und atmete tief durch, war froh über die Luft, bewegte meine Beine, streckte meine Arme. Mein rechtes Knie tat weh. Meine Hände kribbelten, aber ich dachte, das lag wahrscheinlich daran, daß ich das Lenkrad wie verrückt umklammert hatte. Ich konnte das schwache Zischen des Kühlers hören, sonst nichts. Ich hätte genausogut auf dem Mond sein können, nicht mitten in einem Park in einer Stadt. Ich konnte die ausgebrannten schwarzen Säulen des Clubhauses sehen.

Ich tastete in meiner Handtasche, fand einen Kuli und kritzelte die Autonummer des grauen Caprice auf die Rückseite eines Umschlages. Meine Hand zitterte, aber ich kriegte es hin. Ich überprüfte meine Stimme, dann nahm ich das Mikro in die Hand und rief Gloria.

Vor acht Jahren war mir mal ein Betrunkener in mein Cab gedonnert, der an der Kreuzung Boylston und Tremont bei Rot über eine Ampel raste. Bei dem Aufprall auf das Lenkrad brach ich mir die Nase, und seitdem bin ich ein Gurtfanatiker. Meine Nase war schon vorher zweimal gebrochen: einmal als der kleine Junge von nebenan seinen Hammer draufknallte; einmal als ein Gangster mein Gesicht gegen eine Wand pfefferte. Meine Freunde sagen, meine Nase hätte Charakter.

Während ich auf Glorias beruhigende Stimme wartete, ertappte ich mich dabei, wie ich meine Nase rieb, meinen Zeigefinger den Nasensattel herunter und über die leichte Delle gleiten ließ. Ich schätze, ich hab ihre Form wahrscheinlich liebgewonnen.

KAPITEL 11

Ich verpaßte mein Volleyballspiel am Donnerstagmorgen.

Vor Donnerstag morgen kam ich nicht nach Hause – um halb sechs, um ganz genau zu sein –, zu welchem Zeitpunkt ich quer über meinem Bett zusammenbrach, vollständig angezogen inklusive meiner Turnschuhe. Ich mußte noch aus der Macht der Gewohnheit den Wecker gestellt haben. Als er losplärrte, was mir wie wenige Sekunden später vorkam, streckte ich meinen rechten Arm aus, um den Mistkerl zum Schweigen zu bringen, bedauerte diese Bewegung umgehend und erinnerte mich sofort wieder in Technicolor und 3-D an den Unfall. Meine linke Schulter fühlte sich an, als hätte jemand einen Dorn tief in den Muskel gebohrt. Mein Knie pochte. Ein feuerroter Striemen verunstaltete meinen rechten Unterarm an der Stelle, wo ich gegen das Lenkrad gekracht war. Wenn ich meine Augen schloß, konnte ich gelbe Lichter aufblitzen sehen, das Kreischen markerschütternder Sirenen hören.

Ich rutschte über das Bett zum Telefon, wählte Kristys Nummer, sie ist unser Captain und bester Punktemacher, und brummte meine Entschuldigung in den Hörer.

Ich verpasse nur äußerst ungern ein Volleyballspiel. Ich glaube, daß ich in vier Jahren kaum mehr als höchstens ein paar Tage ausgelassen habe. Wir spielen ein hartes, zähes Spiel, nichts von der Strandtuch-Mäuschen-Sorte. Verbandsligaregeln, Schiedsrichter, alles eben. Ich liebe das Tempo, die Intensität des Spieles – und ich mag meine Mannschaftskameradinnen. Wir geben im Spiel alles, was wir haben, und wir behandeln uns untereinander gut. Es gibt immer einen Klaps auf den Rücken für einen cleveren Sprung in einer aussichtslosen Situation. Das läßt einen die schwarz und blau verfärbten Knie und Ellbogen leichter ertragen.

Ich kuschelte mich wieder in die Laken und schlief wie eine Tote.

Ich vergaß, den Wecker wieder zu stellen, und wäre um ein Haar zu spät zu meinem Mittagessen mit Preston Haslam gekommen. Valeries Dad hatte in der vergangenen Nacht zwei Nachrichten auf meinem Anrufbeantworter hinterlassen: Bei der ersten bat er darum, daß ich mich doch bitte mit ihm in Verbindung setzen sollte; bei der zweiten machte er einen Termin und einen Ort für ein Treffen aus. Verglichen mit seiner zaudernden Gattin war der Ehemann geradezu ein Musterbeispiel an klarem, folgerichtigem Denken.

Der einzige Grund, warum ich die Mittagszeit nicht in süßem Schlummer verbrachte, war die Firma *Twin Brothers Plumbing*, die fröhlich, früh und lautstark vorbeikamen. Ich kroch aus meinem Bett, schälte mich vorsichtig aus meinen schmutzigen Kleidern, zog mir einen Bademantel über, der plötzlich sehr nützlich wurde, und huschte schnell nach unten in das winzige Gästebad.

Während ich versuchte, im Waschbecken zu duschen, überprüfte ich meine Prellungen. Zusätzlich zu dem schmerzenden Knie und dem roten Striemen auf meinem Arm hatte ich einen sich hübsch violett verfärbenden Bluterguß auf meinem linken Schlüsselbein und einen langen Kratzer auf dem linken Oberschenkel. Ich versuchte mich daran zu erinnern, wann ich meine letzte Tetanusspritze bekommen hatte. Ich renkte mir beinahe die Schultern bei dem Versuch aus, die Schramme in dem fünfzehn mal zwanzig großen Spiegel über dem Waschbecken näher zu inspizieren.

Wieder in meinem Zimmer, fand ich in der untersten Schublade unter einem mottenzerfressenen Pullover eine Rolle elastischer Binde, bandagierte damit stramm mein Knie, zog mir eine seidene Bluse mit V-Ausschnitt und eine Jeans an, die eng genug war, um die Bandage an Ort und Stelle zu fixieren. Ich hatte weder genügend Zeit noch die Geduld, mich um meine Haare zu kümmern.

Als ich zwei Jahre alt war, hab ich immer sofort laut loskrakeelt, wenn meine Mutter sich mir mit einem Kamm in der Hand näherte. Meine Haare waren viel zu dick und unbändig, um ohne Schmerzen gekämmt werden zu können. Als Teenager haßte ich krause Haare. Nach dem Waschen rollte ich sie immer auf riesige Orangensaftbüchsen auf und schlief tatsächlich so ein, bis sie getrocknet waren, wurde dann aber immer mit erstaunlichen Kopfschmerzen wach. Ein paarmal habe ich sie sogar glattgebügelt. Ich kann mich immer noch gut an den absolut ungläubigen Ausdruck in den Augen meiner Mutter erinnern, als sie mir zuschaute, wie ich munter das Bügeleisen schwang, meinen Kopf tief über das Bügelbrett gebeugt, lange rote Locken, ausgehend von meinem Nacken, darüber ausgebreitet, Dampf vermischt mit dem Gestank versengter Haare aufsteigend.

Schöne glatte Haare waren damals – Wann? Mit vierzehn, fünfzehn? – so gottverdammt *wichtig* gewesen. In Valerie Haslams Alter.

Heute finde ich, daß mein krauses Haar der reinste Segen ist. Ich wasche sie und schüttle sie einfach ein-, zweimal aus, während sie trocknen. Meine Haare besitzen so was wie einen eigenen Willen, und das finde ich gut: Faulheit als modisches Statement.

Ich musterte mich in dem großen Spiegel auf der Tür meines Kleiderschrankes und legte noch Tante Beas ovales goldenes Medaillon an. Ich war froh, daß ich mich mit Haslam nicht in einem piekfeinen Resto des Back Bay-Viertels traf. Chinatown ist da schon eher mein Stil.

Wenn ich nicht zuerst einen Parkplatz hätte finden müssen, wäre ich zu früh gewesen. Das ist Boston. Fährt man mutig mit der *Massachusetts Bay Transit Authority*, muß man immer eine anscheinend unvermeidliche Panne oder Zugverspätung einkalkulieren. Entscheidet man sich für einen Wagen, muß man die ganze Stadt nach einem Parkplatz absuchen. Früher war's schon schlimm, aber heute, nachdem sie die Hälfte aller legalen Parkplätze abgeschafft haben, ist es einfach nur noch haarsträubend. Die Stadt hat sie in Fußgängerzonen oder – meine Lieblingsalternative – in Anwohnerparkplätze umgewandelt.

Und so funktioniert das Prinzip des Anwohnerparkrechtes: Sagen wir mal, im South End gibt es neunhundert Parkplätze, also gibt die Stadt dreitausendsechshundert Anwohnerparkausweise aus. Klappt hervorragend.

Ich ließ meinen Toyota in einem eingeschränkten Halteverbot stehen. Entweder das oder einen Hydranten zuparken.

Chinatown liegt einen knappen Block und eine ganze Welt von der *Combat Zone* entfernt. Während ich die Kneeland Street hinunterhumpelte, kam ich an einer Metzgerei vorbei. Entenrümpfe hingen im Schaufenster, das Fleisch zu einem dunklen Kastanienbraun geräuchert, die Hälse langgezogen, die Augen glänzend. Im Schaufenster eines Juweliers gab es einen geschnitzten Jadebuddha zu bewundern, der von roten Seidenfächern umgeben war. Es duftete nach Ingwer, Lauch und Fünf-Gewürze-Pulver. Die Telefonzellen hatten Pagodendächer.

Das *Imperial Tea House* ist groß – zwei Etagen und eine Neonreklame. Drei vietnamesische Teens in Lederjacken kamen gerade heraus, als ich hineinging. Sie hielten mir die Tür nicht auf.

Ich trat also ein, zog meine Seemannsjacke mit einem kurzen, stechenden Schmerz in der Schulter aus, hängte sie auf einen verbogenen Drahtbügel und zwängte sie dann in eine bereits übervolle Garderobe. Ein Mann näherte sich.

Ich hätte Haslam ganz sicher in einem Aktenschrank mit der Aufschrift «Verzweifelte Eltern» gesucht, das ist mal sicher. Auf den ersten Blick wirkte er viel zu jung, um der Vater eines Teenagers sein zu können. Er war vielleicht drei Zentimeter größer als ich, hatte mittelbraunes Haar, eine kleine Patriziernase, volle Lippen. Sein Gesicht war sonnengebräunt, und in seinen Augenwinkeln tauchten nette Falten auf, als er mich begrüßte.

Ich versuchte, eine Ähnlichkeit zwischen ihm und seiner Tochter festzustellen. Vielleicht die Augen. Durch seine Hornbrille wirkten sie kleiner, als sie tatsächlich waren.

«Ms. Carlyle?» sagte er. «Jerry hat Sie mir beschrieben. Er glaubte nicht, daß ich Probleme haben würde, Sie ausfindig zu machen.»

Ich freute mich über das «Ms.». Ich bin mir nicht ganz klar, was die richtige Anrede für mich ist. Rein technisch gesehen bin ich nicht Miss Carlyle, da ich schon mal verheiratet war. Und ich bin auch nicht Mrs. Irgendwer, weil ich niemals den Nachnamen meines Ex angenommen habe. Und außerdem sehe ich nicht ein, daß meine Familienstandsvergangenheit Leute was angehen sollte, die mich nicht gut genug kennen, um mich beim Vornamen zu nennen.

Der Oberkellner erkundigte sich, ob wir lieber oben oder hier unten essen wollten. Haslam sagte, oben. Der Kellner führte uns an einen Tisch in der Mitte. Haslam fragte nach einer Nische im hinteren Teil des Lokales. Er sagte dem Kellner, er hätte nicht viel Zeit, also verzichtete ich auf die Speisekarte, und wir einigten uns auf eine scharfe, süß-saure Suppe, Frühlingsrollen, Kung Pao-Hühnchen und pikant gewürzte grüne Bohnen mit Schweinefleisch.

Der Kellner ging, kritzelte irgendwelche Zeichen auf einen gelben Block, und Haslam ließ seinen Blick sorgfältig über den Raum wandern. Die Tische waren zu zwei Dritteln besetzt, wobei sich die Gäste zu gleichen Teilen aus Asiaten und Weißen zusammensetzten. An einem Tisch zu meiner Rechten stritten sich ein schmallippiger Mann und sein Sohn über Autoversicherungen.

«Tut mir leid», sagte Haslam, sah mir in die Augen, senkte seine Stimme. «Das alles kommt mir so – ich weiß nicht, wie ich sagen soll – so verrückt vor. Arbeiten zu gehen, essen zu gehen, während Valerie vermißt wird.» Er schüttelte seinen Kopf und wiederholte das Wort. «‹Vermißt›. Das klingt so dumm, so melodramatisch.» Er rieb sich seine Stirn, ließ die Fingerspitzen auf seinen Schläfen kreisen. «Wenn ich zu Hause bleibe, kann ich auch nichts ausrichten. Das weiß ich. Heute morgen bin ich durch die Gegend gefahren, bevor ich ins Büro ging, habe sie gesucht. Aber warum sollte sie sich ausgerechnet in der Nähe meines Büros rumtreiben, es sei denn, sie will, daß ich sie finde? Und wenn sie will, daß ich sie finde, wieso kommt sie dann nicht einfach nach Hause?»

Er hatte ein leichtes nervöses Zucken auf der linken Seite seiner Kinnlade. Bei näherer Betrachtung paßte er ziemlich gut in die «Verzweifelt»-Kategorie. Seine Maske war einfach besser als die der meisten anderen.

Er streckte beide Hände aus, starrte sie an, als gehörten sie jemand anderem, faltete sie dann auf dem Tisch. Dann atmete er mehrmals tief ein und aus. «Entschuldigen Sie bitte», sagte er, jetzt mit ruhigerer Stimme. «Mein Name ist Preston Haslam. Damit wollte ich eigentlich anfangen.»

Sein Händedruck war fest und kühl.

Er beugte sich weiter zu mir vor, sprach leise und schnell. «Ich bin Jerry dankbar, daß er Sie engagiert hat. Aber nachdem ich jetzt zurück bin – ich meine, Jerry ist noch ein Kind. Ich möchte mich ihm gern anschließen oder ihn ersetzen oder was auch immer. Keinerlei Interessenkonflikt. Wir wollen beide meine Tochter finden. Ich würde nur ganz gern, nun, die Sache übernehmen. Seiner Familie würde das Geld nicht fehlen oder so, aber irgendwie ist es einfach nicht richtig. Sie sollten nicht für meine Familie bezahlen. Okay?»

«Haben Sie das mit Jerry besprochen?»

«Ja. Sicher. Darf ich Ihnen einen Scheck ausstellen oder so? Jerry sagte etwas von fünfhundert als Vorschuß.» Er hatte sein Scheckbuch gezückt und auf den Tisch gelegt. Er beugte sich so weit darüber, als würde er einen Drogen-Deal verbergen müssen.

«Unterhalten wir uns doch zuerst ein wenig», sagte ich, um ihn etwas zu bremsen. Ich fragte mich, ob er immer mit Höchstgeschwindigkeit redete, oder ob das nur ein weiteres Zeichen von Nervosität war. «Wann haben Sie Jerry gesehen?»

«Ich sehe ihn andauernd. Er ist immer draußen in der Einfahrt und versucht, dieses alte Wrack von einem Auto ans Laufen zu bringen. Morgens winke ich ihm zu, und abends ist er immer noch da.»

«Glauben Sie, daß er vielleicht ein, äh, ein schlechtes Gewissen wegen Valerie haben könnte?»

Seine Hand schwebte zögernd über seinem Scheckbuch. «Nun, wenn dem so ist, dann wären wir schon zwei», sagte er, schaute unvermittelt zu mir auf. Hinter den Gläsern seiner Brille hatte er sanfte braune Augen mit langen Wimpern. «Hören Sie, möchten Sie vielleicht einen Drink? Ich werde mir jetzt einen Bourbon mit Wasser bestellen. Normalerweise trinke ich ja nicht, aber...» Er winkte, und der Kellner kam zu uns herübergeflogen, nahm unsere Bestellung von einem Screwdriver für mich – Orangensaft zum Frühstück, richtig? – und einem Jim Beam für Haslam entgegen.

«Warum sollte Jerry ein schlechtes Gewissen haben?» erkundigte sich Haslam, nahm den Faden dort wieder auf, wo er ihn fallengelassen hatte. «Er ist ein sagenhafter Junge, ist wie ein Bruder zu Valerie.»

Ich sagte: «Warum haben Sie denn ein schlechtes Gewissen?»

Er schrieb zu Ende, riß den Scheck heraus und steckte die Mappe wieder in seine Brusttasche. «Weil ich es nicht wußte», sagte er, langsamer dieses Mal. «Ich bin die ganze letzte Woche in Chicago gewesen, geschäftlich.»

«Ihre Frau hat Ihnen gegenüber nichts davon erwähnt?»

«Meine Frau ist nicht... Nun, ihr geht es gesundheitlich nicht besonders. Ich versuche, sowenig wie möglich zu reisen, aber manchmal läßt es sich einfach nicht anders einrichten.»

Unsere Drinks kamen mit der Suppe. Der Screwdriver war stark. Haslam kippte seinen Bourbon wie ein durstiger Mann.

«Was genau machen Sie denn beruflich?» fragte ich. Ich interessiere mich immer für die Berufe von Leuten, die Schecks über fünfhundert Dollar ausstellen können, ohne dabei mit der Wimper zu zucken, und die das Schulgeld für solche Einrichtungen wie das *Emerson* zahlen können.

«Investments, Kapitalanlagen», sagte er. «Wertpapierhandel, Analysen. Ein paar Aktivitäten auf dem Warentermin-Sektor. Deswegen mußte ich auch in Chicago sein. Zum großen Teil zähe, mühsame Arbeit, aber dabei bin ich ziemlich gut. Ich darf mich in meiner Arbeit nicht von diesen familiären Problemen beeinflussen lassen», sagte er, als versuchte er, eher sich selbst als mich zu überzeugen. «Ach, verdammt. Wahrscheinlich hätte ich Sie besser zu uns nach Hause kommen lassen sollen, statt zu versuchen, diese Besprechung noch irgendwie in meinen Terminkalender zu quetschen, aber ich wollte meine Frau nicht aufregen. Sie hat ein sehr schlechtes Gewissen, sie hat Depressionen. Ich dachte, wenn ich mich vielleicht hier um diese Geschichte kümmern würde... Ich weiß auch nicht...»

Ich nahm einen weiteren Schluck von meinem Drink. Meine Verhörtechnik läßt sich mit drei Worten zusammenfassen: Laß sie reden.

Während er redete, beobachtete ich ihn aufmerksam. Er hatte diesen Tick, dauernd an seiner Brille rumzuspielen, schob sie immer wieder seine Nase rauf und runter. Sein marineblauer Anzug war von der teuren Sorte, wahrscheinlich maßgeschneidert. Er wirkte konzentriert und ernst, aber nicht beunruhigt. Ich denke, ein beunruhigt aussehender Broker würde es in seinem Beruf wahrscheinlich nicht besonders lange machen. Die Brille verlieh ihm einen ehrbaren, soliden Ausdruck. Intellektuell, aber auch herzlich. Gute Augen. Lange, schmale Finger; glänzende, gepflegte Fingernägel. Manschettenknöpfe aus Onyx.

«Wissen Sie, warum Ihre Tochter fortgelaufen ist?» fragte ich, als ihm der Gesprächsstoff über seinen Job und seine Frau und darüber, wie schwer sie das alles nahm, ausgegangen zu sein schien.

«Keine Ahnung», sagte er schnell. Dann zögerte er, als wäre es eine automatische Antwort gewesen und nicht das, was die Situation tatsächlich erforderte. Er sagte: «Ich weiß es nicht. Ich vermute, wahrscheinlich weil sie mehr Aufmerksamkeit haben will. Meine Frau, nun, sie hat ernste Gesundheitsprobleme. Manchmal denke ich, ich weiß auch nicht, manchmal denke ich, daß sie auf die Mädchen beinahe eifersüchtig ist. Und sie ist nicht sehr stark. Sie braucht viel Ruhe. Ich vermute, sie kümmert sich im Grunde um keinen von uns richtig. Valerie mußte schon sehr früh eine Menge Verantwortung übernehmen.»

«Wann haben Sie sie das letzte Mal gesehen?»

«Welchen Tag haben wir heute? Donnerstag? Dienstag vor einer Woche. Abends. Sie hat in ihrem Zimmer ferngesehen. Meine Frau hat sie am folgenden Morgen noch einmal gesehen.»

«Und seitdem hat sie sie nicht mehr gesehen, Mr. Haslam ...»

«Pres, nennen Sie mich Pres, okay?»

«Ihre Tochter ist seit über einer Woche nicht mehr zu Hause gewesen. Wieso hat Ihre Frau so lange gebraucht, um ...»

«Hören Sie, sie dachte, Valerie wäre bei einer ihrer Freundinnen, okay? Sherri, das ist meine Jüngste, sagte, Valerie wäre bei einer Schulfreundin, und vielleicht war sie dort ja auch für ein paar Tage. Vielleicht ist sie jetzt ja auch nur wieder bei irgendeiner anderen Freundin.»

«Dann gab es zu Hause also keinen Streit, unmittelbar bevor sie weggelaufen ist?»

«Mathilde sagt, es hätte keinen Streit gegeben. Sie streitet sich nicht. Und hören Sie, wichtig ist hier doch allein, Valerie zu finden und dafür zu sorgen, daß ihr dort draußen nichts zustößt. Später, wenn sie wieder zu Hause ist, werden wir uns dann mit dem befassen, was auch immer sie dermaßen aus der Fassung gebracht oder mitgenommen hat. Sie finden sie einfach. Dieses Frage-und-Antwort-Spiel wird uns auch nicht weiterhelfen ...»

«Mr. Haslam», sagte ich sehr ruhig, «wenn Sie möchten, daß jemand Ihre Tochter findet, aber keine Fragen stellt, dann sollten sie sich besser einen Bluthund besorgen und ihm einen Schuh zum Schnuppern geben, mit dem er die Fährte aufnehmen kann. Privatdetektive stellen Fragen. Ich habe Jerry bereits die eine oder andere gestellt. Er glaubt nicht, daß Valerie fortgelaufen ist. Wenn sie nicht fortgelaufen ist, dann müssen wir andere Möglichkeiten in Erwägung ziehen. Haben Sie schon die Polizei verständigt?»

«Nein», sagte er. «Ich, äh, das würde ich auch lieber nicht tun...»

«Ihre Tochter ist jetzt seit über einer Woche verschwunden...»

«Nein, das möchte ich lieber nicht», wiederholte er.

«Sie ist erst vierzehn Jahre alt, Mr. Haslam...»

«Hören Sie», sagte er kategorisch. «Das ist nicht das erste Mal.» Er schluckte schwer, wich meinem Blick aus, schnitt seine Frühlingsrolle in winzige Stückchen. «Sie ist auch früher schon von zu Hause fortgelaufen.»

«Aber Jerry hat doch gesagt...»

«Vielleicht weiß Jerry nicht so viel über Valerie», sagte er. «Sie präsentiert sich in unterschiedlichen Rollen. Sie ist eine gute kleine Schauspielerin, meine kleine Valerie.»

«Sie ist schon mehr als einmal weggelaufen?»

«Schon zweimal», sagte er. «Beim erstenmal ist sie von allein wieder nach Hause gekommen. Mathilde glaubte, sie könnte es wieder tun. Also wartete sie. Sie hoffte. Das ist doch verständlich.»

«Und das andere Mal...»

Er schob ein Stück Frühlingsrolle auf seinem Teller herum. «Sie ist von der Polizei aufgegriffen worden.»

«In der *Combat Zone*?»

«Woher wissen Sie...»

Vielleicht wußte Jerry doch mehr, als Haslam ihm zutraute.

«Eine Menge Kinder landen dort», sagte ich.

Er rieb sich seine Stirn, als versuchte er, Kopfschmerzen wegzumassieren. Das Zucken auf seiner Wange war jetzt deutlicher. «Ach, Himmel», brummte er leise vor sich hin, «ich hätte sie von dieser Schule nehmen sollen.»

«Von der *Emerson*?»

«Jeder hat gesagt, ich sollte sie von der Privatschule nehmen. Ich meine, wenn man auf die Leute hört, dann sind Privatschulen doch die reinsten Brutstätten für Drogen und Sex und weiß der Himmel was sonst noch. Die *Emerson* ist eine teure Schule, aber sie sollten besser auf die Kinder aufpassen. Sie sollten sich gut um sie kümmern, sie nicht schutzlos irgendwelchen verrückten Typen und Perversen aussetzen.»

Der Kellner kam mit weiterem Essen, daher waren wir gezwungen zu schweigen. Sobald er wieder fort war, hakte ich nach, wiederholte das, was Haslam gesagt hatte. «Verrückte Typen und Perverse?» Das waren nicht direkt Worte, die ich mit der *Emerson* in Verbindung bringen würde.

Er machte sich mit seinem Messer und seiner Gabel an dem Hühnchen an die Arbeit. Ich benutzte die Stäbchen.

«Die Kids auf der *Emerson*», sagte er nach einem Bissen, «sie sehen schon in Ordnung aus. Sie ziehen sich anständig an, und sie haben gute Zähne. Geld. Aber sie sind verdorben und oberflächlich. Und Val versucht mitzuhalten. Ich meine, so reich sind wir auch wieder nicht. Uns geht es recht gut, verstehen Sie mich da bitte nicht falsch. Ich will Ihnen hier keine Sie-stammt-aus-einem-schlechten-Milieu-Geschichte auftischen. Aber mein Dad hat als Lagerhilfe in einem Lebensmittelgeschäft gearbeitet. Er hat die Regale aufgefüllt. Ich bin nicht reich zur Welt gekommen. Ich mußte hart für das arbeiten, was ich heute habe, und das wird auf der *Emerson* nicht direkt respektiert. Val will immer beweisen, daß sie so gut wie jeder andere von ihnen ist. Und mit gut meine ich reich.»

«Sie sagten ‹verrückte Typen und Perverse›. Haben Sie jemand Bestimmten im Sinn?»

«Ich hätte sie dort runternehmen sollen. Aber ihrer Mutter gefällt die Schule. Es ist schon etwas, wenn man sagen kann, daß seine Kinder auf die *Emerson* gehen. Ich meine, selbst im Büro...»

«Verrückte Typen und Perverse?» wiederholte ich.

Er schob den Teller fort. Er hatte vielleicht zwei Gabeln gegessen. «Der Lehrer ihres Theater-Kurses. So nennen sie diesen Dreckskerl, einen Theater-Lehrer.»

«Geoffrey Reardon?»

«Sie kennen seinen Namen?»

«Ich war gestern in der Schule.»

«Ich dachte schon, der Mann wäre vielleicht in Polizei- und anderen Kreisen berühmt-berüchtigt», sagte er.

«Nicht daß ich wüßte.»

«Nach der Schule war sie immer bei ihm.»

«Nur die zwei allein?»

«Der Theater-Kurs. Sagt sie.»

«Das kommt mir aber so schlimm nicht vor.»

Haslam warf dem Mann, der am Nachbartisch über Autoversicherungen redete, einen Blick zu, als wäre er vielleicht ein Undercover-Agent des FBI, und er senkte seine Stimme zu kaum mehr als einem Flüstern. «Das mag sich ja jetzt vielleicht dumm anhören – vielleicht sogar paranoid –, aber dieser Mann übt einen gewissen Einfluß auf seine Schüler aus, zumindest auf meine Tochter. Ich habe keine Ahnung, was er mit ihnen anstellt, aber es ist einfach nicht, nun, einfach nicht normal. Es ist, als wäre sie eine Hare-Krishna- oder Moon-Sekten- oder was weiß ich für eine Fanatikerin. Sie kann nicht nach Hause kommen. Jeden Tag hat sie irgendwelche Proben, aber es scheint niemals irgendeine gottverdammte Aufführung zu geben. Und dann hat sie noch Extrastunden und Stimmungsarbeit und Bewegungsübungen vor dem Spiegel und Übungen, ihre Gefühle auszudrücken, und sie muß jedes noch so winzigste Detail in ihrem Leben gefühlsmäßig erfassen, darstellen und ausleben.»

«Hört sich wie etwas an, was eine Menge Teenager sowieso tun», sagte ich.

«Er ermutigt sie dazu. Die Mädchen. Und die hübschen Jungs. Er macht Fotos.»

«Und Sie vermuten nun etwas Rasanteres als nur den guten alten Theater-Unterricht?»

«Ja, das tue ich.»

«Aber wie können Sie Reardon einen Vorwurf machen, wenn sie doch auch schon früher weggelaufen ist?»

«Es gibt immer einen Auslöser.»

«Was war es denn das letzte Mal?»

«Ein Streit mit einem Lehrer. Valerie behält gerne recht.»

Ich verfolgte eine schlüpfrige grüne Bohne mit meinen Stäbchen auf dem Teller. «Klingt, als wäre sie ein schwieriges Kind», sagte ich.

Er verzog sein Gesicht. «Haben Sie Kinder?»

Ich dachte an Paolina in Bogotá. «Nein», sagte ich.

«Manchmal ist Valerie schwierig. Manchmal ist sie, nun, einfach sagenhaft. Perfekt. Ich kann den Gedanken kaum ertragen, daß sie jetzt irgendwo dort draußen ist, allein ...» Er senkte seinen Blick auf den Tisch. Er aß nicht, aber seine Hände umklammerten weiter seine Gabel.

«Ich bin gestern bei Reardon gewesen», sagte ich.

«Was hat er gesagt?» fragte Haslam scharf.

«Er war nicht da.»

«Der Mann ist nichts als ein Schauspieler.»

«Sie haben ihn kennengelernt?»

«Die *Emerson* rühmt sich mit ihrem engen Eltern-Lehrer-Kontakt.» Haslam versuchte nicht, den Sarkasmus aus seiner Stimme zu lassen. «Jedesmal, wenn ich ihn sehe, kommt er mir mit dieser besänftigenden Scheiße von wegen Aufsässigkeit von Teenagern. Ich glaube fast, die Kids sind nur deshalb aufsässig, damit er sie dann gut findet. Der Mann ist attraktiv. Die Mädchen laufen ihm nach. Sie sind alle in ihn verknallt.»

«Valerie?»

«Ich denke schon. Ja.»

«Das werde ich mir merken.»

«Hören Sie, finden Sie einfach meine Tochter. Was immer Sie brauchen, Sie haben meine volle Unterstützung. Mathilde liest Zeitungen, all diesen sensationslüsternen Quatsch über Vergewaltigungen und Morde – und, nun, sie ist hysterisch. Das ist kein übertriebenes Wort für ihren Zustand. Sie hat eine lebhafte Phantasie, und sie läßt sich davon überrennen...»

Haslam merkte, daß seine Stimme lauter wurde. Der Versicherungs-Befürworter warf ihm einen schrägen Blick zu. Er holte tief Luft und rückte seine Krawatte zurecht.

«Was hat Valerie mitgenommen?» fragte ich.

«Ich weiß es nicht.»

«Hat Ihre Frau nicht in ihrem Zimmer nachgesehen? Fehlt vielleicht ein Koffer?»

«Sie hatte ihren Rucksack dabei, als sie in die Schule ging. Sie hat so viele Kleider, ich kann wirklich nicht sagen, ob irgend etwas davon fehlt. Ich meine, sie hat sich auch immer irgendwelche Sachen von den anderen Mädchen auf der Schule geliehen und ihre eigenen verliehen. Sie bekommt Taschengeld, ein großzügiges Taschengeld, damit sie sich ihre Kleider selbst aussuchen kann.»

«Besitzt sie abgesehen von ihrem Taschengeld sonst noch Geld?»

«Sie hat ein Sparbuch. Ich weiß nicht, ob sie es mitgenommen hat. Ich werde das überprüfen. Ich hätte es schon heute morgen tun sollen.»

«Eines noch», sagte ich. «Ihre Tochter – nimmt sie irgendwelche Drogen?»

«Nein», sagte er laut. Dann schüttelte er seinen Kopf. «Verdammt», sagte er leise, «nicht daß ich es wüßte. Ich weiß gar nichts mehr. Ich weiß nicht. Ich glaube nicht, nein.»

«Und wenn ihr das Geld ausginge...» Ich wählte sorgfältig meine Worte, fuhr langsam fort. Es war eine harte Frage für einen Vater. «Ich meine, das letzte Mal hat die Polizei sie in der *Zone* aufgegriffen. Ist sie damals auf den Strich gegangen?»

Er trank den Rest von seinem Drink und starrte das leere Glas bedauernd an. «Nein», sagte er leise. «Ich glaube nicht. Ich glaube es nicht.» Er schüttelte weiter seinen Kopf, bestritt diese Möglichkeit immer und immer wieder.

«Ich werde mein Bestes tun, um sie zu finden», sagte ich leise.

«Halten Sie mich auf dem laufenden, okay? Und lassen Sie mich wissen, wenn ich irgend etwas tun kann. Gleichgültig was. Außer Sie zu bezahlen. Sind fünfhundert in Ordnung?»

Ich zog meine übliche Nummer ab. Ich berechne mein Honorar auf Tagesbasis, aber Jobs, bei denen es um das Auffinden von Vermißten geht, sind ziemlich riskant, also verlange ich einen Vorschuß, berechne Spesen, und den Rest gibt's dann bar bei Lieferung. Eine ganze Menge.

Haslam schob mir den Scheck rüber.

Ich nahm Valeries Foto aus meiner Brieftasche. «Sieht ihr dieses Foto ähnlich?» fragte ich.

Er sah sich die Aufnahme lange an. «Ja und nein», sagte er schließlich. «Als ich sie das letzte Mal abholen ging, hatte sie das ganze Gesicht voller Schmiere, Lippenstift, Augen-Make-up.» Er tippte mit seinem Finger auf das Foto. «Aber meistens sieht sie so aus wie hier. Sie war so ein hübsches Kind.» Er starrte das Bild konzentriert an, so als könnte er vielleicht unter die Oberfläche sehen, etwas in den gleichgültigen Augen seiner Tochter lesen.

Dann warf er einen Blick auf seine Uhr und rief eilig nach der Rechnung. Er gab mir die Visitenkarte einer Brokerfirma in der Innenstadt, deren Name mir vertraut vorkam, und, wobei er sich entschuldigte, verließ noch vor mir das Lokal.

Ich blieb noch, um einen Tee zu trinken, mir die Reste unserer

Mahlzeiten in eine dieser weißen Goldfisch-Schachteln einpacken zu lassen und um die Glückskuchen zu untersuchen.

Auf einem Zettelchen stand: «Sie werden in einem höchst ungewöhnlichen Beruf reich und berühmt.» Auf dem anderen: «Ein ausgeprägter Sinn für Humor ist Ihr größtes Kapital.»

Ich mußte mich entscheiden.

KAPITEL 12

Wenn du meinst, das Parken in Chinatown wäre schier unmöglich, dann versuch's doch mal mit den Straßen in der Nähe der 40 New Sudbury Street, das Zuhause der *Area A*-Cops, zuständig für den Innenstadtbereich, Chinatown, Charlestown und East Boston. Nachdem ich ein paar Blocks abgegrast hatte, dabei mit den Touristenscharen konkurrierte, die zur Faneuil Hall wollten, beschloß ich, das Risiko einzugehen, einen Parkplatz mit der Aufschrift NUR FÜR BESUCHER DER POLIZEI, MAXIMALE PARKDAUER FÜNFZEHN MINUTEN zu nehmen.

Die Stufen rauf, dann rechts und wieder links. Ich hätte den Weg im Schlaf gefunden, schlafwandelte ihn während meiner zwei Jahre im Bezirk A oft genug. Der Geruch – eine Mischung aus schlechtem Kaffee und Angst, der sich in den beigefarbenen Wänden und in dem karierten Linoleum festgesetzt zu haben schien – rief alte Erinnerungen wach, bewirkte, daß ich meine Schultern reckte, als trüge ich wieder Uniform.

Ich vermisse es nicht, meistens.

Den diensthabenden Desk Sergeant erkannte ich nicht. Fast hätte ich «Lieutenant Mooney» gesagt, als er mich fragte, wen ich sprechen wollte. So sehr hatte ich seine Suspendierung verdrängt. Ich bremste mich dann aber doch noch und fragte statt dessen nach Joanne Triola. Joanne kam zusammen mit mir von der Polizeiakademie. Sie ist besser dabei, als ich es je war oder je sein werde, sich blödes, unverschämtes Gequatsche anzuhören, und folglich ist sie immer noch Cop, ein aufgehender Stern. Der Desk Sergeant schickte mich zum Büro des Detectives im zweiten Stock.

Er gab mir einen Besucherausweis, den ich mir anstecken mußte, und dann machte ich mich auf den Weg die Treppe hinauf. An der fünften Stufe fehlte immer noch die Gummikante, und die achte Stufe knarrte immer noch, wenn man genau in der Mitte auf sie trat.

Die Grünschnäbel, die bei dem Unfall der letzten Nacht aufgekreuzt waren, waren mir unbekannte Cops aus der Area D und nüchtern bis zum Stumpfsinn gewesen. Im wesentlichen hatten sie gesagt: Was erwartete ich denn verdammt noch mal, wenn ich nachts im Franklin Park rumkutschierte? Und konnte ich denn mein verdammtes Cab nicht auf der Straße halten?

Abfällige Bemerkungen über meine Fahrkünste ärgern mich ziemlich. Wir drei verstanden uns alles andere als bestens.

Sie hatten sich meine Von-der-Straße-abgedrängt-Geschichte mit einer solchen unverhohlenen Skepsis angehört, daß ich mich nicht weiter bei ihnen ausgelassen hatte. Wenn sie schon nicht an das Auto glaubten, das mich von der Straße gegen den Baum gedrängt hatte, wie sollten sie dann erst die Neuigkeit verarbeiten, daß ich einen weiteren Wagen mit einem gesuchten Zeugen darin verfolgt hatte?

Ich hätte es ihnen sagen sollen, nehme ich an, hätte darauf bestehen sollen, daß sie ein Spurensicherungsteam riefen, um meine hintere Stoßstange nach Farbsplittern zu untersuchen, doch gerade als ich den Mund aufmachte, wechselten die zwei *Den Blick*. Du weißt schon, dieser «Wieso lassen sie diese verrückten Miezen nachts raus auf die Straße»-Blick. Und ich beschloß, mir die Spucke zu sparen.

Mit Joanne konnte ich reden.

Sie lümmelte sich auf einem Stuhl im *Pferch*, einem Labyrinth aus Schreibtischen, die als Mischung aus Schreibzentrale und Doughnut-Lager dienten. In regelmäßigen Abständen kreischt irgendwer was über ungestörtes und effizientes Arbeiten und versucht Trennwände aufzubauen, aber die meiste Zeit sind so viele Cops gar nicht dort. Sie sind auf Streife oder reden mit Informanten oder gehen irgendwelchen Spuren nach oder werden in Gerichtssälen alt und grau, während sie darauf warten, ihre Aussagen in bezug auf Straftaten zu machen, die vor dreieinhalb Jahren begangen wurden.

Heute zierten ein alter Cop namens Foley, der schon vor ein paar Jahren in den Ruhestand getreten war, es nur noch nicht offiziell gemacht hatte, und ein junger Hispanic den *Pferch*, der wie höchstens achtzehn aussah, sich aber wie ein Cop aufführte, munter auf seiner Schreibmaschine hämmerte und zwischendurch eine junge Frau mit Fragen bombardierte, die auf dem Besucherstuhl neben seinem Schreibtisch saß. Die Lady trug Schwarz – Bluse, Rock, Strumpfhose und Schuhe – und Handschellen. Ich verstehe nicht besonders viel Spanisch, aber ein paar Worte erkannte ich doch, die Paolina bei höflicher Konversation niemals benutzt haben würde.

Joanne laberte mit irgendwem am Telefon, redete ziemlich laut, gestikulierte wild. Sie mußte inzwischen gut an die Fünfzig sein, und sie besitzt die Energie von drei normalen Menschen. Sie hat ein rundes, freundliches Gesicht, einen Bausch grau werdender Haare, immer ein Lächeln auf den Lippen, und wenn sie lachte, drehten sich die Leute in einem Restaurant nach ihr um.

Auf dem Schießstand ist sie – mit beiden Händen – besser als ich.

Sie legte auf, funkelte wütend das Telefon an und begann von neuem zu wählen. Ich räusperte mich, und sie schaute auf. Ein Lächeln breitete sich auf ihrem Gesicht aus.

«Mensch, das kann gar nicht sein», sagte sie. «Aber ja doch, die Größe stimmt. Warst du früher nicht mal Cop?»

«Danke», sagte ich. «Ich würde mich gerne setzen und eine Weile mit dir plaudern.» Ich ließ mich auf ihren Besucherstuhl fallen, froh, mein Knie endlich wieder entlasten zu können. Es fühlte sich steif und geschwollen an, und ich hoffte nur, daß ich meine beste Jeans nicht würde aufschneiden müssen. Was ich jetzt am meisten brauchte, war ein langes, ausgiebiges Bad.

«Ich würde dich ja gerne auf eine Tasse Kaffee einladen», sagte sie, «aber wenn ich mich recht entsinne...»

«Immer noch so schlimm?» sagte ich. Die Frau in Schwarz sprang von ihrem Stuhl auf und fluchte in schlichtem, unverblümtem Englisch. Der Cop, der die Festnahmeformalitäten durchführte, lachte und sagte, ihr Englisch würde laufend besser.

«Ehrlich, Carlotta», sagte Joanne, beachtete den Gefühlsausbruch in der anderen Ecke des Raumes nicht weiter, «du rührst die Suppe mit einem von diesen Plastikdingern von McDonald's um, und der kleine Löffel löst sich auf.»

«Funktioniert der Coke-Automat?» fragte ich.

«Was meinst du?»

Ihr Telefon klingelte, also ging ich hinüber, um den Automaten zu untersuchen, versuchte dabei, mein linkes Bein nicht übermäßig zu belasten. Rote Warnlämpchen brannten an dem Automaten, wiesen darauf hin, daß kein Rückgeld gegeben wurde und daß ihm sämtliche Getränke ausgegangen waren, die er eigentlich zu bieten haben sollte. Der guten alten Zeiten wegen verpaßte ich dem Ding einen behutsamen Tritt. Ich hatte den verrückten Rhythmus des *Pferchs* vergessen, den Kontrapunkt von klingelnden Telefonen und Fragen und Schreibmaschinen, hereinkommenden und hinausgehenden Leuten, langen ruhigen Nachmittagen, die von plötzlichen, brutalen Notfällen unterbrochen wurden.

Joanne beendete gerade ihr Telefonat, als ich an ihren Schreibtisch zurückkam.

«Jo», sagte ich, «ich bin letzte Nacht von der Straße abgedrängt worden.»

«Ach ja?» sagte sie. «Wo denn?»

«Franklin Park.»

Ihre Augenbrauen zuckten nach oben, und sie grinste. «Meine Güte», sagte sie. «Und sie hat's tatsächlich überlebt, um davon zu berichten.» Dann hob sie wie ein Verkehrspolizist ihre Hand, bat um Ruhe, während sie in einem Stapel Papiere herumwühlte.

«Hier haben wir's ja», sagte sie schließlich. «Area D. Du hast zwei dicke Sätze im Berichtsbuch bekommen.»

«Die Trottel haben's aufgeschrieben. Ich fühle mich geschmeichelt.»

«Keine große Sache», sagte sie. «Nur zwei Sätze.»

«Woher holen sie sich heutzutage die Grünschnäbel?» fragte ich.

«Tja», sagte Joanne, «bei unseren unglaublichen zusätzlichen Sozialleistungen und dem extrem hohen Anfangsgehalt müssen wir all diese Absolventen der Harvard Business School abwimmeln.»

«Ja», sagte ich. «Ich verstehe.»

Die Frau in Schwarz rasselte mit ihren Handschellen und nannte den Hispanic-Cop einen feigen räudigen Köter, sowohl auf Spanisch als auch auf Englisch. Auf Spanisch klang's besser.

«Willst du zurückkommen?» fragte Joanne.

«Nein, danke», sagte ich.

Sie lächelte. «Also, wer hat's auf deinen Arsch abgesehen?» sagte sie. «Arbeitest du an einem Fall?»

«So ungefähr, ja», sagte ich.

«Und das hier ist jetzt ein reiner Freundschaftsbesuch, richtig?» sagte sie.

«Ich hab ein Nummernschild», sagte ich. «Ich habe mich gefragt, ob du das vielleicht mal überprüfen könntest.» Irgendwo klingelte ein Telefon, zehnmal, zwölfmal, dann hörte es auf.

«Hast du das letzte Nacht auch den Jungs gegeben?» fragte sie.

«Nein.»

«Carlotta, sie mögen ja vielleicht wirklich Trottel sein, aber eine Nummernschildüberprüfung können sie auch durchführen.»

«Ich hab eine Zulassungsnummer, aber die gehört nicht zu dem Wagen, der mich gerammt hat», sagte ich. Das Telefon begann wieder zu klingeln. Sechs, acht, zehn Läuten, bevor sich irgendwer erbarmte und den Hörer von der Gabel pflückte.

Sie sagte: «Nur damit ich das jetzt richtig verstehe. Du hast dir einfach nur so zum Spaß ein Nummernschild notiert?»

«He, das hat schon was miteinander zu tun», sagte ich. Der Hispanic-Cop war mit seinem Papierkram fertig und begleitete die Frau in Schwarz zu einer Arrestzelle. Aus der Nähe betrachtet, unter ihrem dick aufgetragenen Make-up, war sie noch ein Teenager. Der rechte Ärmel ihrer Bluse war zerrissen, und auf ihrem dünnen gelblichen Arm waren Nadeleinstiche zu sehen.

«Inwiefern?» fragte Joanne.

«Das weiß ich, wenn du die Abfrage gemacht hast, Jo. Vielleicht.»

«Hat das irgendwas mit Mooney zu tun?» fragte sie, beugte sich vor und wurde mit einemmal ganz leise und vertraulich.

Gott allein weiß, was die Gerüchteküche des Reviers über mich und Mooney zu sagen hat, aber ich bin sicher, es ist garantiert schlüpfriger als die Wirklichkeit. «Würdest du die Abfrage dann schneller durchziehen?» fragte ich.

«Ich bin nur neugierig, weißt du», sagte sie.

«Mooney in letzter Zeit gesehen?» fragte ich.

«Er hat Hausverbot. Könnte ja ansteckend sein.»

«Ich dachte, er müßte vorbeikommen und wegen irgendwas seine Aussage machen.»

«Ach, das», sagte sie bemüht beiläufig. «Das läuft drüben im County-Gerichtsgebäude.»

«Um was geht's dabei?»

«Im Vertrauen?» Sie schaute sich schnell vorsichtig im *Pferch* um. Der alte Cop, Foley, lernte gerade, wie man mit zwei Fingern tippte.

«Klar», sagte ich gelassen.

«Betrug im Dienst», sagte sie.

«Mooney?» sagte ich ruhig. Der Hispanic-Cop schlenderte an seinen Schreibtisch zurück. Er legte seine Beine hoch, nahm sich das Telefon und wählte. Joanne wartete mit ihrer Antwort, bis er sprach. Sie redete sehr leise.

«Soviel ich gehört hab, hat ihm irgendwer fünf Scheine angeboten, um die Unterlagen zu ändern, unmittelbar nachdem die Untersuchung begann. So offensichtlich war es natürlich nicht. Total indirekt, klar, aber Mooney, tja, du kannst es dir wahrscheinlich vorstellen.»

Ich spürte, wie sich der Knoten in meinem Bauch löste. «Ich wußte es», sagte ich. «Er hat Schaum vor dem Mund gekriegt, stimmt's? Er arbeitet mit der Dienstaufsicht zusammen.» Ich lächelte und entschuldigte mich lautlos wegen meiner Gedanken heute morgen bei der Lektüre des *Herald*.

«Behalt's für dich», sagte Joanne. «Er ist ein perfekter Zeuge. Diese Cops kriegen ordentlich Feuer unter dem Hintern.» Sie ging zu dem Schreibtisch in der Mitte des *Pferches*, nahm eine rosa und weiße Schachtel hoch und kehrte damit zurück. «Willst du einen Doughnut?» fragte sie.

Die Schachtel war noch halbvoll. Zimt und Schokolade. Ich mag die mit Zuckerguß und Gelee.

«Nein, danke», sagte ich. «Aber du kannst noch was für mich tun, ich meine, außer die Nummernschildabfrage durchzuziehen. Ich suche eine Ausreißerin.»

«Viel Glück», sagte sie, wobei ihre Stimme wieder auf voller Lautstärke war.

«Und es ist auch nicht das erste Mal. Es müßte irgendwelche Unterlagen geben», sagte ich. Zwei Cops, der eine schwarz, der andere weiß, kamen durch die Pendeltür herein, hielten zwischen sich einen Mann fest. Er hätte betrunken oder mit Drogen vollgepumpt oder tot sein können. Sie gingen an uns vorbei, und bei dem Gestank war ich froh, daß ich den Doughnut nicht angenommen hatte.

«Jugenddezernat?» fragte Joanne. Nichts schien sie ins Schwanken zu bringen, nicht der Lärm, nicht die Gerüche. Ich muß früher auch mal so gewesen sein, bevor ich die Marke loswurde.

«J-ja!» sagte ich.

«Wahrscheinlich unter Verschluß.»

«Ich glaube nicht, daß die Sache bis vor Gericht gekommen ist. Einfach nur irgendeine Akte, die irgendwo rumliegt.»

«Hör mal, hilfst du Mooney?» fragte sie.

«Ich versuch's», sagte ich.

Sie schob ein Blatt Papier über den Schreibtisch. «Schreib das Nummernschild auf, und gib mir auch den Namen des Mädchens, wo du gerade schon mal dabei bist.»

«Danke», sagte ich. «Du hast was bei mir gut.»

«Sag irgendwas Nettes über dein hiesiges Police Department», sagte sie mit einem tiefempfundenen Seufzer. «Wir können's gebrauchen.»

KAPITEL 13

Unter dem Scheibenwischer meines Autos steckte ein Strafzettel. Ich schwöre, die finden mich überall, diese Politessen. Ich haßte die Vorstellung, daß eine von ihnen so leichtes Spiel hatte, direkt vor dem gottverdammten Revier.

Ein Bostoner Knöllchen war früher mal ein Witz. Man zerriß das Ding auf der Stelle, und fertig. In letzter Zeit jedoch haben die Verkehrs-Cops und das Straßenverkehrsamt ihre Nummer verschärft. Du kannst zwar immer noch die Strafzettel zerreißen, aber wenn du versuchst, deinen Führerschein zu verlängern, Mann, dann wird's dir gewaltig leid tun. Aber es kommt noch besser. Wenn du fünf Strafzettel zerreißt, kannst du Bekanntschaft mit dem *Denver Boot* machen, einer gelben Beleidigung für das Auge, der dein Auto umgehend von einem Transportmittel in ein Exemplar moderner Skulptur verwandelt.

Das Knöllchen war eine dieser Fünf-Bucks-Geschichten. Wenn ich auf einem Parkplatz geparkt hätte, würde es mich auch locker vier gekostet haben, also fand ich's nicht ganz so schlimm. Ich würde es Haslam unter Parkgebühren mit auf die Rechnung setzen.

Ich sah auf die Uhr: 14 Uhr 05. Unterricht in der Schule. Gerade zu Ende, wenn ich nach Lincoln fuhr. Vielleicht ein guter Zeitpunkt, um mit Mr. Geoffrey Reardon zu plaudern. Nicht daß ich Haslams

Theorie direkt große Bedeutung beimaß. Ich konnte mir einfach nicht vorstellen, daß die seriöse *Emerson* sich einen «Sekten»-Theaterunterricht gefallen ließ. Andererseits, da waren ja auch noch diese Fotoalben mit den Mädchen in Trikots.

Ich stellte das Radio auf WUMB, 91.9 FM, und schaltete mich gerade dazu, als Chris Smither sang, daß für mich die Sonne auch eines Tages wieder scheinen würde.

Ich tätschelte vorsichtig mein Knie und fragte mich, wen ich wohl anrufen könnte, der eine funktionsfähige Badewanne sein eigen nannte und die Bitte nicht mißverstehen würde, ob ich sie mal benutzen könnte. Gott, ich wäre besser Mitglied in irgendeinem flotten Fitness-Bad statt im Y. Ich könnte in das, na, sagen wir mal, *La Pli* am Harvard Square angetanzt kommen und meine Schmerzen weghätscheln und streicheln lassen und mich in einem Jacuzzi aalen. Klar, Mädchen, sagte ich mir. Die Mitgliedschaft im *La Pli* kostet wahrscheinlich mehr als meine Miete. Und mit meinen Jeans, meinen wirren Haaren sah ich eher wie ein Kandidat für Puffmutter Floozey's Massagesalon aus.

Früher hätte ich Mooney anrufen können. Damals, als wir noch zusammen arbeiteten, hätte er mir seinen Schlüssel geliehen und keine Fragen gestellt. Aber heute ist da noch seine Mutter, die wahrscheinlich nichts verstehen, dafür aber glauben würde, sie täte doch.

Ich ließ meine Gedanken zu Sam Gianelli schweifen. In seiner Wohnung am Charles River Park steht eine tolle Badewanne, eine riesige Badewanne, eine Königin der Badewannen, ein einsfünfzig mal einsfünfzig großes, blau gekacheltes, in den Boden eingelassenes Quadrat. Ich versuchte mir vorzustellen, wie ich es anfangen konnte: «Sam, ich bin's, Carlotta. Ja, ich weiß, ich hab dein Leben verpfuscht, und du wolltest mich nie wieder sehen – aber könnte ich vielleicht mal deine Badewanne benutzen?»

Vielleicht konnte ich mir auch eines dieser Zimmer in einem Stundenhotel mieten. «Sie allein, Lady?» würde der Schleimbeutel an der Rezeption fragen. Bei dem Gedanken an eine Badewanne in so einer Bude juckte es mich gleich überall. O Gott, laß die *Twin Brothers* endlich meine Badewanne wieder einbauen.

Dann war da immer noch Glorias Zimmer hinten in der Taxizentrale, aber, Scheiße, all diese Flaschenzüge und Stangen und was weiß ich nicht alles. Ich habe schon von diesen Läden gehört, wo man sich für eine Stunde einen Badezuber mieten kann, aber das kommt mir wie etwas vor, das man zusammen mit jemand anderem machen sollte, ein geselliger Anlaß, zu dem eine Verabredung und eine Flasche Wein gehörten. Außerdem kommt es mir für einen Bostoner viel zu «kalifornisch» vor. Bostoner sind sich Geschlechtskrankheiten viel bewußter als geselligen Anlässen.

Ich stellte den Toyota unter einem Kirschbaum ab, der gerade auszuschlagen begann. Er war noch nicht grün, aber er hatte dieses verschwommene Grau angenommen, das das Versprechen auf Grün schon in sich trug. Der Wind war eisig, aber auf dem *Emerson*-Campus wehte, durch den Schutz der Kiefern, kein Lüftchen. Kids unterhielten sich auf dem Weg zu ihren Klassen, zogen sich Handschuhe über, Schals enger.

Ich schob meine Hände tief in die Taschen meiner Jacke und machte mich auf den Weg zu Reardons Büro.

Zuerst sah ich Elsie McLintock, dann Jerry Toland. Sie standen mitten auf dem Fußballfeld, fuchtelten wie wild mit den Armen. Ich konnte sie nicht deutlich verstehen, aber Jerrys Stimme war laut und wütend. Also machte ich einen Umweg.

In dem Augenblick, als Elsie mich sah, rannte sie praktisch los. Jerry warf einen kurzen Blick über seine Schulter, rief Elsie noch irgendwas nach, drehte sich dann wieder zu mir um. Er kam gemächlich herübergeschlendert, schlurfte durch das feuchte Gras, die Hände in den Taschen vergraben. Sein Mund war nur noch leicht geschwollen, verheilte offenbar gut. Er trug eine khakifarbene Hose und ein weißes Strickhemd, das teuer und warm aussah. Über seine Schulter hatte er sich eine gelbe Windjacke geworfen und an den Ärmeln zusammengebunden.

«Hi», begrüßte er mich, während er sich bückte, um einen Fußball aufzuheben, den irgendwer im Gras liegengelassen hatte. «Sie sind's, häh?»

Und das von einem Kid, der mich in meinen Taxifahrerklamotten und in meinem Bademantel gesehen hatte. «Ja, ich bin's», versicherte ich ihm. «Was ist mit Elsie?»

Er tat sie mit einem Achselzucken ab. «Ach, Sie wissen schon. Sie meint, ich hätte Sie nicht engagieren sollen und alles.» Er begann den Ball herumzutreten, blieb an einer Stelle stehen, ließ den Ball von einem Knie zum anderen hüpfen.

«Mich speziell?»

«Überhaupt irgendwen.»

«Wieso?»

Der Ball flog weg. Er holte ihn sich wieder, fing das Spielchen von vorn an. «Sie ist eine absolute Nervensäge, wissen Sie. Deswegen. Verdammt, ich weiß auch nicht.»

«Glaubst du, sie weiß, wo Valerie ist?»

«Elsie?» Er grinste mich breit an. Er hatte den Ball fünfmal hintereinander mit dem Knie gekickt. Er hatte ein gutes Gleichgewichtsgefühl. «Keine Chance.»

«Warum nicht? Elsie ist doch ihre beste Freundin, stimmt's?»

«Stimmt», sagte er.

«Könntest du den Ball vielleicht mal einen Moment festhalten?» sagte ich.

Er machte einen Schritt auf mich zu. «Elsie tratscht ziemlich viel, wissen Sie. Wenn die irgendwas wüßte, dann würde das mindestens die Hälfte ihrer Freundinnen auch wissen, und jeder würde darüber quatschen. Valerie ist nicht dumm genug, um Elsie was zu sagen.»

Dieser Junge da auf dem Fußballplatz war erheblich selbstbewußter als das Kid, das sich in meinem Taxi versteckt und meine Küche vollgeblutet hatte. So wie er von ihr redete, war Elsie nicht direkt Jerrys Liebling.

Er sagte: «Elsie sagt, ich hätte Sie nur deswegen engagiert, weil Sie eine, äh, weil Sie eine Frau sind», sagte er. Ich brauchte einen Moment, aber dann kapierte ich. Dieses *Kid* auf dem Fußballplatz da flirtete mit mir.

«Wissen Sie», sagte Jerry, musterte mich dabei vom Scheitel bis zur Sohle, «sie erlauben keine Jeans.»

«Häh? Wer? Der Kreml?»

«Auf dem Campus. Die *Emerson* erlaubt keine Jeans.»

«Ja», sagte ich, «aber ich arbeite nicht für sie.»

«Sie sehen toll aus», sagte er. Er schoß den Fußball auf mich, fest. Ich fing ihn auf und pfefferte ihn zurück. Reiner Reflex. Ich hätte ihn festhalten sollen. Der Schnösel wollte spielen.

«Guter Wurf», sagte er. «Wie alt sind Sie eigentlich?» Er machte einen weiteren Schritt auf mich zu. Er hatte meine Größe. Ich hätte Schuhe mit hohen Absätzen anziehen sollen. Meine Haare zu einem Knoten hochstecken sollen. Ein Abwehrspray gegen tobende Hormone mitnehmen sollen.

«Ich könnte deine Mom sein», sagte ich ernst, biß mir dabei auf die Innenseite meiner Wange, um nicht laut loszulachen, «wenn ich früh angefangen hätte.»

«Ödipus, richtig?» sagte er.

Aaach, die Vorzüge einer klassischen Ausbildung, dachte ich.

«Vergiß es», sagte ich elegant. «Hör zu, ich arbeite für dich. Oder besser gesagt, ich habe für dich gearbeitet. Jetzt arbeite ich für Preston Haslam.»

«Mr. Haslam?» Das ließ ihn einen Schritt zurückweichen.

«Wir haben uns zum Mittagessen getroffen. Er ist jetzt mein Klient.»

«Ich dachte, ich wäre Ihr Klient. Ich dachte, Sie hätten gesagt...»

Ich sagte: «Hat er mit dir nicht darüber geredet?»

«Er hat sich bei mir nach Ihnen erkundigt, aber, Mensch...» Der kleine Junge war wieder da. Sogar seine Haltung war jetzt anders. Er war der jüngere Bruder von dem Knaben, der mich noch vor einer Minute angemacht hatte. «Ich meine, ich schätze, es würde schon okay sein. Meine Eltern machen mir das Leben schon irgendwie schwer, wissen Sie. Sie sagen, ich sollte meine Bucks besser für das College sparen. Aber ich bin mir überhaupt nicht sicher, ob ich aufs College will, wissen Sie. Kommt mir irgendwie blöd vor. Aber ich habe jede Menge Geld, wenn ich doch gehen will. Ich sehe wirklich nicht, wo ihr Problem liegt.»

«Ich dachte, du und Haslam hätten die Sache abgeklärt», sagte ich. «Ich habe seinen Scheck angenommen, aber ich kann ihn immer noch zerreißen.»

«He», sagte Jerry, «das erinnert mich an was. Ich schulde Ihnen ja noch ein paar Bucks. Fahrpreis fürs Taxi, stimmt's, und dann noch die fünf für das Sandwich. Mann, das hat mir das Leben gerettet.» Er grub in seinen Taschen, während der das sagte. Er zog einen goldenen Geldclip in der Form eines Dollarzeichens heraus, schälte einen Schein von einem ganzen Bündel Zwanziger ab. «Behalten Sie den Rest», sagte er. «Für das Jod und so.»

Ich hob meine Hand nicht, um das Geld anzunehmen. «Falls du mein Klient bist, kommt das alles auf deine Rechnung», sagte sie. «Bist du mein Klient?»

Er zerknüllte den Zwanziger in seiner Hand. «Lassen Sie mich mal was klarstellen, okay? So oder so, wer auch immer Sie bezahlt, Sie werden sie auf jeden Fall finden, richtig?»

«Ich werd's versuchen.»

«Kann ich mir das noch mal überlegen? Also, zerreißen Sie Haslams Scheck noch nicht, aber zerreißen Sie auch nicht den Vertrag, den ich mit Ihnen gemacht und unterschrieben habe.»

«Wir können es für ein oder zwei Tage erst mal dabei belassen.»

«Gut», sagte er. «Ich brauche etwas Zeit.»

«Ich brauche ein paar Antworten.»

«Das ist alles, was Sie die ganze Zeit gemacht haben, Fragen stellen. Ich werde zu spät zu Mathe kommen.»

«Dafür hast du mich engagiert, daß ich Fragen stelle.»

«Stimmt.» Er wußte nicht, wo er seine Hände lassen sollte, also fing er wieder an, den Fußball springen zu lassen.

«Hör auf damit», sagte ich. Er warf mir den Ball zu, und ich hielt ihn fest.

«Lust, ein bißchen Angriff zu üben?» fragte er.

«Lust, ein bißchen erwachsen zu werden?» pfiff ich ihn an. Er fummelte an den Ärmeln seiner Windjacke, und es tat mir leid, daß ich ihn so scharf angefahren hatte. Gott, ich weiß nicht, was die Leute von Teenagern erwarten. Am einen Tag ist Sex ein Geheimnis, am nächsten ist es was Schmutziges, am übernächsten ist es verboten, und dann ist man verheiratet, und urplötzlich ist es eine sinnvolle Erfahrung, die Spaß macht. Richtig.

«Was kannst du mir über den Lehrer des Theaterkurses sagen?» fragte ich.

«Reardon? Das ist ein Penner.»

«Wirklich?»

«Ich meine, ich weiß nicht. Ich hab bei ihm keinen Unterricht.»

«Aber Valerie.»

«O ja, sie findet ihn ganz toll, wissen Sie. Sie war dauernd da drüben bei ihm.»

Ich meinte, so was wie Eifersucht in seiner letzten Bemerkung gehört zu haben.

«Glaubst du, daß sie an ihm mehr als nur an einem Lehrer interessiert ist?» sagte ich.

«Keine Chance. Der Knabe muß doch mindestens dreißig sein.» Er sagte «dreißig» so wie man «einbalsamiert» sagen würde.

«War sie überhaupt an irgendwem interessiert?» fragte ich weiter.

«Nee.»

«An dir?»

«Nee.» Er scharrte mit seinem rechten Fuß auf dem Gras.

«Wie ich höre, mochtest du sie. Mehr als nur einen Freund.»

«Elsie, stimmt's. Diese dumme Kuh.» Den letzten Satz brummte er leise vor sich hin.

«Willst du damit sagen, Elsie hätte sich das nur aus den Fingern gesaugt?» sagte ich.

Urplötzlich setzte er sich auf das Gras, klappte zusammen, als hätte jemand das Ventil aufgemacht und die Luft rausgelassen. Er war wieder der kleine Junge aus dem Taxi, verängstigt und einsam. Er biß nervös auf seiner Unterlippe, zuckte vor Schmerz.

Ich schaute mich um. Zwei Mädchen in absolut gleichen roten Pullovern standen außer Hörweite neben dem Fahnenmast. Der Wind peitschte ihre Röcke und ihre Haare, aber sie schienen nichts davon mitzukriegen, waren tief darin versunken, sich gegenseitig Vertraulichkeiten zu erzählen. Ich spürte es. Mein Knie pochte. Ich hockte mich auf das dichte, feuchte Gras, das nach Kiefernnadeln duftete.

«Ich hätte es Ihnen sagen müssen», sagte Jerry. «Ach, Scheiße. Ich war – ich bin – so gottverdammt blöd. Tut mir leid, Valerie und ich, wir haben, Sie wissen schon, wir haben letzte Woche hinter dem Mathe-Gebäude einfach nur Blödsinn gemacht, haben uns Witze erzählt und so, und dann haben wir, na ja, also, wir haben eben rumgemacht, Sie wissen schon, und wir haben angefangen, uns zu umarmen, und dann hab ich sie, also, irgendwie geküßt, und es war prima, und dann sind wir noch ein bißchen weitergegangen, und dann sie ist einfach total ausgeflippt.»

«Das war das letzte Mal, das du sie gesehen hast?»

«Das war das letzte Mal, das ich sie gesehen habe», wiederholte er und ließ seinen Kopf hängen. Er sah aus, als hätte er gerade ein Kapitalverbrechen gestanden.

«Was meinst du mit ein bißchen weiter?» fragte ich.

«Sie wissen schon», sagte er, sah dabei nur mich an.

«Geschlechtsverkehr?»

«Scheiße. Hinter dem Mathe-Gebäude? Nicht drin. Ich hab einfach nur ihre Bluse aufgeknöpft und so. Das ist alles. Ich meine, sie ist ausgeflippt. Und dabei hab ich nicht mal was gesehen.»

Ich seufzte. «Und das war's dann?»

«Das war's.»

«Keine weiteren Geständnisse?»

«Ehrlich, das war's.»
«Okay.»
«Ms. Carlyle?»
«Ja.»

Er riß einen Büschel Gras mitsamt den Wurzeln aus. «Wenn Sie sie finden, sagen Sie ihr bitte, daß es mir leid tut. Sagen Sie ihr, daß es mir einfach gottverdammt leid tut.»

Ich ließ ihn im Schneidersitz mitten auf dem Fußballplatz sitzen, wo er sich Grasflecken auf seine nette khakifarbene Hose holte.

KAPITEL 14

Die Tür zu Reardons Büro stand offen, und es war leer, also fragte ich eine vorbeikommende Schülerin nach dem Weg zu dem kleinen Theater. Sie umklammerte ihre Bücher und beschrieb mir zögernd und gespickt mit jeder Menge «Ähs» und «Hmmmhs», «Ich glaube» und «Sie wissen schon» den Weg, erwähnte am Ende schließlich noch zwei farbige Glasfenster, rund wie Bullaugen und gemustert mit blauen Tauben mit scharlachroten Augen. Ich erspähte die Fenster, und in die Richtung ging ich dann.

Es war stockdunkel hinter der Doppeltür, die mit einem Wusch hinter mir zufiel. Auf der Bühne stand gerade eine Klasse – nur ein paar Schüler, fünfzehn vielleicht. Die Bühnenscheinwerfer brannten, aber der Zuschauerraum war schwarz, also schlich ich mich leise nach vorne und schnappte mir einen Platz, ein geheimes Publikum.

Nachdem sich meine Augen erst mal an die Dunkelheit gewöhnt hatten, hatte ich keine Schwierigkeiten mehr, Jerrys Eifersucht zu verstehen oder Haslams wilde Vermutungen nachvollziehen zu können. Geoffrey Reardon war, um es ganz schlicht auszudrücken, einfach sagenhaft. Lässig auf der Bühne lümmelnd, ein Bein gebeugt, das andere der Länge nach ausgestreckt, auf die Unterarme zurückgelehnt, hatte er sich unter einen Minischeinwerfer postiert, dessen Licht seinen Kopf wie ein Heiligenschein umrahmte. Außer in Märchen gibt es nicht besonders viele Leute, die goldene Haare haben. Sie sind entweder strohblond oder gelblich, rotblond oder gebleicht. Reardons Haare gehörten in ein Kunstmuseum; es war ein loderndes Rembrandt-Gold.

Er hatte ein scharfes Profil, eine feingeschnittene Nase – und du kannst mir ruhig glauben, ich bin nur höchst selten versucht, den Ausdruck «fein geschnitten» in diesem Zusammenhang zu verwenden –, einen Schnurrbart, der eine winzige Nuance dunkler als seine Haare war, prächtige Zähne. Von vorn gesehen war sein Gesicht breit mit hohen Wangenknochen und einem original Kirk Douglas-Grübchen im Kinn. Der Kreis der um ihn herum sitzenden Schüler war zum größten Teil weiblich – Überraschung, Überraschung –, und sie glotzten ihn mit treuen großen Hundeaugen an.

Nicht viel anders als ich selbst, dachte ich reuevoll, dankbar für die schützende Dunkelheit.

Wieso, fragte ich mich, stand dieses atemberaubende Exemplar nicht auf irgendeiner größeren Bühne? Verdiente ein Vermögen damit, am laufenden Band Fernseh-Commercials abzudrehen, Modell für Jockey-Unterhosen zu stehen, wenn er schon kein Talent zum Schauspieler hatte?

Ich legte eine Pause ein, um meine Atmung wieder in den Griff zu bekommen und um mich für die Annahme zu schelten, daß Reardons Aussehen, wofür er ganz sicher nichts konnte, sein einziges Kapital war. Ich würde ihn nicht automatisch als tumben Schönling einstufen. Nicht bevor ich mit ihm gesprochen hatte.

Er erhob sich in einer einzigen geschmeidigen Bewegung, und die Kids standen, in einer kläglichen Imitation, ebenfalls auf. Sie machten Streckübungen nach einem festen Muster, das jeder zu kennen schien. Ich hatte Lust, auch mitzumachen – das heißt, mein ganzer Körper bis auf mein schmerzendes Knie hatte Lust dazu. Auf ein Zeichen hin begannen die Schüler sich unabhängig voneinander zu bewegen. Manche machten ruckartige Rap-dance-Schritte, andere machten Sprünge und wirbelten wie beim Ballett herum. Ein dunkelhaariger Junge schwang sich in den Sattel eines imaginären Pferdes. Ein Mädchen mit langen, dunklen Haaren versuchte ein Rad zu schlagen. Sie trug eine Strumpfhose und ein weites Hemd, das über ihren BH zu rutschen drohte.

Hin und wieder brüllte Reardon, der auf der Bühne herumwanderte, irgendwas, und schlagartig erstarrten alle. Dann sagte er etwas, und sie fingen wieder von vorne an, tanzten und drehten sich und sprangen.

Es machte Spaß, ihnen zuzusehen, dieser Variante des Fangen-Spiels, aber die ganze Sache hätte etwas Musik gebrauchen können. Um die Wahrheit zu sagen, mir wurde nicht ganz klar, was die ganze Übung eigentlich sollte. Den Kids schien es Spaß zu machen. Es war weit entfernt von meinen Erinnerungen an die High School, die um starre Pulte, erzwungene Bewegungslosigkeit und Schweigen kreisten.

Manchmal beteiligte Reardon sich an ihrem Tanz, gerade so, als hätte er zuviel Energie, um sich zurückzuhalten. Seine Bewegungen waren atemberaubend, aufregend, völlig unerwartet. Gerade stand er noch reglos da, dann explodierte er förmlich, dann wieder diese Reglosigkeit, die mich daran zweifeln ließ, ob er sich überhaupt bewegt hatte. Er trug einen türkisfarbenen Baumwollpullover, khakifarbene Hose und weiße Turnschuhe. Sein Körper war zierlich, aber straff. Sein Haar schimmerte.

Hatte Valerie zu dieser Klasse gehört? Hatte sie sich auch im Kreis bewegt, war sie gesprungen, oder hatte sie sich ruckartig bewegt?

Er machte ein Zeichen, und sie machten einen Kreis, berührten sich an den Händen, flüsterten leise vor sich hin – der erste und einzige Hinweis auf einen «Kult». Dann drehten sich die Kids um und verschwanden hinter den schwarzen Vorhängen am Bühnenrand. Allein auf der Bühne, vollführte Reardon einen trägen Tanzschritt zu einer unhörbaren Musik.

Ich hätte ihm noch stundenlang zuschauen können. Ich leckte mir über die Lippen und räusperte mich.

Er drehte sich um wie eine Katze. «Ist da draußen jemand?»

Ich ging vorbei an Reihen schlichter blauer Samtstühle nach vorn.

«Hi», sagte ich.

«Hallo.» Er sah erleichtert aus, froh, daß ich nicht jemand anderer war. Seine Stirn kräuselte sich attraktiv. Ich war kein Lehrer, den er kannte. Zu alt für einen Schüler. Er lächelte. Es wirkte kokett, doch das konnte ich mir auch nur eingebildet haben.

Wenn ich fünfzehn gewesen wäre, hätte ich mich umgedreht und wäre auf der Stelle gestorben.

«Äh, kann ich Ihnen helfen?» sagte er.

«Ich habe Ihnen meine Karte dagelassen», sagte ich mit fester Stimme, war dankbar dafür, keine fünfzehn mehr zu sein.

Er sah verflixt gut aus. Es lag nicht am Licht oder so. Er strahlte von innen heraus. Wahrscheinlich verursachte er Verkehrsunfälle, wenn er aus dem Haus ging, um die Post zu holen.

Ich sagte: «Ich habe meine Karte auf Ihrem Schreibtisch liegenlassen. Carlotta Carlyle. Der Privatdetektiv.»

Er stieß seine Hände in die Taschen und lächelte erheblich weniger ungezwungen. «Oh, ja. Jetzt erinnere ich mich. Ich kriege nicht besonders viele Visitenkarten wie Ihre zu sehen. Dann war es also kein Scherz, häh?»

Seine Stimme verriet mir, warum er beruflich nicht weitergekommen war. Sprachlehrer hätten es vielleicht versucht haben können, aber kein Mensch würde diesen New Jersey-Dialekt aus seiner Stimme rauskriegen. Schlimmer noch, er hatte eine hohe Fistelstimme. In den Tagen des Stummfilms hätte er vielleicht Valentino Konkurrenz gemacht. Heute würde er Italo-Western drehen und sich dann auch noch synchronisieren lassen müssen.

In mancher Hinsicht war seine Stimme eine Erleichterung. Er lenkte mich nicht mehr so stark ab. Ich finde häßliche Männer mit tollen Stimmen attraktiver als gutaussehende Männer mit ekelhaften Stimmen.

«Sie passen nicht in das Bild, das ich von Detektiven habe», sagte er.

«Sie auch nicht in meins», sagte ich.

Wir sahen uns an. Er stand auf der Bühne, und ich gut siebzig Zentimeter unter ihm.

«Treppe?» fragte ich.

Er beugte sich herab. «Ich helfe Ihnen rauf», sagte er.

Ich hatte gar keine Chance, nein zu sagen. Wenn jemand auf diese Weise seine Hand ausstreckt, dann denkt man doch, er wollte einem die Hand schütteln. Es ist praktisch so was wie eine Reflexbewegung, man streckt seine eigene auch aus. Dann kann ich mich nur noch daran erinnern, daß ich neben diesem Mann auf der Bühne stand und er mich breit angrinste. Ich fragte mich, ob er die Nummer wohl mit seinen Schülerinnen geübt hatte.

Er war vielleicht fünf Zentimeter kleiner als ich. Er war muskulös.

«Also, was kann ich für Sie tun?» sagte er. Ich hatte das dumpfe Gefühl, daß es ihm lieber gewesen wäre, wenn ich unter ihm gestanden hätte.

«Können wir uns irgendwo ungestört unterhalten?» sagte ich. Der Blick von der Bühne war komisch. Ich konnte nicht mal den Platz sehen, auf dem ich erst vor ganz kurzer Zeit gesessen hatte. Dort draußen in der Dunkelheit konnten noch andere Augen lauern.

Er sah auf seine Uhr. «Hier oder in meinem Büro?»

«Ihr Büro», sagte ich.

«Viel Zeit habe ich allerdings nicht.»

«Ich auch nicht», sagte ich, was eine klare Lüge war.

Er ging hinter die schwarzen Vorhänge voran zu einer Metalltür und stieß sie mit einer Schulter auf, führte mich hinaus. Der Lärm munter drauflos plappernder, lachender Kids war ohrenbetäubend. Der Theaterraum mußte schalldicht isoliert sein. Ich erkannte den Korridor vor Reardons Büro.

Er schloß die Tür hinter mir, deutete auf den Stuhl vor seinem Schreibtisch und setzte sich auf den Sessel dahinter. Das Manuskript war nicht mehr da. Der Philodendron hatte seinen dringend benötigten Drink bekommen.

«Eine Viertelstunde kann ich für Sie erübrigen», sagte er.

Ich erinnerte mich an die gebunkerte Flasche *Wild Turkey* in seiner untersten Schreibtischschublade.

Er legte seine Ellbogen auf den Schreibtisch und formte mit seinen ineinander verschränkten Fingern eine Pyramide. «Ich will nicht unhöflich sein», sagte er, wobei er mir direkt in die Augen schaute. «Ich habe eine andere Klasse. Und danach Probe.»

Seine Augen waren Paul-Newman-blau. «Die halten Sie ganz schön auf Trab, was?» sagte ich.

«Unwahrscheinlich. Sie scheinen zu glauben, ich müßte mich nicht auf die Stunden vorbereiten, ich könnte mir den Stoff einfach so aus dem Ärmel schütteln. Es ist ganz schön anstrengend.»

Mit Fünfzehnjährigen Fangen spielen kam mir aber ganz und gar nicht wie Gräbenausheben vor. «Einen Teil Ihres Unterrichts habe ich mitbekommen», sagte ich.

«Das ist eine gute Gruppe. Sehr flüssig. Offen.»

Flüssig? Offen?

«Ist Valerie auch in dieser Klasse?» fragte ich.

«Valerie?» sagte er.

«Valerie Haslam.»

«Geht es darum?» fragte er. «Bei diesem Detektivkram? Um Valerie? Wie ich hörte, ist sie weggelaufen.»

«Von wem haben Sie das gehört?»

«Klatsch und Tratsch. So erfahre ich den größten Teil meiner Neuigkeiten.»

Ich nickte, und er schenkte mir ein Lächeln, das Hitze erzeugte. Er setzte sich gerader hin, und seine ganze Art schien sich zu ändern. Er begann bereitwillig zu reden, so als würde er sich freuen, mich zu sehen.

«Valerie gehört nicht zu der Fortgeschrittenengruppe», sagte er. «Keine Chance. Sie gehört zu meiner Alptraumklasse.» Er hatte die Eigenart, sehr leise, ganz im Vertrauen zu sprechen, seinen Zuhörer zu sich heranzuziehen. Dem Zuhörer machte es nichts aus. Seine Stimme klang leise besser.

Was er wahrscheinlich auch genau wußte.

«Der schulpsychologische Dienst», sagte er, «hat allem Anschein nach beschlossen, daß Kids, die ein paar leicht zu verdienende Pluspunkte sammeln müssen, besonders solche Kids, die sich in anderen Klassen austoben, ein bißchen Theater in ihrem Leben brauchen. Sie sollten sie lieber handwerken lassen, sie zu Mathe, Naturwissenschaften schicken, ihnen ein bißchen Disziplin einbleuen. *Ich* will sie jedenfalls nicht.»

Ich hatte so das unbestimmte Gefühl, daß ich nicht der erste war, der diesen kleinen Gefühlsausbruch zu hören bekam.

«Taugenichtse?» hakte ich verständnisvoll nach, während ich mir im stillen dachte, daß dieser Mann wohl kaum einen Taugenichts erkennen würde, selbst wenn er über einen stolperte. Sollte er doch mal ein paar Tage auf Paolinas Schule gehen. Sollte er doch mal Neunjährige mit Messern kennenlernen.

Er seufzte tief. An seinem Schnurrbart lag auch nicht ein einziges Haar am falschen Platz. «Ich wollte ein Bild der Freiheitsstatue an meiner Bürotür anbringen und darunter schreiben: ‹Schickt mir eure mit Drogen Vollgepumpten, eure Verrückten, eure Außenseiter, die sich danach sehnen, endlich die Schule zu verlassen.›»

Er wartete darauf, daß ich anerkennend über seine Cleverness lächelte, fuhr dann fort: «Oh, sie sind nicht alle schlecht. Es sind harmlose Kids, wirklich, die meisten wenigstens. Valerie ist sehr süß. Aber offen – nein. Sie dazu zu bekommen, daß sie sich frei bewegt, war, als müßte man ihr zuerst die Zähne ziehen. Sie sind so schrecklich gehemmt, diese Kids. Ich habe sie immer auf den Gängen gesehen, wie sie dicht neben den Schließfächern entlangschlich, vielleicht zwei, drei Zentimeter davon entfernt, dabei immer stur geradeaus starrte. Ängstlich. Sie war sehr verschlossen, als der Kurs begann, aber da war irgend etwas, irgend etwas Merkwürdiges, ja sogar Wildes, Geheimnisvolles. Ich dachte, sie hätte so etwas wie Tiefe – und jetzt...»

«Und jetzt?» hakte ich sofort nach.

«Tja, ich schätze, indem sie weggelaufen ist, hat sie's wohl bewiesen.»

«Was bewiesen?»

«Daß sie nicht so durchschnittlich ist, wie sie zu sein scheint, nicht so wie all die stumpfsinnigen anderen. Vielleicht, daß sie ihre Erfahrung synthetisiert, zusammenfaßt, ihre eigene Kunst erschafft...»

«Indem sie wegläuft?»

«Sehen Sie», sagte er, «ich bin jetzt seit vier Jahren an dieser Schule. Während dieser Zeit hatten wir zwei Selbstmorde, Gott allein weiß, wie viele Schwangerschaften, mehr Ausreißer, als ich zählen kann. Dieser Laden sieht vielleicht wie das Paradies aus, aber er ist es durchaus nicht.»

So wie er es sagte, schien es eine offene Warnung zu sein: Die Dinge sind nicht das, was sie zu sein scheinen. Ich konnte diesen Mann nicht ganz einschätzen. Seine bewußte Künstlichkeit, seine Phrasen und Schlagworte wirkten wie eine Fremdsprache. Und er war so ein guter Schauspieler, benutzte seinen ganzen Körper, um nachdrücklich zu betonen, was seiner Stimme nicht ganz gelang.

«Haben Sie irgendeine Ahnung, wo Valerie jetzt sein könnte?» fragte ich.

«Nein.»

«Warum sie fortgelaufen ist?»

«Nein.»

Dieses Mal hörte ich ein leichtes Zögern heraus. Er lächelte mich an, so als würden wir ein Spiel spielen, von dem er die Regeln kannte und ich nicht.

«Ich habe gehört, daß Sie ihr Lieblingslehrer waren», sagte ich.

«Ach ja, wirklich?» Er wischte sich die Haare aus der Stirn. «Ich fühle mich geschmeichelt. Ich dachte, sie würde mit den Bewegungsspielen anfangen, den Übungen. Sie hat eine sehr leise Stimme, keine gute Bühnenstimme, aber sie hat Ausstrahlung. Ihre Mimik ist aufregend, selbst wenn sie rein technisch gesehen fehlerhaft ist.»

«Hat sie an irgendwelchen Ihrer außerschulischen Inszenierungen teilgenommen?»

«Nichts mit einer Sprechrolle. Aber wir haben im Herbst ein paar improvisierte Stücke gemacht, experimentelles Zeug, und, ja, ich glaube, an dem einen oder anderen hat sie mitgewirkt. Sie bewegt sich gut. Aber ich wußte wirklich nicht, daß ich ihr Lieblingslehrer war. Sie hat ja nicht mal ihre Hausarbeiten rechtzeitig abgeliefert.»

«Wenn sie also ihrer Familie gesagt hat, daß sie nach der offiziellen Schulzeit noch in die Theater-AG gegangen ist, dann...»

«In letzter Zeit? Dann hätte sie ganz sicher gelogen.» Er lächelte, ein wundervoll herzliches, gewinnendes Lächeln, das aussah, als hätte er es ein dutzendmal vor dem Spiegel geübt. «Vielleicht hat sie nur markiert.»

«Ich kann mir vorstellen, daß sich eine Menge Mädchen in Sie verlieben», sagte ich.

«Was kann man dagegen schon tun?» sagte er selbstgefällig.

Mir fielen da auf Anhieb ein paar Dinge ein – zum Beispiel nicht so schamlos mit den Wimpern klimpern, ein bißchen weitere Kleider tragen, nicht in der Sonne posieren...

«Sie drücken ihre Bewunderung mit Kichern aus», fuhr er fort. «Ich habe schon so viele kichernde Teenager unterrichtet, daß es für ein ganzes Leben reicht. Ich werde es nicht vermissen.»

«Sie gehen», sagte ich. Es war keine Frage, sondern eine simple Feststellung.

«Ich hoffe und bete, daß dies mein letztes Jahr ist.»

«Ein neuer Lehrauftrag?» erkundigte ich mich.

«Gott bewahre. Das Unterrichten steht mir bis hier.» Er lächelte wieder. Dieses Lächeln war eine Variation des freundlich gewinnenden. Verstohlener. Lächeln Nummer zwei.

«Vielleicht mache ich eine Weile gar nichts», fuhr er fort. «Vielleicht tanze ich, statt als Schauspieler zu arbeiten. Ich muß unbedingt wieder auf die Bühne. Nach New York, bevor ich zu hoffnungslos alt und muffig werde. Ich hoffe, dies wird mein letztes Jahr mit kichernden Nichtangepaßten.»

Bei seiner Stimme würde der Tanz genau das richtige Betätigungsfeld sein. Gott, er konnte einfach bewegungslos stehen. Bewegungen würden noch mehr sein.

«Dann habe ich da dieses Stück», sagte er eifrig. «Dieses Ding, das ich geschrieben habe. Es ist noch nie irgendwo aufgeführt worden, aber ich werde was draus machen, werde es zu einem Drehbuch umarbeiten. Kann sein, daß ich jemanden habe, der die Geschichte finanziert. Ich bin ein guter Regisseur. Ich würde gern mein eigenes Drehbuch verfilmen, aber um das machen zu können, benötigt man Einfluß. Hollywood ist eine sehr ungewisse Kiste.» Er nickte ein paarmal und starrte an die Decke.

Ein Hurra auf Hollywood, dachte ich. Warum sollte es auch anders sein?

«Sie sagten, Valerie hätte ihre Hausaufgaben immer spät abgegeben», sagte ich.

«Oh, entschuldigen Sie. Ja. Ja, das hat sie.»

«Ausnahmslos?»

«Ich gebe nicht viel schriftliche Hausaufgaben auf. Deshalb hetzen die Schulpsychologen ja auch die Verlierer auf mich. Aber sie müssen alle ein Tagebuch führen, eine Art inneren Monolog, während des ganzen Kurses, und von Zeit zu Zeit stelle ich ihnen bestimmte Aufgaben. Die Kids wissen nie, wann die Tagebücher eingesammelt werden. Andernfalls würden sie bis einen Tag vor Abgabetermin warten und dann in einer einzigen Nacht den Quatsch eines ganzen Schuljahres zusammenkritzeln. Ich hasse es, wenn ich mehr Zeit benötige, um ihren Stuß zu lesen, als sie gebraucht haben, um ihn zu schreiben.» Bezauberndes Lächeln Nummer drei.

«Einen inneren Monolog?» sagte ich.

«Ihre Gedanken über die Schule, sich selbst, über ihre Mitschüler, über mich. Ich versuche, sie dazu zu bewegen, ihre eigenen Erfahrungen in das Theaterspielen einfließen zu lassen, damit sie sich ihrer eigenen Gefühle bewußt werden. Und zu dem Zeitpunkt, an dem sie zu mir kommen, wenn sie Teenager sind, haben sie sich schon so sehr daran gewöhnt, ihre Gefühle *nicht* zu zeigen. Das gilt ganz besonders für die Jungs, für die allein das Zugeben eines Gefühls schon eine verdammte Anstrengung darstellt.»

Seine Hände gestikulierten wild, während er sprach, sehr ausdrucksvolle Hände, die Finger voll ausgestreckt. Seine Augen, sehr weit geöffnet, schweiften keine Sekunde von mir ab. Ich kam mir vor, als würde ich eine Vorstellung sehen, die speziell für mich gegeben wurde.

«Haben Sie die Tagebücher von Valeries Klasse?» fragte ich.

Er dachte darüber nach. «Ich habe sie vor ein paar Wochen eingesammelt.»

«Valeries auch?»

«Sie hat ihres mal wieder zu spät abgegeben.»

«Könnte ich mal einen Blick hineinwerfen?»

Lächeln Nummer vier, bedauernd, aber ernst. «Tut mir sehr leid, aber zu den wenigen Dingen, auf die ich einen ganz besonderen Wert lege, gehört Verschwiegenheit. Andernfalls würde ich sie nie dazu kriegen, daß sie ihr Innenleben sondieren, oder? Sie wissen, daß das Tagebuch ein sicherer Ort ist, um ihre geheimsten Gedanken zu Papier zu bringen.»

«Es könnte mir aber vielleicht helfen herauszufinden, wo sie jetzt ist.»

«Tut mir leid. Ich kann es einfach nicht.» Sein Blick wanderte zu einer Schublade seines Schreibtisches. Ich erinnerte mich an das Heft mit der miesen Handschrift. Verdammt, Valeries hätte das nächste auf dem Stapel sein können. «Hören Sie», sagte er, «falls in Valeries Tagebuch irgend etwas über Weglaufen steht, über irgendeinen speziellen Ort, irgend etwas in der Richtung, dann werde ich Sie anrufen. Ich habe Ihre Nummer.»

«Wann?» fragte ich.

«Sie glauben wirklich, das könnte Ihnen weiterhelfen?»

«Ja», sagte ich.

«Sobald ich kann. Ich habe im Augenblick eine Menge zu tun, aber vielleicht finde ich heute abend die Zeit dazu. Aber ich verspreche Ihnen nichts.»

«Das Mädchen wird seit einer Woche vermißt», sagte ich.

«Und Sie suchen sie», sagte er. «Wie um alles in der Welt sind Sie ausgerechnet Privatdetektiv geworden?»

«Ich war Cop», sagte ich in einem Tonfall, der schlagartig jede Unterhaltung zum Erliegen bringt, was ich mal werden will, wenn ich groß bin.

«Oh.»

«Sie erwähnten vorhin den schulpsychologischen Dienst. Wer war Valeries Vertrauenslehrer?»

«Sie hatte keinen.» Reardon lehnte sich selbstgefällig zurück. «Sie ist nie hingegangen. Sehr intelligente Entscheidung ihrerseits.»

«Sie glauben nicht, daß sie Beratung brauchte?»

«Zumindest keine Beratung von der Sorte, wie sie sie anzubieten haben. Sie sind keine Therapeuten, sie sind lediglich psychologische Berater auf einer High School. Sie haben ihre Schubladen, in die sie die Kids stecken. Die interessiert nichts anderes, als auf welches College man später gehen wird. Sie ‹führen› einen zu einem College, Punkt und aus. Sie wollen nicht reden. Sie hören nicht zu.»

«Aber Sie.»

«Valerie hat sich mir nie anvertraut, wenigstens nicht mit Worten.»

«Dann aber ohne Worte», sagte ich. «Was haben Sie in Valerie gesehen?»

Er schwieg einen Moment, schien über die Frage nachzudenken. «Ich weiß nicht. Vielleicht so etwas wie Verzweiflung. Wer weiß, ob ich wirklich gesehen habe, was da war? Oder was sie wollte, daß ich es sah.»

Ich fragte mich, ob dieser Knabe je etwas anderes außer immer nur sich selbst als Spiegelbild in den Augen anderer Menschen sah.

«Was heute abend betrifft», sagte er, lächelnd, flirtend. «Diese Tagebücher. Ich werde wirklich versuchen, mich mit Ihnen wieder in Verbindung zu setzen. Ist die Nummer auf Ihrer Karte privat oder geschäftlich?»

«Beides», sagte ich.

Es klopfte an der Tür, und eine leise Stimme sagte: «Geoff, bist du da?»

Reardon sah auf seine Uhr. «Ich bin spät dran», sagte er, stand auf und wartete darauf, daß ich vor ihm das Büro verließ. Er machte ein ziemliches Theater darum, seine Tür abzuschließen, klopfte auf den Schlüssel, den er in seine Hosentasche gesteckt hatte.

Das Mädchen auf dem Gang war mehr als hübsch, hatte seidige blonde Haare und trug ein rosafarbenes Trikot. Sie nahm seinen Arm, um ihn zur Bühne zu führen. Sehr einfühlsam und offen, dieser Theater-Lehrer. Verdammt gut miteinander befreundet, diese Kids und ihre Lehrer. Ich schaute ihnen nach, wie sie den Korridor hinunter verschwanden und fragte mich, ob die Initialen «GR» auf der Rückseite von Valeries Foto wohl für Geoffrey Reardon standen.

Ich machte ein paar Schritte, und beinahe hätte mein Knie nachgegeben. Ich fragte mich, ob die Extravaganz der *Emerson* so weit reichte, daß sie heiße Badezuber in der Turnhalle hatten.

KAPITEL 15

Um halb fünf war ich wieder zu Hause. Die Klempner hatten noch keine Badewanne installiert. Absolut nicht abgeschreckt durch das gähnende Loch, das sich an ihrer Stelle auftat, hatten sie bereits für heute Feierabend gemacht – und Roz war nirgendwo zu finden. Das rote Lämpchen an meinem Anrufbeantworter blinkte, also ließ ich mich in einen Sessel sinken, drückte auf den Knopf und hörte zu, wie Mooneys Stimme eine Telefonnommer runterrasselte und mich bat, ihn zurückzurufen. Die Nummer war nicht seine private Telefonnummer von zu Hause.

Ich holte mir eine Dose Pepsi aus dem Kühlschrank, stürzte gierig genug davon runter, daß es mir in der Nase kitzelte, und wählte.

«Mooney? Ja, bleiben Sie einen Moment dran», sagte eine männliche Stimme. Auf dem Band hatte ich Hintergrundgeräusche registriert; das hier jetzt war deutlicher: das Klirren von Gläsern, die begeisterten Sprüche eines Sportkommentators im Fernsehen.

«Carlotta?» sagte Mooney nach einer ziemlich langen Weile.

«Ja. Was gibt's?»

«Komm auf einen Drink her», sagte er. «Na los, mach schon.»

Eine Kneipe. Natürlich. Der Bursche, der an den Apparat gegangen war, hatte den Namen des Ladens nicht genannt, aber das machten eine ganze Menge Bars nicht. Wo Gäste doch die Telefonnummer mißtrauischen Ehefrauen und Geschäftspartnern gaben.

«Komm schon», versteifte sich Mooney, und ich willigte ein. Ich dachte, wenn er angefangen hatte, seine Nachmittage in Kneipen zu verbringen, dann sollte ich mal sehen, wie er sich machte.

Al's, ein irisches Pub in Brighton, lag nicht besonders weit weg. Ich bürstete meine Haare einmal kurz durch, rieb mein schmerzendes Knie und brach auf.

Im Inneren war *Al's* nur dunkles Holz, und es war kühl, aber das war dann auch schon so ungefähr alles, was man Positives über den Laden sagen konnte. Das Leder der roten Barhocker war rissig, die lange hölzerne Theke verzogen, das Linoleum fleckig und im Laufe der Jahre vergilbt. Als Lösung für seine Abnutzungsprobleme schien damit zu beginnen und gleichzeitig zu enden, die Beleuchtung zu dämpfen. Man konnte kaum etwas sehen, bei dem dichten Dunstschleier des Zigarettenqualms.

Mooney saß am hinteren linken Ende der Theke, drei leere Hocker zwischen sich und dem nächsten Gast. Der Laden war nicht direkt überfüllt. Ein paar Gäste starrten auf den Großbildfernseher, gebannt von einer College-Basketball-Übertragung. Mooney saß mit gebeugten Schultern da. Er trug Jeans und einen blauen Pullover.

Ich glaubte nicht, daß noch eine andere Frau in dem Lokal war. Aber es war so dunkel, daß ich es wirklich nicht genau sagen konnte.

Ich tippte Mooney auf die Schulter, und wir begaben uns an einen Tisch. Er hatte bereits ein *Molson's* vor sich stehen, und ich bestellte mir auch ein Bier.

«Kommst du weiter? Hast du die Mieze gefunden?» fragte er, sobald der Barkeeper außer Hörweite war.

«Ich bin nicht sicher», sagte ich.

«Tut mir leid», sagte er. «Mieze sollte ich nicht sagen, richtig?»

Ich brachte ihn auf den neuesten Stand meiner Ermittlungen, in Kurzfassung, definitiv nicht so, wie er mir beigebracht hatte, Bericht zu erstatten. Ich bin nicht ganz sicher, wieso ich ihm keine Einzelheiten erzählt habe, aber vielleicht war es einfach, daß ich nicht wollte, daß er sich auf die Socken machte und selbst hinter Janine her war. Er hatte vergessen, eine Stelle auf seiner Wange zu rasieren, und ich war nicht sicher, wie viele Bier er schon gekippt hatte. Also gab ich ihm die Kurzfassung.

Wenn er nicht getrunken hätte, wäre ihm die Oberflächlichkeit des Berichts vielleicht aufgefallen.

«Carlotta», sagte er, malte mit seinem Finger einen feuchten Kreis auf dem Tisch nach. «Hör mal, vielleicht solltest du die ganze Geschichte einfach wieder vergessen.»

«Wenn's wegen dem Geld ist...» begann ich.

«Es ist wegen dem verdammten Prüfungsausschuß. Wer sagt denn, daß sie ihr glauben werden? Die Aussage einer Nutte ist einen Scheißdreck wert. Vielleicht glauben die, ich hätte sie eingeschüchtert, sie bestochen? Ich meine, selbst wenn ich einen Zeugen habe, wenn das beschissene Messer nicht wieder auftaucht...»

«Wir machen immer hübsch einen Schritt nach dem anderen, Mooney, okay?»

«Klar», sagte er nach einem tiefen Schluck aus seiner Bierflasche. Er hatte ein Glas, doch das schien er vergessen zu haben.

«Ich meine, vielleicht weiß die Frau ja, wo das Messer geblieben ist», sagte ich.

«Vielleicht solltest du es einfach vergessen.»

«Nee», sagte ich. «Ich glaube, ich hab Glück.»

Er sagte: «Ich denke daran, meinen Abschied zu nehmen.»

Ich denke daran, durch den Ärmelkanal zu schwimmen. Ich denke daran, in ein tibetanisches Kloster zu gehen. Ich denke daran, für das Amt des Präsidenten zu kandidieren. Jede einzelne schien eine wahrscheinlichere Feststellung zu sein als die erste. Vielleicht hatte ich ihn nicht richtig verstanden.

«Mooney», sagte ich. «Um Himmels willen...»

«Nein», sagte er. «Hör mir jetzt mal zu. Ich hab verdammt viel nachgedacht, und ich sehe immer wieder diesen vietnamesischen Burschen vor mir. Er liegt immer noch auf der Intensivstation. Wieso habe ich ihn gottverdammt noch mal so hart geschlagen?»

«Er hätte dich umbringen können, Mooney.»

«Es gab mal eine Zeit, da hätte ich mit dem Kerl geredet. Ich hätte irgendeinen Weg gefunden, um ihn zurückzuhalten, ohne ihn dabei ins Krankenhaus zu befördern. Ich hätte... Scheiße, vielleicht bin ich einfach schon viel zu lange Cop, weißt du. Man... verändert sich. Man fängt an, anders zu denken. Über die Menschen.»

Ich hatte sechs Jahre damit verbracht, Mooney damit zu quälen, aus der Polizei auszuscheiden, hatte ihn sogar angestachelt, weil es so unmöglich erschienen war. Und jetzt...

«Mooney», sagte ich schnell, «du hast mir immer gesagt, wenn alle guten Cops gehen würden...»

«Scheiße, Carlotta, irgendwer wird den Job schon machen. Vielleicht sollte ich es nur nicht mehr sein. Vielleicht bin ich keiner der guten Jungs mehr. Vielleicht bin ich genau das, was die Zeitungen sagen, ein Rassist, ein bigotter Ire aus Southie. Vielleicht ist es einfach ein Teil von mir, liegt es daran, wie ich aufgewachsen bin. Ich erinnere mich, daß während meiner ganzen Schulzeit kein Kid anders war als ich. Alle waren irische Katholiken. Und ich denke immer wieder über diesen Burschen nach – ich meine, ich hab verdammt nicht besonders viele angenehme Erinnerungen an Vietnam. Und ich weiß nicht mehr, an was ich dachte, als er mich angegriffen hat. Ich meine, vielleicht hatte ich ja so was wie ein Flashback. Vielleicht dachte ich, du weißt schon, er wäre der gottverdammte Feind oder irgendwas. Ich weiß auch nicht.»

Der Barkeeper kam in Rufweite, und Mooney machte ihm mit einem Finger ein Zeichen.

«Willst du auch noch eins?» fragte Mooney.

«Nein.»

«Ich hasse es, allein zu trinken», sagte er. «Aber ich schaff's schon.»

Ich erwiderte nichts, und er bestellte zwei Bier. Vielleicht hatte er ja vor, beide zu trinken.

«Ich meine», sagte Mooney, «ich denke immer wieder, wenn der Bursche kein Vietnamese gewesen wär...»

«Du hast gesagt, du hättest die Sprache vergessen.»

«Das hab ich gesagt?»

«Stimmt's nicht?» fragte ich.

«Ich weiß nicht. Ich hab gesehen, wie er mich angriff, und... Ich denke nicht oft an die Zeit, die ich drüben war, Carlotta, aber manchmal werde ich schweißgebadet wach, und ich...»

«Was?»

«Scheiße, ich kann nicht drüber reden», sagte er. «Tut mir leid. Wie geht's Paolina? Was macht...»

«Mooney», sagte ich langsam, «erinnerst du dich noch daran, wie ich diesen Typen in der *Zone* erschossen habe, bevor ich die Polizei verließ?»

«Ja», sagte er. «Ich erinnere mich.»

«Und daran, daß du mich zu Dr. Warner geschickt hast?»

«Ja», wiederholte er.

«Das war gut so. Ich glaube, ich hab mich nie dafür bei dir bedankt.»

Er stellte seine halbvolle Flasche mit einem dumpfen Schlag auf den Tisch. «Du meinst, ich brauchte einen Klapsdoktor», sagte er.

«Ich meine, du müßtest mal mit jemandem reden, der weiß, wie er dir helfen kann. Das Department hat solche Leute. Ich will dir gern helfen, Mooney, aber ich kann nur sagen, ich möchte nicht, daß du deinen Beruf als Cop an den Nagel hängst, und selbst wenn du mich feuerst, werde ich diese Nutte weiter suchen, einfach weil ich dich schon so verdammt lange kenne, Mooney, und... Ach, Scheiße...» Ich nahm einen tiefen Schluck von dem zweiten Bier, von dem, das ich eigentlich gar nicht hatte trinken wollen.

Eine ganze Weile sagte keiner von uns ein Wort. Das monotone Plärren des Sportreporters wurde lauter. Der Punktestand war unentschieden, und der Trottel geriet bei dem Gedanken an eine zweite Spielverlängerung in Entzücken.

«Das mit meiner Mutter tut mir leid», sagte Mooney.

Ich holte tief Luft. «Vergiß es», sagte ich.

«Sie versteht einfach nicht...» begann er. «Scheiße», brummte er leise vor sich hin, «ich versteh's ja selbst nicht.»

KAPITEL 16

«Wie zum Teufel geht's deinem Knie?»

Das waren die ersten Worte aus Glorias Mund, als ich ziemlich spät an diesem Abend in das Büro von *G & W* gehumpelt kam. Genau das ist der Grund, warum ich diese Frau so über alles liebe. Nichts von diesem «Was hast du mit meinem Taxi gemacht?»-Scheiß. Kein Jammern über Dinge, an denen sowieso nichts mehr geändert werden kann.

Sie hatte sich den Telefonhörer zwischen Schulter und eines ihrer Kinne geklemmt und kritzelte mit der einen Hand eifrig eine Adresse auf einen Block, während sie mit der anderen das Mikrofon umklammerte.

«Ein Taxi zur 124 Emory», trällerte sie gefühlvoll in das Mikro. «Kommt schon, Jungs, nehmt jetzt auf, nehmt sie auf. Und seid vorsichtig. Wie ich gehört hab, soll's an der Ecke Comm. Ave. und Allston glatt sein.»

Ich grinste. Im Taxifahrerjargon bedeutete «glatt», daß die Cops eine Radarfalle aufgebaut hatten.

Eine metallisch klingende Stimme antwortete: «335, Gloria, ich hab's. Fünf Minuten.»

«Setz dich», sagte sie, legte den Hörer wieder auf. «Ruh dich aus.»

Ich ließ mich in den Gästesessel fallen, vergaß ausnahmsweise mal, ihn vorher auf Kakerlaken zu untersuchen. Ich hasse die Vorstellung, mich auf eine Kakerlake zu setzen. Kein schmatzendes Geräusch unter mir.

«Das Knie ist nicht so schlimm», sagte ich. «Aber ich wünschte, ich wäre meinen eigenen Wagen gefahren.»

«Wünsche nützen dir einen Scheißdreck, weißt du», sagte Gloria, hämmerte auf Knöpfchen auf ihrer Schalttafel und nahm einen kräftigen Bissen von einem kleinen runden *Hostess*-Kuchen. «Es ist passiert. Es ist vorbei. Du sitzt hier, liegst nicht in irgendeinem Krankenhaus, also sei dankbar.»

Gloria besitzt eine gewisse Autorität, wenn sie so redet. Ich habe nie ihre Version des Unfalls gehört, dem sie es zu verdanken hatte, heute im Rollstuhl zu sitzen, aber sie und Krankenhäuser waren keine Fremden.

«Willst du einen Kuchen?» fragte sie. Auf einer Ecke ihres Schreibtisches hatte sie einen ganzen Karton von den Dingern stehen, zwölf Päckchen, jeweils zwei Kuchen pro Verpackungseinheit. «Die sind mit Creme gefüllt», sagte sie.

«Nein, danke.» Normalerweise liebe ich Junkfood ja über alles, aber mit Gloria kann ich einfach nicht essen. Ich lehne mich einfach zurück und staune.

«Die Versicherung ist bezahlt», sagte sie, löste Cellophan von dem Schokoladenguß mit dem Schnörkel obendrauf. «Der Schaden, den du angerichtet hast, ist abgedeckt. Ich hasse es, wenn ich ein Cab nicht auf der Straße habe, aber Sam hat gesagt, ich solle eins mieten. Die Taxizentrale wird die Sache übernehmen.»

«Du hast es Sam gesagt», sagte ich.

«Mußte sie doch wohl, oder?» Die Stimme kam aus Richtung der Tür, die in die Garage führte, aber ich mußte mich nicht erst umdrehen, um zu sehen, wer das war.

Ich hatte nicht nur nicht nach Kakerlaken gesucht, genausowenig hatte ich mich draußen nach schicken Autos umgeschaut. Lange konnte er dort noch nicht gestanden haben. Ich hätte seinen Blick gespürt.

«Hi, Sam», sagte ich.

Er sah aus, als wäre er auf dem Weg irgendwohin nur auf einen Sprung vorbeigekommen, trug einen teuren grauen Anzug, ein weißes Hemd und eine gemusterte Krawatte mit blaugrünem Schimmer. Ich registrierte seine Kleidung nicht sofort. Als ich es dann aber tat, fragte ich mich, ob vielleicht irgendeine Frau unten in diesem Mercedes oder BMW auf ihn wartete, und schluckte schwer.

Sam sieht nicht so phantastisch aus, daß einem auf der Stelle das Herz stehenbleibt, nicht wie Geoffrey Reardon, aber er hat die richtige Größe und die richtige Statur. Er hat ein markantes, knochiges

Gesicht, dunkle Augen und Haare, ein trotziges Kinn, und er übt eine Wirkung auf mich aus, indem er einfach auf der anderen Seite des Raumes steht, die die meisten Männer nicht haben, gleichgültig wie nahe sie mir kommen.

«Carlotta», sagte er. Er sagte das einfach so, eine Kenntnisnahme meiner Anwesenheit, mehr nicht.

«Das mit dem Cab tut mir leid», sagte ich.

Unter seinem Arm klemmte Glorias dickes Fahrtenbuch. Er ist der Partner, der sich um die Buchführung kümmert, und von Zeit zu Zeit kommt er vorbei, um die laufenden Unterlagen abzuholen. Ich warf Gloria einen vorwurfsvollen Blick zu. Sie hätte mich schließlich warnen können. Doch sie hielt nur Zwiesprache mit den *Hostess*-Kuchen.

«Nette Bluse», sagte er. Ich konnte mich nicht mehr erinnern, was ich trug. Ich wußte, daß ich mich zu Hause umgezogen hatte, nachdem ich mir als Ersatz für das ersehnte Bad heiße Umschläge gemacht hatte. Ich erinnerte mich, die Katze und den Vogel gefüttert und eines von Roz' völlig unverständlichen Gemälden bewundert zu haben. Mein türkisfarbenes Hemd, genau dafür hatte ich mich entschieden. In schwarze Jeans gestopft.

«Netter Anzug», sagte ich.

Sein Gesicht hatte diesen sauberen, frischrasierten Glanz, und ich meinte, ich könnte eine Spur seines After-shaves riechen, aber wahrscheinlich spielte mir meine Nase einfach nur einen Streich – und meine Erinnerung.

Um die Wahrheit zu sagen, wie er da im Licht der nackten, von der Decke hängenden Glühbirne in der Tür stand, sah er aus wie ein gottverdammter Ritter in glänzender Rüstung. Aber fühlte ich mich vielleicht wie eine Maid in Not? Nee. Das ist bei uns einsfünfundachtzig großen Frauen nur äußerst selten der Fall. Gläserne Schuhe gibt's nicht in Größe vierundvierzig.

Es folgte eines dieser Schweigen. Ich konnte deutlich hören, wie Gloria ihre Kuchen vertilgte. Sam und ich haben uns viel zuviel zu sagen, und auch wieder nicht genug. Vor sechs Monaten hinterließ ich eine Nachricht auf seinem Anrufbeantworter. Eine höchst unangemessene Nachricht.

«Vielleicht entwickelst du dich zu einem Pechvogel», sagte er.

«Ich hoffe nicht», sagte ich. «Ich hab's wenigstens nicht vor.»

Mehr Schweigen.

«Werden deine Kumpel bei den Cops den Burschen erwischen, der dich angefahren hat?» fragte er.

«Vielleicht», sagte ich. «Du weißt ja selbst, wie's ist.»

«Falls du ein Nummernschild hast, ich kenne jemanden, der den Halter ausfindig machen kann», sagte er.

Sam Gianelli ist der Sohn eines Bostoner Mob-Bosses. Er hat Mittel und Wege, an Informationen zu kommen, über die ich nicht mal nachdenken will. Wenn du in dieser Stadt Gianelli heißt, dann erzählen dir die Leute einfach irgendwelche Sachen. Wildfremde Menschen werfen sich förmlich vor dir in den Dreck, um dir einen Gefallen tun zu dürfen.

«Ich würd's gern tun», sagte er.

Vielleicht waren da ein paar mehr Falten in seinen Augenwinkeln. Vielleicht suchte ich auch nur nach Mängeln.

Gloria hörte lange genug mit Kauen auf, um zu sagen: «Natürlich hat sie ein Nummernschild. Sie hat gute Augen, und die benutzt sie auch. Hier, schreib's da drauf.» Sie drückte mir einen Bleistiftstummel in die Hand und schob eine Karteikarte über ihren Schreibtisch. Ich schrieb die Nummer des grauen Caprice auf, hatte irgendwie das Gefühl, daß ich erklären sollte, daß das eigentlich nicht der Wagen war, der mich von der Straße gedrängt hatte, wußte aber, daß ich keine Diskussion darüber anfangen wollte. Nicht über Mooneys Probleme. Nicht mit Sam.

Gloria schnalzte ungeduldig mit der Zunge, wartete, daß ich Sam die Karte reichte oder daß er den Raum durchquerte und sie nahm. Wir müssen etwa zweieinhalb, drei Meter auseinander gestanden haben.

«Tja, Scheiße», sagte sie schließlich, griff nach der Karte und las laut vor. «Die Nummer lautet 486-ITO. Hast du das? Nummernschild hier aus Massachusetts, richtig?»

«Richtig», sagte ich.

«Ich werde sehen, was ich tun kann», sagte Sam.

«Danke», sagte ich.

Er drehte sich um und ging durch die Tür, und ich begann wieder zu atmen.

Das Telefon klingelte. Gloria kritzelte mit, trällerte einen Befehl über das Mikro, Dr. Bennett in der Peterborough Street abzuholen. Sie blies Kuchenkrümel von ihrem Schreibtisch. Dann fuhr sie mit ihrem Rollstuhl halb um den Schreibtisch, beugte sich vor und tippte mir auf die Schulter. «Aufwachen», sagte sie scharf. «So schlimm war's doch gar nicht, oder? Du hättest deinen Hintern ruhig in Bewegung setzen und ihm die verdammte Karte geben können, weißt du?»

«Und du hättest mir sagen können, daß er hier war, Glory.»

«Ja, aber dann wärst du sofort wieder rausmarschiert, richtig?»

«Vielleicht.»

«Du kannst dich nicht dein ganzes Leben vor ihm verstecken, Babe.»

«Wer versteckt sich hier?» sagte ich.

Gloria warf mir ein großes Creme-Lächeln zu. Sie hat diesen unverbesserlichen, romantischen «Und wenn sie nicht gestorben sind dann leben sie noch heute»-Zug, der mich immer wieder fasziniert. Ich meine, wenn man diese Art Scheiße nicht endgültig vergißt, wenn man im Rollstuhl bei *Green & White Cab* arbeitet, wodurch sonst?

«Hör mal», sagte ich, «ich will ein Cab.»

«Scheiße», sagte sie. «Eins muß man dir ja lassen, Carlotta, du gibst wirklich nie auf.»

KAPITEL 17

Ausgehend von der Theorie, daß falls ich wieder von der Straße abgedrängt werden sollte, ich das auch gut in einem Cab tun könnte, das sowieso schon für das Verschrottungs-Derby angemeldet war, gab Gloria mir ihre übelste Klapperkiste von einem alten Ford. Ich machte einen Umweg, um eine Dose Kiefernadel-Luftverbesserer zu kaufen, dann fuhr ich in die *Zone*, nahm die Kurven auf dem Storrow Drive mit quietschenden Reifen, sämtliche Ampeln die Arlington runter bis zur Boylston Street bei Gelb.

Wenn man am Steuer eines Bostoner Cabs sitzt, wird so ein Fahrstil von einem erwartet.

Ich unterdrückte das Verlangen, bei Sams Penthouse am Charles River Park vorbeizufahren. Ich würde nur kurz abchecken, ob er schon zu Hause war, sagte ich mir. Mal sehen, ob eine weibliche

Stimme sich meldete, wenn ich auf die Klingel drückte, sagte ich mir. Affenscheiße, sagte ich mir. Wem willst du was vormachen?

Ich schob eine Kassette in meinen Blaster, ertastete mir die richtigen Handgriffe in der Dunkelheit. Bonnie Raitt klimperte die ersten Akkorde von «Streetlights», dann setzte das Schlagzeug ein, und ich sang mit. Die Mischung aus Blues und Motown auf diesem Album beruhigte meine gebürtigen Detroiter Knochen.

An der Ecke Washington und Eliot, im Herzen der *Zone*, existierten die unkrautfreien Rasenflächen von Lincoln auf irgendeinem anderen Planeten. Ich staune immer wieder, daß die Leute aus Lincoln die gleiche Sprache sprechen wie die Leute, die in der *Zone* leben.

Ich spreche den Lincoln-Dialekt, aber den *Zone*-Slang spreche ich mit einem besseren Akzent, mit mehr Autorität dahinter. Oh, es hatte sich eine Menge verändert seit meinen Tagen als Cop. Die Pizzabude hat einen neuen Anstrich mit roter Farbe bekommen, der bereits wieder von oben bis unten mit Graffitis verziert ist. «Freiheit für El Salvador» stand dort immer und immer wieder, dazwischen Beleidigungen auf spanisch, bei denen Albertos Mutter und ein Hund eine Rolle spielten. Das Guck-Guck-Kino hat neue getönte Fensterscheiben. Spekulanten fressen unbebaute Grundstücke und leerstehende Häuser, dringen immer schneller vor. Manche der Pornoläden sind nach Saugus, Revere oder Stoughton, in jede ahnungslose kleine Stadt geflüchtet, die sie aufnimmt. Das *Naked I* gibt es immer noch, aber die *Pussy Cat Lounge* ist fort, ihre berüchtigte Bühne bei einer Versteigerung verkauft worden.

Jeder Bursche auf der Straße sah wie ein Matrose, Zuhälter oder Undercover-Cop aus.

Wenn ich in der *Zone* bin, versuche ich, ausschließlich die Oberfläche zu sehen. Ich studiere die Glühbirnen, aus denen sich die bunten Reklameschilder zusammensetzen, die Glimmersplitter auf den Bürgersteigen, die Fotos der Stripperinnen in den Schaukästen.

Normalerweise funktioniert's nicht. Das ist einer der Gründe, warum ich meinen Job als Cop an den Nagel gehängt habe. Ich sehe mehr, als ich sehen will, mehr als ich verkraften kann, ohne zu Butter oder zu Stein zu werden.

Die *Zone* ist Bostons Gosse, die Kloake, die all diejenigen runterzieht, die nicht richtig schwimmen können. Die Männer und Frauen, die die nächtlichen Straßen durchstreifen, sind zum größten

Teil alte Hasen im Überleben, Veteranen, deren Augen diese zeitlose, eiskalte Härte haben. Die Jungen brauchen nicht besonders lange, bis sie diesen Ausdruck auch entwickelt haben. Kinder kauern zitternd und fluchend in Hauseingängen, immer eine dicke Lippe auf Lager. Die Nutten scheinen jedes Jahr gieriger zu werden, «knallhart» zusammen mit dem Make-up quer über ihre Gesichter geschrieben. Injektionsspritzen treiben auf Urinpfützen. Ich frage mich immer, was ist nur, was ist nur mit diesen Leuten passiert?

Was ist mit Valerie Haslam passiert, weswegen sie glaubte, daß sie hier besser dran wäre?

In Renneys Wohnung nach hinten hinaus auf die kleine Gasse brannte kein Licht. Ich fuhr einmal um die ganze *Zone*, fuhr kreuz und quer durch ihre Straßen, lungerte an Stellen herum, die für Hydranten reserviert waren. Kein Mensch sieht sich ein Taxi wirklich genau an. Ich rettete ein ängstliches Pärchen, das sich aus dem Theaterviertel hierher verirrt hatte, brachte sie zum noblen *Westin Hotel*. Sie gaben mir ein dickes Trinkgeld und sagten, ihnen wäre ja gar nicht bewußt gewesen, daß Boston so schmutzig war.

Ich entwickelte eine gewisse Routine: ein Stückchen fahren, ein bißchen warten, nachsehen, ob in Renneys Wohnung Licht brannte, die Gruppen von Jungs und Mädchen unter den Straßenlaternen beobachten. Prostituierte benutzen den grellen Schein der Laternen, um ihre Ware anzubieten. Die Alten, die Obdachlosen, ihnen ist das Licht gleichgültig. Sie versammeln sich in der Nähe der Heizungsroste.

Nach einer Stunde wünschte ich mir nichts sehnlicher als ein Megaphon auf dem Dach meines Cab. «Du!» würde ich mit der donnernden Stimme des Allmächtigen persönlich brüllen, wenn mich das nächste Mal irgend so ein Idiot schnitt, indem er ohne Vorwarnung von der linken auf die rechte Spur wechselte. «Du da, in dem roten Trans Am! Das war ein dummer Zug, Arschloch! Ein dummer Zug!»

Bostoner Autofahrer verdienen ihren schlechten Ruf. In Detroit, wo ich Autofahren gelernt hatte, hatte man Respekt vor Autos.

Einmal meinte ich, ich hätte meinen Klienten gesehen, Jerry Toland, aber der Junge, der die Straßenlaterne umarmte, war jünger als Jerry, dünner, hatte braune Haare. Er redete mit einer Blondine, deren Rock ihre Hüften, nicht aber ihre Schenkel bedeckte. Und diese Beine hielt sie andauernd in Bewegung, rauf und runter, schwang ihre Arme gegen die Kälte hin und her. Ihr Atem war eine frostige Blume aus Zigarettenrauch.

Einmal dachte ich, ich hätte Sam gesehen, aber das war nur Wunschdenken, Tagträumerei bei Nacht. Die Sorte von Träumerei, bei der die Windschutzscheibe beschlägt.

Ich mag Sam. Ich mag Sex. Ich mag meine Unabhängigkeit, und ich mag keine One-night-stands. Vielleicht sollte ich eine Anzeige in der Rubrik Bekanntschaften aufgeben.

Ich zählte die Streifenwagen. Ich hielt meine Augen nach dem grauen Caprice offen, nach Mooneys Nutte, nach Valerie Haslam. Renneys Wohnung blieb dunkel.

Drei Stunden später tat mir mein Knie weh, mein Hinterteil war total gefühllos, die Kassetten waren mir ausgegangen, und ich war es gottverdammt satt, darauf zu warten, daß irgendwer endlich einen Schritt unternahm. Ich fuhr mit quietschenden Reifen um eine Straßenecke und erspähte das Aufblitzen einer Budweiser-Reklame. Was mich daran denken ließ, daß Kneipen um zwei Uhr zumachten, und dann merkte ich, daß das Cab, fast ganz von allein, auf die Bar zufuhr, wo Mooneys Schwierigkeiten angefangen hatten.

Ich parkte in einer Ladezone, wünschte, ich hätte eines dieser *Beamten-im-Dienst*-Schildchen, um mich vor einem Strafzettel zu bewahren.

Ich zog mir meine Mütze tief in die Stirn, stopfte meine Haare drunter und nahm meine Daunenweste vom Beifahrersitz. Sie ist ziemlich sackartig geschnitten, und ich wollte nicht, daß irgendwer auf die Idee kam, ich hätte das *Blue Note* mit einer Rendezvous-Bar verwechselt. Mit gekrümmten Schultern steuerte ich direkt auf die Theke zu und setzte mich auf einen freien Hocker im dunkelsten Winkel eines dunklen Raumes.

Die Mühe hätte ich mir sparen können. Um halb zwei morgens hätte sich in einer Spelunke wie dieser Dracula persönlich auf einem Barhocker niederlassen können und wäre kommentarlos bedient worden. Der alte Knabe, der mir am nächsten saß, trug schmutzige Wollhandschuhe mit abgeschnittenen Fingern. Er las ein Revolverblatt mit der fetten Schlagzeile: LILIPUTANER TRAINIERT IN WÄSCHETROCKNER FÜR KARRIERE ALS ASTRONAUT.

Ich bestellte einen *Jack Daniels*.

Ich bin kein Trinker. Ich bin irgendwie nie auf den Geschmack gekommen, aber ich dachte, der Barkeeper würde wahrscheinlich lieber mit einem Whiskytrinker reden, der für eine Dröhnung dreieinviertel Dollar hinlegen mußte, als mit einem Bierschlürfer, der nur einen Buck und fünfundzwanzig Cents rüberschob. Nicht daß ich beschlossen hätte, den Barkeeper auszuquetschen, einen mageren jungen Burschen, der hellwach, aalglatt und zu jeder Lüge bereit aussah.

Der Raum war vielleicht sechs mal zehn Meter groß, besaß auf der Seite der Theke eine Täfelung aus Holzimitat. Die anderen Wände waren sicher irgendwann mal gelb gewesen, jetzt aber zu einem Hellbraun verblaßt und übersät mit Wasserflecken von lekkenden, über Putz liegenden Rohren. Es mag an dem gelblichen Licht gelegen haben, aber sämtliche Besucher der Bar sahen ebenfalls verblichen aus.

Zwei Nutten hatten ihre Stühle dicht an einen Radiator geschoben und ihre hochhackigen Pumps weggeschleudert, um sich die Füße an dem heißen Metall zu toasten. Eine von ihnen trug eine platinblonde Perücke; die andere hatte punkig augehauchte blonde Haare, die gut ihre eigenen gewesen sein könnten. Die Weißhaarige trug Netzstrümpfe. Die Blondine flirtete auf Entfernung mit einem allein an einem Tisch sitzenden Mann.

Außer meinem Revolverblatt-Leser gab es noch drei weitere männliche Gäste. Einer war Matrose, seiner komisch geformten Mütze nach zu schließen ein Ausländer. Die beiden anderen waren durchschnittliche Männer. Braunes Haar, durchschnittliche Größe, durchschnittliche Figur, in jeder Hinsicht unscheinbar. Burschen, die die Kunst perfektioniert hatten, sich auf offenem Gelände zu verstecken.

Kein Wunder, daß Mooney sich nur an so wenige Zeugen erinnert hatte.

Der *Jack Daniels* brannte mir im Hals.

Ein Mann kam mit einem Schwall kalter Luft herein und setzte sich an einen Tisch im hinteren Teil des Lokals, nickte im Vorbeigehen kurz den beiden Nutten zu. Er trug einen gefütterten Regenmantel, der seine massige Gestalt verbarg, dessen zugezogener Gürtel keine Taille beschrieb. Irgendwas an der Art, wie er sich bewegte, kam mir vertraut vor. Ich beobachtete sein Spiegelbild in dem staubigen Spiegel hinter der Theke. Er machte dem Barkeeper ein Zeichen, der daraufhin sofort einen doppelte Scotch einschenkte und zu ihm hinübereilte.

Ein Stammgast.

Er hatte dunkles, fettiges Haar, große Ohren, ein birnenförmiges Gesicht mit fleischigen Hängebacken. Seine schmalen Lippen schienen durch seine Wangen gespannt zu werden, eingefroren zu einem permanenten, aber nicht freundlichen Lächeln. Er trug eine Brille mit Metallgestell.

Der Barkeeper reagierte auf mein Winken. Ich war drauf und dran, meine Karte auf die Theke zu schieben und ihn zu fragen, wo er in der Nacht gewesen war, als Mooney seinen Kampf hatte, als der Mann in dem Regenmantel nach einem weiteren Drink brüllte.

Stimmen vergesse ich niemals. An seine erinnerte ich mich. Er war ein Cop.

«Bier», sagte ich schnell, schob meine Karte zurück in meine Tasche. Ich wollte ebenfalls getarnt bleiben.

Der Barkeeper hob fragend eine Augenbraue.

«Vom Faß, egal welche Sorte», sagte ich.

An den Namen des Cops konnte ich mich nicht mehr erinnern. Ich glaube nicht, daß sich unsere Wege während meiner sechsjährigen Dienstzeit mehr als ein- oder zweimal gekreuzt hatten, aber ich hatte mit ihm telefoniert. Also mußte er in einer anderen Abteilung, einem anderen Bezirk gearbeitet haben, *Area D*, vielleicht. Ja, *Area D*.

Der Mann neben mir schlug die Seite um. PRINZESSIN DI SPRICHT MIT AUSSERIRDISCHEN AUS UFO, stand da.

Der Barkeeper und der Cop wiederholten die Nummer mit dem doppelten Scotch, doch dieses Mal tuschelten die beiden Männer leise miteinander. Ich verstand keine Silbe. Ich nuckelte an meinem Bier. Bald würde der Laden schließen. Der Barkeeper verschwand in einem Hinterzimmer, kehrte mit einem Mann mittleren Alters zurück, der an einem Stock hereinhumpelte. Der Mann ging zu dem Tisch hinüber, an dem der Cop saß. Ich beobachtete die Auseinandersetzung im Spiegel.

Sie sprachen nicht viel, doch was sie sagten, war leise und wütend. Dann hob der Mann in dem Regenmantel seinen bislang nicht angerührten zweiten Drink und schüttete ihn langsam, sehr langsam auf den Boden. Der humpelnde Mann hob seinen Krückstock wie eine Waffe. Der Cop sagte irgend etwas, und der andere Mann schien es sich noch mal zu überlegen. Die Hand und der Stock senkten sich wieder. Mit soviel Würde, wie er eben aufbringen konnte, drehte er sich um und humpelte fort. Dann verschwand der Cop in dem Regenmantel zur Tür hinaus. Ich hatte nicht gesehen, daß er seine Rechnung bezahlt hatte.

Ich legte mein Geld auf die Theke und folgte ihm.

KAPITEL 18

Indem ich Betrunkene imitierte, denen ich begegnet war, bog ich nach rechts, als ich aus der Tür kam, zögerte kurz, drehte dann scharf nach links ab, als könnte ich mich nicht entscheiden, in welche Richtung ich gehen sollte. Ein Teenager in T-Shirt und Jeans hastete an mir vorbei, umklammerte eine weiße Papiertüte. Ich stolperte zwanzig Schritte weit und starrte in eine düstere Gasse. Der Mann im Regenmantel war verschwunden. Er mußte einen Wagen in der Nähe gehabt haben.

Ich zitterte und zog den Reißverschluß meiner Weste gegen den Wind hoch. Er war stärker geworden, wirbelte die Styroporverpackungen von Fast-Food die Gossen entlang, stach mir in die Ohren. Ich schob meine Hände in die Taschen, suchte nach den Autoschlüsseln und kehrte zu der Ladezone zurück. Kein Strafzettel. Keine eingeschlagenen Scheiben. Keine verbeulten Kotflügel.

War das *Blue Note* eine Stammkneipe von Cops? Überwachte der Bursche mit der Nickelbrille den Laden? Wußte der Barkeeper, daß der Bursche ein Cop war, oder nur, daß er doppelte *Johnny Walker* on the rocks trank?

Und was sollte diese Nummer mit dem Auskippen des Drinks auf den Boden? Nicht direkt der beste Weg, inkognito zu bleiben.

Ich beschloß, noch ein paar Runden zu drehen. Die Sperrstunde ist eine gute Zeit, um einfach so rumzufahren. Wenn die Bars schließen, kommen die Nutten raus.

Ich ließ meine Fragen vor sich hin brodeln, schaltete auf Autopilot – und dann sah ich Marla.

Marla ist eine Stammkundin, eine Lady, die ich früher vielleicht alle drei Monate einmal verhaftet hatte. Sie hat vier Kinder in staatlichen Pflegeheimen und ist drogenabhängig, weswegen sie auch weiter auf den Strich geht. Alter Entzugs-Veteran der sie war, schien sie die Kuren nie besonders lange mitzumachen. Ich hoffe immer noch, daß sie sich noch ändern wird, aber ich schätze, sie versucht schon ihr Bestes.

In ihrem roten Mini mit der glänzenden schwarzen Jacke mußte ihr kalt sein. Ihre extrem hochhackigen Pumps waren Musterexemplare an Fußverstauchern. Ich habe keine Ahnung, wie alt Marla ist. Ihr ältestes Kind muß fünfzehn sein.

Ich versperrte den Fußgängerüberweg, und sie überschüttete mich und meine Vorfahren mit einem Hagel ekelhafter Ausdrücke, bis ich meinen Kopf aus dem Fenster steckte und ihr zuwinkte.

«Spring rein», sagte ich.

«Wieso?» Sie ist, wie die meisten Nutten, mißtrauisch.

Ich wedelte mit den Scheinchen, die meine letzte Fuhre spendiert hatte.

«Wer oder was sollst du denn heute nacht sein, Mädchen?» sagte sie, öffnete die Tür und kletterte auf den Beifahrersitz. «Um Himmels willen, mach die Heizung an.»

Als ich Marla das letzte Mal gesehen hatte, war ich als Nutte ausstaffiert gewesen. Sie hätte meine Tarnung problemlos auffliegen lassen können, hielt aber ihren Mund.

«Ich suche jemanden», sagte ich.

«Wo fahren wir denn hin?»

«Einfach nur so ein bißchen durch die Gegend. Ich setze dich ab, wo immer du willst.»

«Du suchst jemand», wiederholte sie. «Hier unten.»

«Richtig.»

«Schätzchen, hier unten kommt man hin, um kein Jemand mehr zu sein», sagte sie. «Hier unten gibt's keine Jemands.» Sie kicherte leise und nickte, und ich fragte mich, welchen Stoff sie nahm, um high zu werden. Ich wollte schon mit einem Vortrag von wegen Aids loslegen, dachte mir dann aber, daß sie nicht in der richtigen Verfassung war, um mir vernünftig zuzuhören.

«Erinnerst du dich noch an Janine, die mit den Tätowierungen?» fragte ich.

«Du meinst die tätowierte Lady?» Marla starrte aus dem Seitenfenster. Ihre Stimme war leise, sie sprach schleifend. «Ich glaube, die ist nicht mehr hier. He, ist das alles an Hitze, was dieser Schrotthaufen zustande bringt?»

«Ich hab sie gestern nacht gesehen», sagte ich.

Marla schüttelte ihren Kopf. «Eine Menge Mädchen sehen aus wie Janine. Wenn ich mich recht entsinne, hab ich mal irgendwo aufgeschnappt, sie wär krank geworden oder so was.»

«Erinnerst du dich, von wem du das gehört hast?» fragte ich.

«Nee.»

«Weißt du noch wann?»

«Nee.»

Ich seufzte und sagte: «Wie steht's mit einer Neuen? Ein echtes, junges, weißes Hühnchen? Braune Haare, braune Augen, einszwei-, einsdreiundsechzig groß?»

«Ist sie ein Jemand?»

«Familie in Lincoln», sagte ich.

«Schon mal versucht, der Heizung einen Tritt zu verpassen?» fragte Marla.

Ich reichte ihr mein Foto von Valerie rüber. So langsam wirkte die Aufnahme abgegriffen – die Ecken verknickt, die Kanten abgestoßen. Ich knipste die Innenbeleuchtung an, damit sie besser sehen konnte. Die Straßen waren leer, das Fahren bereitete keine Probleme. Für die meisten Jungs oder Mädchen waren die Geschäfte der Nacht jetzt gelaufen, oder sie hatten aufgegeben und sich irgendwo verkrochen. Vor dem Busbahnhof war noch ein bißchen was los, aber der eisige Wind setzte der Prostitution einen gründlichen Dämpfer auf.

Flaute nannten die Cops diese Zeit.

Marla starrte das Foto so lange an, daß ich schon dachte, sie wäre eingeknackt. Dann sagte sie: «Ich glaube, vielleicht hab ich die schon mal gesehen... wenn was dabei rausspringt.»

«Wenn's stimmt, springt was dabei raus. Wenn nicht, dann nicht.»

«Schätzchen, ich belüge eine Ex-Polizistin doch nicht. Ich denke, du hast Freunde.»

«Ein paar», sagte ich.

«Ich weiß, daß du sie mir nicht auf den Hals hetzen wirst. Aber ich glaub wirklich, daß ich dieses Kind schon mal gesehen hab. Sie trägt Schuhe, wie man sie zu so einem beschissenen Abschlußball trägt. Weiße, glatte Dinger, und ich glaub, lange bleiben die bestimmt nicht so, Mädchen.»

«Wo war sie?»

«'ne Straßenecke», sagte Marla. «Unter irgendeiner Laterne. Ich sag dir, ich hab nicht weiter groß drauf geachtet, wo ich war.»

«War sie allein?»

«Ein paar Mädchen waren bei ihr. Rhonda, glaub ich. Vielleicht. Erinnerst du dich an Rhonda? Sie hat mit so 'nem Kerl geredet, dein Mädchen.»

«Zuhälter?»

«Ein Freier, vielleicht. Ein weißer Junge. Vielleicht ein Stricher. Vielleicht ein Hühnerhabicht. Der hübscheste Kerl, den ich je gesehen hab. Goldene Haare wie auf so einem Bild in einer Kirche.»

«Wann war das?» fragte ich.

«Keine Ahnung», sagte sie. «Die Tage, weißt du, die gehen einfach so vorbei.»

«Der hübscheste Kerl, den ich je gesehen hab» hörte sich für mich verdammt nach Geoffrey Reardon an.

«Aber heute abend war's nicht, oder?» fragte ich.

«Ich glaub nicht, nein. Ich kann mich noch an heute abend erinnern, glaub ich», sagte sie.

Also hatte Reardon gelogen. Falls es Reardon war.

«Erzähl mir mehr von diesem Burschen», sagte ich.

«Schätzchen, ich muß los. Du kannst mich an der Bushaltestelle rauslassen, okay?»

«Dieser Typ mit den blonden Haaren», sagte ich.

«Ja? Und, was ist mit ihm?»

«Hast du den hier schon öfter gesehen?»

«Nur das eine Mal. So einen Knaben vergißt man nicht so schnell.»

Wir stritten uns in Erinnerung an alten Zeiten noch ein bißchen rum, und dann gab ich ihr einen Zwanziger und setzte sie an der Ecke St. James ab. Die nächste Stunde verschanzte ich mich in der Nähe meiner Gasse, versuchte, nicht auszukühlen und wach zu bleiben. In Renneys Wohnung ging kein Licht an. Keine Valerie. Kein Caprice. Keine Janine. Kein namenloser Cop in einem unförmigen Regenmantel.

Auf der positiven Seite mußte man natürlich auch sehen, daß ich nicht die winzigste Delle in das Cab gemacht hatte.

KAPITEL 19

Wieder zu Hause, verbrachte ich fünfzehn trübäugige Minuten damit, Zettel zu entziffern, die unter den Magneten an der Kühlschranktür steckten. Roz hatte eine Nachricht von Spider aufgekritzelt, die jemandem sagte, wahrscheinlich sich selbst, auf keinen Fall *ProtoSlime* im Rat zu verpassen, wobei *ProtoSlime* irgendeine Rockband und das *Rat* der *Ratskeller* am Henmore Square war, ein Schuppen mit extrem zweifelhaftem Ruf. Dann war da noch ein Zettel, auf dem «Erdnußbutter» stand, was bedeutete, daß ihr Vorrat seinem Ende zuging, und auf einem anderen stand: «Toilette auschecken!»

Manchmal geht Roz ans Telefon, und manchmal nicht, je nach Laune und Haarfarbe *du jour*, also besitze ich einen Anrufbeantworter. Das rote Lämpchen brannte. Entweder war Reardon nicht dazu gekommen, Valeries Tagebuch zu lesen, hatte nichts von Bedeutung darin gefunden oder aber hatte meine Karte zerrissen, sobald er mich aus seinem Büro begleitet hatte.

Letztgenannte Möglichkeit schien mir die wahrscheinlichste zu sein, wenn ich an seine Lüge bezüglich Valerie nicht gesehen zu haben dachte, also stellte ich die Bude auf den Kopf, bis ich das Telefonbuch fand, in dem am ehesten die Nummer eines Mannes stehen würde, der in Lincoln arbeitete. Das Telefonbuch Metro West – Ma Bells Versuch, eine Identität für die westlichen Bostoner Vororte zu schmieden – lag unter einer Topfpflanze in meinem Schlafzimmer.

Kein Reardon, Geoffrey. Ich suchte weiter und fand das Telefonbuch von Boston, das die Tür eines Küchenschrankes aufhielt.

Reardon, Geoffrey L., wohnte 228 Dudley Street, Somerville – eine billige Wohngegend. Da ich nur wenig Respekt vor dem Schlaf von Leuten habe, die mich anlügen, wählte ich seine Nummer trotz der frühen Stunde um vier Uhr morgens. Niemand ging ran. Ein Tiefschläfer oder ein Mann, der nicht zu Hause nächtigte.

So wie der aussah, konnte er überall schlafen, wo immer er wollte, dachte ich, während ich meinen Mut zusammenkratzte, einen Blick auf das Bad im Obergeschoß zu werfen. Ich drückte die Tür langsam auf, sah schokoladenbraune Kacheln, Löcher und Rohre. In einer Ecke stand ein großer Karton. Als ich einen vorsichtigen Blick hineinwarf, meinte ich, nein, ich sah tatsächlich eine absolut abscheuliche, stahlblaue Toilette.

Mußte auf der Durchreise in irgendein anderes Badezimmer sein, sagte ich mir. Ich überlegte, Roz aus dem Bett zu holen. Vielleicht schlief sie mit jemandem, dem ich ein paar Fragen bezüglich der blauen Toilette stellen konnte. Ich beschloß, daß dies keine Sache war, um die ich mich in den frühen Morgenstunden kümmern wollte, und begnügte mich statt dessen damit, eine Nachricht zu schreiben – «Diese Toilette auf gar keinen Fall einbauen!!!» – und an die Kiste zu kleben. Dann zog ich mich aus, wickelte die Bandage von meinem Knie und zog mir die Bettdecke über den Kopf.

Ich träumte von Sam Gianelli und Badewannen, Badewannen und Sam.

Ich brauche nicht viel Schlaf. Nicht ganz vier Stunden später wurde ich von meinem Wecker geweckt, beugte vorsichtig mein Knie und beschloß, es mit dem Y zu versuchen. Selbst wenn ich kein Volleyball spielen konnte, konnte ich doch immer noch eine lange, heiße Dusche mit viel Seife nehmen.

Mein Knie wurde lockerer, während ich spielte, und ich brachte lobenswerte anderthalb Spiele zustande, schaffte einmal sogar drei *Kills* hintereinander. Ich mag die Terminologie nicht besonders, aber da ist sie nun mal, und außerdem gehört es zu den Dingen, die ich am besten kann. Ich habe keinen besonders tollen Aufschlag, aber ich bin eine gute Außenfeldspielerin, und Außenfeldspielerinnen leben nun mal davon, ans Netz zu springen und den Ball in die Hälfte des Gegners zu pfeffern. Ein *Kill* ist einfach nur ein erfolgreicher Wurf. Man bereitet sich mit einer vollen 180-Grad-Drehung vor, springt, schnappt sich den Ball über dem Netz und knallt ihn runter, so daß sie ihn nicht mehr abfangen können. Wenn man ihn außerhalb der Reichweite der Verteidiger plaziert hat, knallt der Ball auf den Boden, prallt zwei Meter hoch zurück und verschafft einem ein extrem befriedigendes Gefühl.

Nicht anders war's mit der Dusche. Ich meine, es war natürlich kein ausgiebiges Schwelgen in der Badewanne, aber verglichen mit dem, was ich von meinem Bad im Erdgeschoß hätte erwarten können, war es einfach toll. Mein Bad im Erdgeschoß kann eigentlich nicht mit Recht ein Bad genannt werden, weil es nämlich keine Badewanne besitzt. Es ist ein Wasserklosett, kaum größer als eine Telefonzelle. Das Waschbecken befindet sich eingezwängt in einer Ecke direkt neben der Toilette, und ich muß die Luft anhalten, um die Tür schließen zu können, wenn ich erst mal drin bin. Das Waschbecken ist eins von dieser altmodischen Sorte mit getrennten Heiß- und Kaltwasserhähnen und einem Gummistopfen an einer Metallkette, um warmes Wasser im Becken mischen zu können. Dafür fehlt mir allerdings meistens die Geduld, daher verbrühe ich mich entweder oder kriege jedesmal einen Kälteschock, wenn ich es benutze, was allerdings nicht oft vorkommt. Ich benutze das Bad im ersten Stock, dasjenige, das jetzt Löcher und Rohre und schokoladenbraune Fliesen und eine widerliche blaue Toilette hat.

Vielleicht könnte ich ja ins Y ziehen, bis die *Twin Brothers* mit ihrer Arbeit fertig waren.

Zwischen zwei Bissen von einem mit Zuckerguß überzogenen Donut und Schlucken von einem starken Kaffee rief ich aus dem *Dunkin' Donuts* am Central Square bei Reardon zu Hause an. Keine Reaktion. Ich rief die *Emerson* an, deren Nummer ich von der Auskunft hatte. Eine Frau mit einer samtigen Stimme stellte mich zu Reardons Büro durch. Das Telefon klingelte zwölfmal, bevor sie wieder in der Leitung war und mir sagte, daß Mr. Reardon sich nicht meldete. 'ne heiße Kurzmeldung.

Zwischen dem Zeitpunkt, an dem sie verschwunden war, und dem Zeitpunkt, an dem ich mit ihm gesprochen hatte, hatte jemand, der aussah wie Reardon, jemand anderen, der aussah wie Valerie, in der *Zone* besucht. Ich habe etwas, das Mooney immer eine «übertriebene Phantasie» nannte, daher fielen mir beliebig viele Erklärungen dafür ein, die vom Bizarren – Reardon als Chef einer Kette teurer Privatschulnutten – bis zum Lächerlichen – Reardon entdeckt rein zufällig eine seiner Schülerinnen, als er gerade auf der Suche nach einer Lady für die Nacht durch die Gegend kurvt – reichten. Irgendwie konnte ich mir nicht vorstellen, daß der hinreißende Geoffrey für Sex bezahlte. Keine meiner Erklärungen klang besonders wahrscheinlich.

Ich fuhr die Route 2 Richtung *Emerson*, ein Auge immer auf dem Tacho, mit dem anderen auf der Suche nach Verkehrscops, während ich gleichzeitig hoffte, daß Reardon mir eine Geschichte auftischte, der ich glauben konnte. Es war ein guter Tag für ein bißchen Tempo, frisch und strahlend, und als ich erst den Berg nach Lexington erklommen hatte, gab ich dem Impuls nach. Eines Tages würde ich einen Sportwagen besitzen.

Ich parkte unter meinem Kirschbaum und marschierte durch das Haupttor und über den viereckigen Innenhof zu Reardons Büro. Ein paar Jungs spielten auf dem matschigen Platz Fußball. Eines der zahmen Eichhörnchen lief mir über den Weg und flüchtete einen Baum hinauf. Es war so groß wie eine Katze. Nicht so groß wie T. C., aber er ist ja auch wieder ziemlich groß für sein Alter.

An der Tür zu Reardons Büro klebte eine zehn mal fünfzehn Zentimeter große Karte. Darauf stand: «Heute kein Unterricht.» Unterschrieben war das Ganze mit: «Geoffrey L. Reardon.»

Ich lungerte auf dem Gang herum, las beiläufig die Nachrichten auf einem Scharzen Brett, bis zwei Mädchen endlich damit fertig waren, wegen irgendwelcher Hausaufgaben zu jammern, und dann verschanden. Ich versuchte die Türklinke. Abgeschlossen.

Neun von zehn Malen schafft man es mit einer Kreditkarte. Beim zehntenmal bricht die Karte in der Mitte durch, und es ist eine ziemliche Nerverei zu erklären, daß man eine neue VISA braucht, weil die alte bei einem Einbruchsversuch kaputtgegangen ist. Also habe ich immer das dabei, was in der Branche ein «Loid» genannt wird, einen dünnen Zelluloidstreifen, der genau zwischen Tür und Türrahmen paßt und diese verlausten kleinen Riegel zurückschnippst, bevor du noch 911 wählen kannst. Ich war genauso schnell in Reardons Büro, als hätte ich einen Schlüssel gehabt.

Die Schublade, in der die Hefte gelegen hatten, war leer. Ich ließ mich auf Reardons Schreibtischsessel nieder und wählte seine Privatnummer. Siebenmal klingeln lassen. Achtmal. Ich riß die mittlere Schublade auf, während ich wartete. Bleistifte, Radiergummi, Scheren, Klebeband – das gleiche Zeug, das ich schon vor zwei Tagen durchgekramt hatte.

Ich setzte mich kerzengerade auf. Jemand hatte den Hörer von der Gabel genommen.

«Hallo», sagte ich vorsichtig.

Jemand grunzte.

«Hallo», wiederholte ich. «Mr. Reardon?»

«Ja. Was ist?»

«Mr. Reardon?» wiederholte ich.

«Welcher?» Es war eine barsche Männerstimme.

«Geoffrey.»

«Ist nicht hier.»

«Legen Sie nicht auf. Bitte, es ist wichtig. Wissen Sie, wo er im Augenblick ist?»

«Lady, ich bin noch im Halbschlaf. Er ist zur Arbeit.»

«Ich rufe von der *Emerson* aus an. Hier ist er nicht.»

«Muß er aber sein. Der Reliant ist weg.»

Ich brauchte einen Augenblick, bis ich kapierte, daß er ein Auto meinte.

«Bye», sagte die Stimme am anderen Ende der Leitung. Dann hörte ich ein Klicken, und dann nichts mehr außer monotones Summen.

Verdammt. Der Wagen war weg. Der Mann war weg. Das Tagebuch war weg. Valerie war weg.

Ich durchsuchte den Schreibtisch noch einmal, nur um ganz sicherzugehen, daß er seinen Papierkram nicht nur von einer Schublade in die andere umgeräumt hatte. Der Schlüssel lag immer noch unter der Schreibtischunterlage. Als ich ihn in das Schlüsselloch der untersten Schublade steckte, spürten meine Finger etwas Rauhes, und ich lehnte mich vor, um mir das mal genauer anzusehen. Da waren kleine Kratzer, Kratzer, die nicht ich dort hinterlassen hatte. Typische Amateurarbeit mit Haarnadeln.

Die Flasche *Wild Turkey* war nach hinten geschoben worden, um Platz für einen Stapel Tagebücher zu machen, alles in allem vielleicht zwanzig Stück. Ich blätterte sie schnell durch. Auf den meisten stand vorn ein Name drauf. Bei zweien stand der Name in der oberen linken Ecke der Innenseite des Umschlages. Keiner der Namen lautete Valerie. Ich ging den ganzen Stapel noch einmal durch, vergewisserte mich, daß nicht versehentlich ein Heft in ein anderes gerutscht war.

Dann warf ich einen sehnsüchtigen Blick auf die Flasche *Wild Turkey*, was beweist, wie durcheinander ich war. *Wild Turkey* morgens um half elf. Bääh.

Ich hatte das starke Gefühl, daß Reardon und Valerie in einem Plymouth Reliant unterwegs in irgendeinen südlichen Staat waren, wo man seinen Cousin oder seine Cousine heiraten konnte, sofern beide älter als acht Jahre waren.

Ich warf die Tagebücher zurück in die Schublade, schloß sie wieder ab und trat hinaus auf den Korridor. Ich fragte mich, ob Reardon die Mitteilung gestern oder heute morgen angebracht hatte. Vielleicht hatte ich ihn nur um ein paar Minuten verpaßt.

Die Tür zu dem kleinen Theater war zu, aber nicht abgeschlossen. Hinter der Bühne war es stockdunkel. Als ich die Tür öffnete, bewegte sich irgendwas, also griff ich in meine Handtasche und riß eine Dose Haarspray heraus, die mich durch ihre Form täuschte. Ich benutzte Haarspray von dieser altmodischen Lacksorte als Ersatz für Chemical Mace. Es kostet weniger und ist genauso effektiv. Ich versuchte es noch mal, und dieses Mal erwischte ich meine Taschenlampe. Ich ließ den Lichtstrahl am Rand der Bühne entlangwandern und hörte das Gerangel und Gekicher von Teenagern, die sich im Dunkeln anzogen. Teenie-Liebe. Teenie-Sex.

«Reardon?» rief ich in die plötzliche Stille.

«Er ist nicht hier», sagte ein Junge, dessen Stimme zu piepsen drohte.

«Hast du ihn heute schon gesehen?» fragte ich.

«Nein.» Diese Stimme war weiblich, kindisch.

«Danke», sagte ich. Ich knipste die Taschenlampe wieder aus und überließ den Raum der jungen Liebe.

Mein Knie begann wieder steif zu werden, also entschied ich mich für den langen Weg zurück zum Auto, dachte, ein Spaziergang würde ihm – und mir – guttun. Der lange Weg führte an einem rustikalen Schuppen vorbei, absichtlich so gebaut, daß er älter aussah, als er war, vermutlich um Gartenwerkzeuge oder irgendwelche Sportausrüstung aufbewahren zu können, ohne den Charakter des Geländes zu ruinieren. Der Weg schlängelte sich durch kleine Kiefern- und Eichengruppen, die gerade auszuschlagen begannen. Die Sonne schien, und selbst ich, eine Frau, die außer Sichtweite von Beton normalerweise sofort nervös wird, begann meinen Streifzug über das Land zu genießen.

Kurz bevor ich scharf links abbog, um zu meinem Wagen zurückzukehren, drehte ich mich zu einem letzten Blick auf die Schulgebäude, die Sportplätze, die Bäume, die Eichhörnchen noch einmal um – und blieb wie angewurzelt stehen und wartete.

Was stimmte an diesem Anblick nicht?

Das war mein erster bewußter Gedanke, daß irgend etwas nicht stimmte. Später wurde mir klar, daß es die Wagenspuren waren, die sich in den grünen Rasen eingegraben hatten, wo eigentlich kein Fahrzeug hätte fahren sollen, gepaart mit dem ständigen Brummen eines Automotors. Jetzt, ohne Eile, lediglich neugierig, folgte ich den Reifenspuren vorbei an prächtigen Kiefern über eine Anhöhe.

Der Wagen mit laufendem Motor war ein alter schwarzer Plymouth Reliant, vielleicht fünf Jahre alt. Der Motor lief, und ein gewellter Staubsaugerschlauch schlängelte sich vom Auspuff durch das rechte Hinterfenster in den Innenraum.

Irgend jemand saß in dem Wagen, zusammengesunken, den Kopf an die Seitenscheibe auf der Fahrerseite gelehnt. Ich rannte die letzten fünfzig Meter, hatte mein Knie vergessen.

Ich packte den vorderen Türgriff. Abgeschlossen. Alle Türen waren verriegelt. Leuchtend goldblondes Haar drückte sich gegen die Scheibe. Mit ausreichend Zeit und dem richtigen Werkzeug knacke ich jedes Auto.

Ich brüllte. Die Haare bewegten sich nicht. Ich hämmerte gegen die Scheiben. Die Haare bewegten sich nicht.

Ich lief um den Wagen nach hinten und riß den Schlauch aus dem Heckfenster, stieß ihn hinter das Auto, damit er sein Gift weit fort von mir verströmen konnte. An der Oberkante des Fensters war ein vielleicht fünf Zentimeter breiter Spalt. Ich schob meine Hand hinein, mußte wegen der Auspuffgase husten, trat dann zurück und zog meine Handschuhe und meine Jacke aus, rollte die Ärmel meines Hemdes hoch, unternahm alles, um meinen Arm dünner zu machen, damit ich ihn weit genug hinunterschieben, den Knopf hochziehen und die Tür öffnen konnte.

Ich schaffte es auf eine Länge von siebzehn, achtzehn Zentimetern über meinem Handgelenk. Bis zum Verriegelungsknopf blieben immer noch acht Zentimeter. Es hätte genausogut noch eine Meile sein können.

Womit schlägt man eine Autoscheibe ein – mit einem Schuh? Einem Stein? Ich trug Turnschuhe. Auf dem Boden entdeckte ich nur Kiesel. Ich erinnerte mich an das Gefühl der Taschenlampe in meiner Hand, und ich riß sie aus meiner Handtasche.

Es war Sicherheitsglas; es würde nicht splittern, erinnerte ich mich. Ich konnte mich ganz nah ran stellen, ohne geschnitten zu werden. Bei meinem ersten Schlag bekam die Scheibe nur Sprünge, also holte ich mit einer Drehung meines ganzen Körpers aus, so wie ich es bei einem Wurf beim Volleyball mache, und jagte die Taschenlampe gottverdammt beinahe durch die Scheibe. Dann benutzte ich meine Jacke, um meine Hand zu schützen, griff durch und entriegelte die Beifahrertür.

Sie öffnete sich anstandslos. Ich kniete mich auf den Vordersitz, packte Reardons Schultern und begann, ihn aus dem Wagen zu ziehen. Er war sperrig, wie Betrunkene es sind, schlaff und schwer. Sein linker Fuß klemmte hinter dem Schalthebel fest, und ich mußte auf den Rücksitz kriechen, nach vorne greifen und ihn befreien. Ich wußte, daß er tot war, bevor ich ihn auf das Gras hinausgezogen hatte. Trotzdem preßte ich meinen Finger auf seine Halsschlagader. Er war kalt.

Ein Exitus. So nannten wir sie früher immer, als ich noch bei den Cops war. Wir gaben ihnen nie die Ehre eines Vornamens, eines Nachnamens. Ein Exitus ist kein menschliches Wesen. Ein Exitus ist niemandes Mutter, niemandes Kind, niemandes Lehrer, niemandes Freund. Ein Exitus machte den Job möglich.

Manchmal nannten wir sie nach ihrer Wahl der Todesart – Schweber, Pillenfresser, Braten.

Ich wandte meinen Blick ab von Geoffrey Reardons Gesicht, fort von den halbgeöffneten blauen Augen, der goldblonden Mähne, und machte aus ihm einen Exitus, damit ich mit meiner Arbeit weitermachen konnte.

Ich zog meinen rechten Handschuh an, griff in den Wagen und schaltete den Motor aus, ließ die Schlüssel in der Zündung stecken. Auf dem Sitz lag ein Heft. Ich schnappte es mir, dachte, es wäre Valeries verschwundenes Tagebuch. Es war das Manuskript von Reardons Theaterstück. Ich blätterte es durch. Nichts fiel heraus. Ich überprüfte den Rest des Wagens, das Handschuhfach, den Kassettenhalter. Ich tastete unter den Sitzen. Alte Kleenex und Kleingeld.

Sechs Meter entfernt setzte ich mich auf die Erde und atmete tief durch, ein und aus, ein und aus. Tiefer und langsamer. Dann ging ich zu Reardons Büro zurück, knackte wieder das Schloß und wischte sorgfältig meine Fingerabdrücke von den Türklinken, dem Schreibtisch und dem Telefon.

Ich versuchte mich zu erinnern, ob ich irgendwen im Police Department von Lincoln kannte, doch mir fiel kein Name ein. Ich verließ Reardons Büro, ging zu dem Gebäude, das Reardons Leiche am nächsten stand, in dasjenige, in das ich logischerweise gelaufen wäre, nachdem ich den grausigen Fund in dem Wäldchen gemacht hatte. Ich erkundigte mich bei einer grauhaarigen Frau, wo ich ein Telefon finden konnte. Im Schüler-Aufenthaltsraum, sagte sie, zeigte genau geradeaus. Der Raum mit den blauen Samtcouches.

Am liebsten hätte ich mich auf eine gelegt und mindestens eine Woche geschlafen.

Ich tippte 911 ein. Die gelangweilte Stimme wurde hellhörig und förmlich, als ich die *Emerson School* erwähnte. Ich nannte meinen Namen und sagte der Stimme, daß ich am Tatort auf die Beamten warten würde. Dann fand ich einen Dime und rief zu Hause an, erreichte meinen eigenen Anrufbeantworter, was genau das war, was ich auch wollte. Vielleicht hatte Reardon mich ja angerufen, nachdem ich das Haus verlassen hatte.

Ich hielt meinen Fernabfrage-Beeper an den Hörer und drückte auf den Knopf. Er machte ein Geräusch wie ein kollernder Truthahn.

Zuerst kam ein kratzendes Geräusch des Bandes, dann hörte ich Mooneys Stimme. Er sagte: «He, ich werde schon verdammt bald vor diesen Untersuchungsausschuß müssen. Hast du schon irgendwas? Schulde ich dir was, oder schuldest du mir was?»

Dann folgte ein Piep und eine zweite Nachricht.

«Hallo. Preston Haslam hier. Valerie ist sicher und gesund wieder zu Hause. Bitte schicken Sie mir eine Rechnung für Ihre Zeit, und vielen Dank nochmals für Ihr Engagement.»

KAPITEL 20

Die Polizei von Lincoln, vertreten durch einen alternden Lieutenant und einen Patrolman, noch zu jung zum Rasieren, glotzten, stocherten und nickten, raunten «Roger» und «Over und aus» in ihre Walkie-talkies, während sie mir aus den Augenwinkeln verstohlene Blicke zuwarfen, um zu sehen, ob ich vielleicht versuchte, sie heimlich zu belauschen. Sie schienen von einem gemeinsamen Wunsch beseelt zu sein: um jeden Preis vermeiden, die State Police einzuschalten. Falls es Mord war, würden sie – wo sie doch sowieso schon all die kleinen Diebstähle und unbedeutenden Drogengeschäfte am Hals hatten – nach den Staties brüllen müssen. Daher hatte Geoffrey Reardon Selbstmord begangen. So einfach war das, fertig und aus.

Ich war das einzige Haar in ihrer Suppe. Wenn kein Privatschnüffler in der Nähe gewesen wäre, ich glaube, sie hätten nicht einen Finger krumm gemacht, hätten einfach den Leichenwagen bestellt und anschließend ihren Bericht geschrieben. Ich konnte die Gedankenblasen über dem Kopf des jungen Cops praktisch sehen: «Theaterlehrer bringt sich um. Tja, verdammt, warum auch nicht? Wahrscheinlich eine Schwuchtel. Hatte vielleicht Aids, um Himmels willen.»

Der Grünschnabel, die Lippen geschürzt und mit einem Ausdruck auf dem Gesicht, als wäre er am liebsten zum Streifenwagen gerast und hätte sich ein paar Gummihandschuhe geholt, zupfte mit zwei Fingerspitzen Reardons Brieftasche aus seiner Gesäßtasche.

Ich hatte mir selbst schon so meine Gedanken über Reardons sexuelle Vorlieben gemacht. Er hatte sehr widersprüchliche Signale ausgestrahlt. Seine unglaubliche Schönheit und das signierte Foto des gutaussehenden Jungen in seiner Schreibtischschublade deuteten in die eine Richtung. Sein Flirten und seine Fotosammlung spärlich bekleideter Teenies wiesen in eine andere.

Nachdem der anfängliche Adrenalinschock allmählich abgeebbt war, spürte ich auch wieder die Kälte in meinen Zehen und in meinem Knie. Ich rieb immer wieder meine Nasenspitze und dachte über Frostbeulen nach.

Die *Emerson* besaß Einfluß. Daran bestand überhaupt kein Zweifel. Die Cops waren leise und unauffällig gekommen – kein Blaulicht, keine Sirene oder anderes billiges Zeug in der Richtung. Indem sie davon absahen, die Straßen des Campus abzusperren, nahmen sie eine respektvolle Haltung gegenüber einer gewissen Mrs. Filicia Stoner ein, stellvertretende Rektorin, zuständig für Schadensbegrenzung. Sie mußte einen Anruf erhalten haben, kaum daß ich Reardons Tod gemeldet hatte. Mrs. Stoner war losgelassen worden, um sich diplomatisch um die Sache zu kümmern, und es machte wirklich eine Menge Spaß, einem Profi bei der Arbeit zuzusehen.

Als ehrwürdige Frau mit einem grau werdenden Knoten warf sie einen Blick auf den Leichnam und sagte: «Er muß sehr sehr unglücklich gewesen sein, der arme Mann», hatte dabei genau den richtigen Tonfall voller schmerzerfülltem Bedauern drauf. Sie verkündete, sie wäre sicher, sie könne sich darauf verlassen, daß Lieutenant Harrison sich gut um jedes kleinste Detail kümmern würde. Was nächste Verwandte des Verstorbenen betraf, würde sie Mr. Reardons Bruder verständigen – sie glaubte, es wäre ein Bruder –, dessen Name und

Anschrift sich bestimmt in Mr. Reardons Personalakte befand. Natürlich nur, wenn das vom verantwortlichen Offizier aus in Ordnung war?

Harrison, der ältere Cop, strahlte.

Dann richtete sie ihren Blick auf mich. «Und Sie sind mit der Polizei hier», sagte sie.

Es war keine richtige Frage, und es war auch keine richtige Feststellung. Ich bekam das Gefühl, daß sie erwartete, ich würde unter ihrem harten Blick dahinschwinden und die Verantwortung an Reardons Tod auf mich nehmen. Oder doch wenigstens für den schrecklichen Umstand, daß sich sein Tod ausgerechnet auf dem geheiligten Boden der *Emerson* zugetragen hatte.

Harrison stieß mit seinem Kinn in meine Richtung. «Privatdetektiv», sagte er. «Ist hergekommen, um mit Reardon zu sprechen. Hat die Leiche gefunden.»

«Ich glaube, wir sind uns nicht begegnet, als Sie sich im Büro angemeldet haben», sagte Mrs. Stoner.

«Nein, das glaube ich auch nicht», erwiderte ich mit meinem besten Lächeln.

«Falls Mr. Reardon privat mit Ihnen zu tun hatte, würden wir natürlich von ihm erwarten, daß er diese Dinge in seiner Freizeit handhaben würde», trug sie feierlich vor.

«Natürlich», stimmte ich zu, vermied es höflich, darauf hinzuweisen, daß sich die Zeit und Reardon nicht länger Gesellschaft leisteten.

Sie wartete darauf, daß ich dieses Thema weiter ausführte, und als ich dies nicht tat, sagte sie: «Ich wäre Ihnen dankbar, wenn Sie noch kurz in meinem Büro vorbeischauen würden, bevor Sie das Schulgelände wieder verlassen.» Ihre Stimme, herzlich, wenn sie dem Cop schmeichelte, nahm einen eisigen Unterton an.

Ich konnte ihrem harten Blick entnehmen, daß die Informationen, die ich aus Mrs. Stoner herausquetschen konnte, den Abstecher nicht wert waren.

«Nett, Sie kennengelernt zu haben», sagte ich.

Sie drehte sich auf eine Weise um, wie es die Nonnen ihr in der Schule beigebracht haben mußten – mit geraden Schultern und starren Hüften – und ignorierte mich fortan mit ehrwürdigem Schweigen.

Da die allmächtige Mrs. Stoner ihnen das Okay gegeben hatte, mir gegenüber unverschämt zu sein, konzentrierten sich die Cops auch nicht weiter auf Charme, als sie mich schließlich vernahmen. Also ließ ich den Teil mit Reardons Büro einfach weg. Sie wollten wissen, wie der Schlauch in den Fensterspalt geklemmt gewesen war, und ich zeigte es ihnen in Anbetracht der Glasscherben, so gut ich konnte.

Und was hatte ich überhaupt auf dem Gelände der *Emerson* zu suchen?

Ich verkniff mir meine «Wir leben in einem freien Land»-Antwort.

Ich sagte, ich hätte einen Termin gehabt, um mich mit Reardon bezüglich eines von zu Hause ausgerissenen Schülers zu unterhalten. Auf dem Weg zu seinem Büro wären mir dann die Wagenspuren aufgefallen, ich hätte den laufenden Motor gehört und wäre hier hergekommen, um der Ursache auf den Grund zu gehen.

Ah-hah! Woher kannte ich dann die Identität des Opfers? Erwischt!

Sorry, Jungs, aber ich hatte den Mann vorher schon gesehen – gestern. Wollte ihm ein paar weitere Fragen stellen.

Wer ist dieser Ausreißer?

Wirklich, ich konnte nicht sehen, was sie das anging, sagte ich, wäre nicht so dumm, in Gegenwart von zwei Cops Spekulationen über die Angelegenheiten eines Klienten – oder besser Ex-Klienten – anzustellen.

Sie wollten wissen, ob Reardon einen niedergeschlagenen oder bedrückten Eindruck auf mich gemacht hätte, als ich gestern mit ihm sprach.

Nicht erkennbar, nein.

Hatte er vielleicht irgend etwas Merkwürdiges gesagt, das möglicherweise Licht auf die nachfolgenden Ereignisse werfen könnte?

Dieses «die nachfolgenden Ereignisse» gefiel mir. Standard Cop-Berichtssprache. Ich sagte ihnen, er hätte erwähnt, seinen Lehrerjob an den Nagel hängen zu wollen.

Aaaahhh. Diese Sorte Quatsch wollten sie hören. Bei ihnen hörte sich das schon wie ein Abschiedsbrief an. Sie waren wirklich ganz versessen auf einen Abschiedsbrief. Sie fanden, irgendwer sollte vielleicht dieses Stück des Burschen lesen. Vielleicht, dachte der alte Cop, war das ja ein superlanger Abschiedsbrief. Jeder von ihnen fand, daß der andere das Ding lesen sollte.

Ich stopfte meine Hände in die Taschen und versuchte, an warme Tage an schönen Stränden zu denken. Es klappte nicht.

Ich hatte mal einen Freund, der sich umgebracht hatte. Ende Oktober, vor acht Jahren. Er hatte auch keinen Abschiedsbrief hinterlassen. Lange Zeit habe ich ihn damals immer gesehen – habe mir eingebildet, ihn gesehen zu haben –, mitten in einer Menschenmenge, die auf einen Bus wartete, oder wie er in einem mir unbekannten neuen Wagen vorbeifuhr. Ich schreie ihn in meinen Träumen immer noch an, flehe ihn an, daß er doch stehenbleiben soll. Mit mir reden soll. Mich ihm helfen lassen soll.

Mein Ex-Mann hat auch versucht, Selbstmord zu begehen – langsam, mit Kokain. Er sagt, das hilft ihm bei seiner Musik. Ich sage, es hilft ihm, mit der Tatsache fertig zu werden, daß seine Musik nicht die Beachtung erhält, die sie seiner Meinung nach verdient, aber dann bin ich ein gemeines, eiskaltes Miststück – oder das hat er wenigstens so gesagt, als wir uns trennten.

Laut meiner Mom hat meine Großmutter immer gesagt: *A mensh zol lebn nor fun naygerikeyt vegn*, was, aus dem Jiddischen übersetzt, bedeutet: «Ein Mensch soll leben, und wenn nur der Neugier wegen», und das faßt meine Meinung über das Thema Selbstmord ziemlich gut zusammen.

Weder mein Ex noch mein Freund wollten zu einem Psychiater, Gott bewahre. Das könnte ja bedeuten zuzugeben, daß irgend etwas nicht in Ordnung war. Ich finde, sich selbst umzubringen ist ein verdammt beschissener Weg zuzugeben, daß irgendwas nicht in Ordnung ist.

Kein Mensch hat mir je vorgeworfen, eine Pollyanna zu sein, ein übermäßig optimistischer Mensch, aber ich meine, was, wenn die verdammte Sache wieder in Ordnung gebracht werden konnte?

Machen wir uns nichts vor, ich habe meine Schwierigkeiten mit Selbstmord. Ich denke mir, okay, man stirbt an einer tödlichen Krankheit, und es ist gottverdammt schmerzhaft – gut, vielleicht. Vielleicht wenn ich mich nicht bewegen könnte und nicht mehr sehen könnte und mir würde alles immer nur weh tun … Aber schaltet die verdammte Maschine nicht ab, solange ich immer noch Musik hören kann. Legt einen schönen, klagenden Blues auf. Gebt mir Willie Brown oder Mississippi John Hurt, und ich könnte euch noch überraschen.

Geoffrey Reardons Tod sah wie Selbstmord aus, roch nach

Selbstmord, schmeckte nach Selbstmord. Und vielleicht weigerte ich mich ganz einfach zu glauben, daß ein Mann so große Schmerzen haben könnte – körperliche, seelische, was auch immer für Schmerzen –, und ich eine halbe Stunde mit ihm reden konnte, ohne auch nur den geringsten Hinweis darauf mitzukriegen. Aber andererseits, bei meinem Freund hatte ich auch nichts gemerkt.

Was weiß ich überhaupt von den Menschen? Selbst von denen, von denen ich glaube, daß ich sie kenne.

Am Telefon klang Preston Haslam erfreut darüber, daß sein kleines Mädchen wieder zu Hause war. Er reagierte weder auf die eine noch auf die andere Weise auf die Nachricht von Reardons Tod, außer daß er sagte, er hoffte, es würde Valerie nicht mitnehmen. Jerry Toland klang beunruhigt, dachte aber, daß meine Arbeit jetzt erledigt wäre.

Ich zögerte, eine Rechnung zu schicken. Das ist ungewöhnlich. Normalerweise schicke ich sie immer sehr schnell, und sie bezahlen dann langsam. Also mußte mir irgend etwas falsch vorgekommen sein, bevor ich bewußt erkannte, daß etwas nicht in Ordnung war.

Ich wartete auf den Autopsiebericht. Ich schrieb Paolina einen langen Brief. Ich spielte viel Gitarre, arbeitete an den Schwielen auf meinen Fingerspitzen. Und ich vertiefte mich in meinen anderen Fall.

Der Termin von Mooneys Hearing rückte schnell näher, und soweit ich wußte, hatte bislang außer mir noch niemand Janine gesehen. Joanne hatte auf meine Anrufe wegen des Nummernschildes immer noch nicht geantwortet. Am Sonntag rief ich sie von dem Telefon in der Küche aus an, während ich ein spätes Mittagessen beendete, das ich aus in Folie eingepackten Bündeln verdächtig aussehender Reste zusammengestellt hatte. Besetzt. Immer besetzt oder «Kann ich etwas ausrichten?» oder gar nichts. Man könnte meinen, die ganze gottverdammte Polizei hätte die Stadt geräumt.

Ein dumpfer Schlag von oben ließ mich zusammenzucken. Die *Twin Brothers* bei der Arbeit. Ich meine, inzwischen sollte ich mich eigentlich dran gewöhnt haben, richtig? Ich holte tief Luft und stieg die Treppe hinauf nach oben.

Ich freue mich, berichten zu können, daß die unheimliche blaue Toilette verschwunden, von einem einigermaßen anständigen hellbraunen Modell ersetzt worden war, deren Farbe «mandelfarben» genannt wurde, wie mich die *Twin Brothers* mit einem Tonfall aufklärten, der mir deutlich zu verstehen gab, daß ich damit meine bislang nur vermutete totale Unkenntnis von der Welt der Installateure endgültig unter Beweis gestellt hatte. Das neonorangefarbene Waschbecken war dafür wieder aufgetaucht, und ich konnte kaum noch erwarten zu sehen, was sie mir als Badewanne angeschleppt hatten.

Roz und die Jungs waren im Badezimmer, was es mir fast unmöglich machte, auch noch hineinzukommen.

«Ich dachte, die Fliesen wären out», sagte ich. Sie schienen eifrig damit beschäftigt zu sein, das schokoladenbraune Zeug anzukleben.

«Diese Kacheln sind sagenhaft», sagte Roz. Sie trug ein dunkelblaues T-Shirt mit knallroten Buchstaben vorne drauf: *«Time flies like an arrow.»* Auf dem Rücken stand: *«Fruit flies like a banana.»* Es ist verdammt schwer, mit jemandem zu diskutieren, der ein wirklich blödes T-Shirt trägt.

«Ich hasse es», sagte ich.

«Du kannst das gar nicht richtig auf dich einwirken lassen, bevor es fertig ist, Carlotta.»

«Ich will es nicht richtig auf mich einwirken lassen.»

«Hör mal», Roz zog mich zur Seite, keine leichte Nummer in der zwei mal drei Meter großen Umgebung, «mit den dunklen Fliesen, der Wanne und der Toilette und dem Waschbecken wird das alles nur so, äh, also, schweben. Warte ab, bis du das Wandgemälde unter der Decke siehst.»

«Wandgemälde?»

«So was wie ein Fresko, weißt du. So wie in der Sixtinischen Kapelle.»

«Nur damit wir uns nicht falsch verstehen, Roz. Das hier ist nicht die Sixtinische Kapelle.»

«Tja, wie wär's dann mit einer Wüstenlandschaft auf den Kacheln rund um die Badewanne?» sagte sie in vollem Ernst. «Ich meine, wär's nicht toll, mitten in dieser Wüste zu hocken und, also, quasi klitschnaß?»

Ich hatte die Wahl. Ich konnte Roz erwürgen. Ich konnte sie sofort an die Luft sezten und mir jemand anderen suchen, der mein Haus sauberhielt. Ich konnte die *Twin Brothers* feuern und irgendwelche anderen Nieten engagieren, die mein Badezimmer zu Ende renovierten. Ich konnte aufhören, die Zähne zusammenzubeißen, bevor mir noch der Kiefer brach.

Es klingelte unten an der Tür, während ich noch leise vor mich hin kochte. Roz sah sichtlich erleichtert aus.

«Später», sagte ich drohend.

«Später», stimmte sie mir zu.

«Keine Wüstenlandschaft», sagte ich.

Es klingelte wieder. Ich polterte die Treppe runter und drückte mein rechtes Auge an den Spion. Ich sehe immer zuerst nach.

Trotz des verzerrten Bildes erkannte ich das Gesicht. Der Mann war blond, hatte ein kantiges Gesicht, blaue Augen. Er war das Original des «Filmstar»-Fotos, das ich in Geoffrey Reardons Schreibtisch bewundert hatte.

KAPITEL 21

Vielleicht hätte ich meine Schulter gegen die Tür gedrückt, wo sie auch hingehörte, wenn er häßlich gewesen wäre. Er stürmte an mir vorbei in den Flur, blieb nach drei großen Schritten stehen und drehte sich langsam zu mir um, starrte dabei meine Eingangsdiele an, als versuchte er, sich jedes noch so kleine Detail genau einzuprägen, und du kannst mir glauben, die Ausstattung ist alles andere als toll – nur die alte Garderobe aus Eiche in der Ecke und ein paar von Roz' weniger ausgeflippten Bildern an den Wänden. Beispielsweise eine Studie einer Knoblauchknolle aus kürzester Entfernung. Wenn man es zu lange ansieht, fängt es praktisch an zu stinken.

Sie möchte immer, daß ich es durch eine ihrer neueren Arbeiten ersetze, in denen Smurfs und Kondome in verschiedenen Kombinationen vorkommen. Sie sagt, sie haben eine starke soziale Message. Nicht in meiner Eingangsdiele, habe ich zu ihr gesagt. Fremde kommen an meine Tür. Zeugen Jehovas. *Fuller Brush Men*. Klienten.

Während der Bursche meine Diele musterte, taxierte ich ihn, und es war wirklich das reinste Vergnügen. Ich habe eine Schwäche für dunkelhaarige Männer, aber ich habe auch nichts gegen schlanke Blondköpfe mit markanten Gesichtern und tiefliegenden Augen.

Blaue Augen. Mit alarmierender Plötzlichkeit richtete er sie auf mich, wie ein Raubvogel sein Frühstück begutachtet.

«Sind Sie das?» wollte er wissen und wedelte dabei mit etwas in der Luft rum, das wie eine Visitenkarte aussah.

Ich machte die Haustür zu und lehnte mich dagegen. «Ziemlich klein gedruckt», sagte ich. Der Knabe war sagenhaft, aber seine Manieren gefielen mir nicht besonders. Er trug eine wollene Bundfaltenhose und eine lederne Bomberjacke. Er hielt kein Heft in der Hand, aber ich hoffte, er hätte Valeries Tagebuch mitgebracht, vielleicht versteckt in einer der vielen Taschen seiner Jacke. Reardon hatte es wahrscheinlich irgendwo für mich hinterlassen, bei sich zu Hause oder...

Ohne groß eingeladen worden zu sein, stürmte der Bursche weiter in mein Wohnzimmer. Als ich ihm folgte, inspizierte er das Zimmer gerade kurz, prägte es sich praktisch genauso ein, wie er es mit der Diele gemacht hatte.

«Kann ich Ihnen irgendwie helfen?» fragte ich in einem ziemlich feindseligen Tonfall.

«Das hier.» Wieder hob er die Karte. «Ist das Ihre?»

«Ich kann nichts erkennen», sagte ich.

«Sorry.» Er hielt die Karte vielleicht zehn Zentimeter näher. Toll. Jetzt konnte ich wenigstens erkennen, daß sie bedruckt war.

«Wieso lesen Sie mir nicht einfach vor, was da draufsteht?» schlug ich vor.

«Wieso kommen Sie nicht einfach rüber und riskieren einen näheren Blick?» sagte er lächelnd. Und wieder kam mir sein Äußeres in die Quere. Wenn er das Gesicht einer Wüstenspringmaus gehabt hätte, wäre ich bestimmt vorsichtiger gewesen, mißtrauischer. Wie die Dinge lagen – er streckte die Karte aus, ich marschierte hinüber, und dann kann ich mich nur noch daran erinnern, plötzlich ein Messer an meinem Hals zu spüren.

«Schrei nicht», sagte er leise.

Ich hätte ja zustimmend genickt, aber ich wollte nicht, daß die Klinge mich anritzte.

«Warum?» sagte der Bursche. «Sag mir einfach nur, warum?»

Wahrscheinlich habe ich irgendwas wie «Hmh» gesagt, irgendwas ganz Brillantes. Die Welt war stehengeblieben. Das Zimmer schien das gleiche zu sein. Tante Beas Orientteppich leuchtete im Sonnenlicht. Mir fiel auf, wie abgewetzt das beigefarbene Sofa an den Kanten zu den geschnitzten Holzteilen war. Der Schaukelstuhl stand im Gleichgewicht, bewegte sich nicht. Das einzige Geräusch kam von Red Emma, die in dem Sand auf dem Boden ihres Käfigs herumschlurfte. Es war beinahe so laut wie mein Atmen.

«Warum mußten Sie das tun?» fragte er beharrlich.

«Was?» brachte ich irgendwie raus, mit trockenem Mund, mit minimalen Lippenbewegungen.

«Warum konnten Sie ihn nicht in Ruhe lassen? Er hat doch niemandem was getan.»

Roz war oben. Die *Twin Brothers* waren oben. Alle in Rufweite, wenn ich rufen könnte. Roz kann Karate. Ich nicht. Ich bin ein *street fighter* mit Polizeischulausbildung.

Der Bursche manövrierte sich hinter mich auf meine linke Seite. Er war Linkshänder, hielt das Messer mit seiner linken Hand. Es zuckte mehr herum, als es hätte sein sollen. Die Spitze ritzte mein Schlüsselbein, rutschte nach oben. Ich brauchte einen Augenblick, bis mir klar wurde, daß die Bewegung unbeabsichtigt gewesen war, reine Nervosität meines Angreifers. Das mag daran gelegen haben, daß ich selbst nervös war. Die rechte Hand des Burschen umklammerte meine rechte Schulter. Er atmete schwer und flach.

«Vielleicht sollte ich mir die Karte besser mal ansehen», sagte ich leise. Mir gefiel die Lage nicht. Ich dachte, vielleicht könnte ich mit dem Blödmann fertig werden. Er hatte meine Größe, war dünn. Er sah nicht wie ein großer Kämpfer aus. Er sah aus wie ein Model, dekorativ. Sein Griff auf meiner Schulter war unentschlossen. Mit so was verdiente er sich nicht seine Brötchen.

Ich wünschte, ich hätte einen anderen BH getragen, nicht den mit der Sicherheitsnadel. Meine Mutter hatte mich immer gewarnt: Trag zerrissene Unterwäsche, und es wird dir schrecklich peinlich sein, wenn sie dich ins Krankenhaus bringen.

«Geoff hat mir von dir erzählt», flüsterte er in mein Ohr.

«Hören Sie», sagte ich, brachte es mit Mühe fertig, daß meine Stimme leise und ruhig blieb, «Sie machen einen verdammt großen Fehler. Ich würde Ihnen gerne erklären...»

«Schieß los», sagte er wütend. «Erklär's mir.»

«Ja», sagte ich, «würde ich ja liebend gerne. Aber ich rede nicht besonders gut, wenn ich ein Messer an der Kehle habe.» Bei dem letzten Teil sprach ich lauter, hoffte, daß Roz vielleicht inzwischen am Fußende der Treppe war.

Seine Hand zitterte. Ich spürte die Messerspitze nicht mehr. Ich verdrehte meine Augen, um zu sehen, wo sie geblieben war. Meine Nase kam mir dabei in die Quere. Ich konnte sein Gesicht nicht sehen, aber sein Griff auf meiner Schulter lockerte sich ein bißchen, und er gab einen kehligen Laut von sich, der Weinen hätte sein können. Wahrscheinlich hätte ich ihm das Messer abquasseln können, aber jetzt war ich wütend. Ich werde immer sauer, wenn irgendwelche Arschlöcher Messer in die Nähe meiner Arterien halten. Also knallte ich ihm meinen Ellbogen, so fest ich konnte, in seine Rippen, preßte gleichzeitig meinen Hals zum Schutz fest an meinen Brustkorb. Mit dem rechten Arm griff ich über meine rechte Schulter, packte eine Handvoll Haare, bückte mich blitzschnell nach vorne und riß mit allem, was ich an Kraft aufzubieten hatte. Er machte einen Salto über meine Schulter und krachte mit einem Mordsgetöse in Tante Beas Schaukelstuhl. Das Messer schlitterte über den Boden. Es war ein richtiges kleines Drecksstück, die Klinge kaum länger als siebeneinhalb Zentimeter. Ich ließ es zuschnappen, in meine Tasche verschwinden und ging zu meinem Schreibtisch hinüber, um meine .38er aus der Schublade zu holen.

Die Wirkung wurde durch die Tatsache ruiniert, daß ich das verdammte Ding immer eingewickelt und entladen und alles aufbewahrte. Safety first. Glücklicherweise blieb mein Freund auf dem Boden und wartete darauf, ausgezählt zu werden. Ich bezweifle, daß es den richtigen Eindruck gemacht haben würde, wenn er gesehen hätte, wie ich meine Kanone aus ihrem Unterhemd wickelte. Zeit zum Laden hatte ich nicht.

Er stöhnte, rollte sich dann auf eine Schulter und stützte sich mit einem noch tieferen Stöhnen auf seinen Arm, mehr überrascht als verwundet, so wie's aussah. Er starrte wieder den Raum an, machte Inventur. Dann schüttelte er vorsichtig seinen Kopf, von einer Seite zur anderen, und sah aus, als versuchte er, aus einem bösen Traum aufzuwachen.

«Du kannst jetzt aufstehen», sagte ich, richtete meine leere Kanone auf ihn.

Genau diesen Augenblick suchte Roz sich aus, um heruntergetanzt zu kommen. «Alles in Ordnung?» zirpte sie. «Ich hab Krach gehört.»

«*Time flies like a banana*», sagte ich. «Wenn ich dich brauche, brülle ich.»

«Okay», sagte sie, registrierte den Burschen auf dem Boden, die Kanone, das umgekippte Möbelstück, und verschwand wieder die Treppe hinauf. Roz ist überhaupt nicht neugierig.

«Steh auf», sagte ich zu dem schönen Mann.

Was er auch tat.

«Leg deine blöde Karte auf den Sessel, die, die ich deiner Meinung nach unbedingt lesen sollte.»

Was er auch tat.

«So, und jetzt tritt zurück und setz dich auf die Couch. Die Hände immer schön auf den Schenkeln lassen und hübsch langsam bewegen, okay?»

Die Karte war eine von meinen. Er hatte nicht die falsche Frau angegriffen. Ich warf sie auf den Boden, aber es machte keinen befriedigenden Lärm.

«Was zum Teufel soll das alles überhaupt, du Schwachkopf?» brüllte ich ihn an, sorgte selbst für die erwünschten Sound effects. Ich bin nicht stolz darauf, auch nicht auf die Tatsache, daß ich zur Betonung den Schreibtischsessel umkippte. Ich fluche heute nicht mehr viel. Als ich noch bei der Polizei war, konnte ich es mit dem größten Flucher aufnehmen, und vielleicht war es die Tatsache, daß ich die Kanone in der Hand hielt, die mir die richtigen Worte wieder in den Mund legte. Vielleicht lag es auch einfach daran, daß ich so gottverdammt sauer war, daß ich kaum noch klar sehen konnte. Die Vorstellung ist mir zuwider, allein schon die Vorstellung ist mir gottverdammt zuwider, daß irgendein Idiot mit einem Messer in der Hand in meinem eigenen Haus hinter meinen Rücken kommen konnte. Mir ist die Vorstellung zuwider, daß ich getötet werden konnte und meine letzten Augenblicke blutend auf Tante Beas Teppich verbrachte, mich dabei fragte, wieso zum Teufel ich eigentlich starb.

«Ich wollte Ihnen nichts tun», sagte er.

Meine Augenbrauen schnellten hoch. «Gut gewählter Zeitpunkt, mir das zu sagen», sagte ich.

«Das ist mein Ernst», sagte er, als würde das noch irgendwen interessieren.

«Wirklich», sagte ich, ließ den Sarkasmus nur so triefen.

«Wirklich», echote er.

«Und ob du mir nichts getan hättest, du Volltrottel!» sagte ich. «Du Schwachkopf! Schon mal ein Messer in der Hand gehalten?»

«Nein, nicht so», sagte er leise. «Ich kann's selbst kaum glauben, daß ich es gemacht habe. Ich weiß nicht...»

Er schüttelte weiter seinen Kopf von einer Seite zur anderen. Er hatte einen roten Flecken an seiner Schläfe, der sich schon bald zu einem ziemlich spektakulären Bluterguß entwickeln würde. Gottverdammte Amateure. Die können einem aus Versehen glatt die Kehle durchschneiden.

«So.» Ich hob den Stuhl wieder auf und stellte ihn auf den Boden, hielt die Kanone weiter auf seinen blonden Schopf gerichtet. «Wenn du mir nichts tun wolltest», fragte ich, «was sollte das ganze Affentheater dann?»

Der Mann senkte seinen Kopf und starrte auf den Boden, als würde er etwas anderes ansehen, etwas Grausiges und Schreckliches. Ich hoffte nur, er würde gleich nicht auch noch kotzen.

Ich legte die Kanone in bequemer Reichweite auf den Schreibtisch, obwohl ich nicht glaubte, daß er mir noch Kummer bereiten würde, und setzte mich hin. Mein Knie fühlte sich komisch an. Genaugenommen sogar – beide Knie.

Ich atmete tief ein und hob meine Hand an meinen Hals. Da war ein Kratzer, so dünn und fein, daß ich ihn kaum fühlen konnte. Kein Blut.

«Also, wer zum Teufel bist du?» sagte ich zu dem Knaben. Er hatte keinen Muskel gerührt, mal abgesehen von dem in seinem Mundwinkel, der scheinbar ganz selbständig vor sich hin zuckte. «Ach ja, Reardon hatte dein Foto in seiner Schreibtischschublade. Du mußt ein Freund von ihm sein.»

Der Bursche sah mich an. «Und was soll das wieder heißen?» fragte er.

«Paß auf», sagte ich, «wir wollen doch nicht zu empfindlich werden. Es ist mir völlig gleichgültig, welche Art von Beziehung es zwischen dir und Reardon gegeben hat...»

«Wir waren *Brüder*», sagte er. «Ich bin Stuart Reardon.»

«Scheiße», brummte ich. Den zu benachrichtigen Mrs. Stoner abmarschiert war.

Er sagte: «Sie haben was anderes angenommen, richtig? Nur weil Geoff...»

«Tut mir leid», sagte ich. Die beiden Männer waren sich oberflächlich ähnlich, die gleiche Größe, der gleiche Teint. Aber für Brüder hätte ich sie nicht gehalten.

Er wartete eine Weile, sagte dann: «*Tut mir leid.* Ist das alles? Nur *tut mir leid*?»

«Was soll ich denn sagen? Laut diesem kleinen Drehbuch in Ihrem Kopf?»

Plötzlich kam lautes Hämmern von oben. Stuart schüttelte seinen Kopf und flüsterte: «Ich hab nie auch nur daran gedacht, daß sonst noch jemand im Haus sein könnte. Ich hab keine Sekunde darüber nachgedacht.»

Er nuschelte weiter vor sich hin. Amateure.

«Sie geben einen ausgezeichneten führenden Kopf hinter großen Verbrechen ab», sagte ich. «Weiter. Reden Sie.»

«Sie scheinen es wirklich nicht zu kapieren, was?» sagte er. Er klopfte mit der linken Hand auf seine Brust. «Ich weiß es. Ich weiß, daß Sie bei ihm waren. Und dann... dann haben Sie ihn umgebracht.» Die letzten Worte flüsterte er, als wären sie viel zu schrecklich, um laut ausgesprochen werden zu können.

«Ich besuche eine Menge Leute, und glauben Sie mir, nicht alle geben ihren Geist auf.»

«Sie sind engagiert worden, um ihm seinen Job auf der *Emerson* zu vermasseln. Ich meine, es war wohl noch nicht schlimm genug, daß er in Wellfleet aus der Stadt gejagt worden ist. Sagen Sie mir das einfach.»

«Und dann ziehen Sie los und erstechen sie? Klar doch.»

«Ich find's schon noch heraus.»

«Hören Sie», sagte ich, «ich versuch's jetzt mal ganz einfach. Ich habe noch nie für jemanden aus Wellfleet gearbeitet. Ich kenne nicht mal irgendwen in Wellfleet. Ich weiß nichts über Reardons pikante Vergangenheit, obwohl ich durchaus zugebe, daß Sie mich neugierig machen. Ich habe ihn aufgesucht, weil eine seiner Schülerinnen von zu Hause ausgerissen ist. Das war's dann auch schon.»

Stuart schüttelte noch ein bißchen seinen Kopf, versuchte, den Nebel endlich loszuwerden. Er öffnete und schloß seine Augen. Als nächstes, dachte ich, wird er sich gleich kneifen.

Sehr langsam sagte er dann: «Und das wußte Geoff? Er wußte, daß Sie mit ihm nur über irgendeine dumme kleine Ausreißerin reden wollten?»

«J-ja», sagte ich. «Ich habe ihm meine Karte auf seinem Schreibtisch liegenlassen. Dann haben wir uns am darauffolgenden Tag unterhalten.»

«Ich glaube Ihnen nicht», sagte er.

«Wollen Sie einen Drink?» fragte ich.

«Ja.»

«Haben Sie noch mehr Messer dabei, die Sie ziehen werden, wenn ich Sie jetzt eine halbe Minute allein lasse?»

Er schüttelte seinen Kopf, und ich glaubte ihm. Ich glaubte ihm, aber ich steckte trotzdem die Kanone in den Bund meiner Jeans, bevor ich in die Küche ging. Ich dachte mir, er würde wahrscheinlich erraten, daß sie nicht geladen war, wenn ich sie einfach auf dem Schreibtisch liegenließ. Vielleicht auch nicht. Er sah verstört aus.

Ich sah wahrscheinlich noch schlimmer aus.

Ich hab keinen Whisky im Haus, aber Roz mag ihren Scotch, also schenkte ich eine ordentliche Ladung in ein Glas, kehrte schnell ins Wohnzimmer zurück und gab es ihm. Er kippte es runter wie ein Club Soda. Ich hatte selbst einen Schluck getrunken, direkt aus der Flasche. Es brannte bis in den Magen runter.

«Warum fangen wir nicht noch mal von vorn an», sagte ich, als ich wieder auf meinem Schreibtischsessel saß.

«Okay.»

«Sie sind Reardons Bruder», sagte ich.

«Ich bin Fachbuchautor bei *Digital*», sagte er. Einen Moment lang glaubte ich schon, er würde seine Hand ausstrecken, damit ich sie schütteln konnte, aber er überlegte es sich anders, starrte statt dessen den Fußboden an.

Wieder auf den äußeren Schein reingefallen. Ich hatte angenommen, er wäre der Dressman-Typ, nicht ein ehrbarer Angestellter einer Computerfirma.

«Geoff war mein einziger Verwandter», fuhr er fort, warf einen kurzen, bedauernden Blick auf sein leeres Glas. Ich schenkte ihm aus der Flasche nach, die ich an strategisch günstiger Stelle auf dem Schreibtisch plaziert hatte. «Ich meine», fuhr er fort, «wir waren uns nicht immer so nah, aber in letzter Zeit ist es besser geworden. Er war für mich da, und ich für ihn, verstehen Sie? Und jetzt... Ach Scheiße!»

Sein Ausbruch veranlaßte den Sittich zu einem ihrer seltenen Redeanfälle. «O Scheiße», kreischte sie. «Bin ein hübscher Vogel. Fluffy ist ein hübscher Vogel.» Das mit ihrem Namen hatte sie noch nicht richtig auf die Reihe gekriegt, aber wenigstens wird ihr

Vokabular pikanter. Gerade als ich beschlossen hatte, die Abdekkung über ihren Käfig zu legen – nur für den Fall, daß ich von einem unangebrachten Kicheranfall übermannt wurde –, hörte sie auf. Sie weiß genau, wann ich genug habe.

Ich richtete meine Aufmerksamkeit wieder auf meinen blonden Freund. «Damit ich das jetzt richtig verstehe. Sie dachten, Sie wüßten, warum Ihr Bruder Selbstmord begangen hat.»

«Es war das einzige, was irgendeinen Sinn ergab.»

«Sehen wir doch mal, ob es auch für mich einen Sinn ergibt», sagte ich.

«Geoff ist Lehrer. Er ist schon – weiß der Himmel – ewig Lehrer gewesen. Er hätte aber kein Lehrer sein sollen. Er hätte reich sein sollen, wissen Sie? Damit er ein Dramatiker hätte sein können, ein hauptberuflicher Dramatiker, Drehbuchautor vielleicht. Es ist eine verdammt knifflige Sache, High-School-Lehrer und schwul zu sein. Also eigentlich bi. Ich meine, ich weiß ja, daß manche Leute sagen, so was wie einen echten Bisexuellen gäbe es gar nicht, aber Geoff ist verdammt nahe rangekommen. Er hat mir immer gesagt, es wäre absolut in Ordnung, wenn sich die großen Macho-Lehrer an die kleinen zwölfjährigen Mädchen ranmachten. Das ist in Ordnung. Das ist ‹normal›, aber Geoff... tja, er mußte immer in der Defensive leben.»

«Wir leben in den Achtzigern, richtig?» sagte ich.

«Ja. Das macht es nur noch schlimmer. Aids. Die Paranoia ist unglaublich.»

Ich nickte.

«Könnte ich vielleicht ein Glas Wasser haben?» fragte er. «Wenn ich weiter dieses Zeug hier trinke...»

«Ja», sagte ich, «dann könnten Sie womöglich noch was Verrücktes tun.»

Er wurde tatsächlich rot, und ich zog wieder meine Nummer mit der Küche und der Kanone ab.

Nachdem er etwas Wasser getrunken hatte, das in einem höchst interessanten gelblichen Farbton aus meinem Wasserhahn kommt, war seine Stimme kräftiger.

«Vor sechs», sagte er, «vielleicht auch vor sieben Jahren wurde Geoff bei einer unter irgendeinem Vorwand durchgeführten Razzia in einer Schwulenkneipe auf dem Cape, in Wellfleet, verhaftet. Er ist nie verurteilt worden. Die ganze Geschichte verfolgte nur den einen

Zweck, dem Inhaber der Bar Angst einzujagen, ihn dazu zu bringen, auszuziehen. Geoff unterrichtete an einer Schule in der gleichen Stadt, und sie feuerten ihn. Es stand im Arbeitsvertrag: ‹Moralische Verderbtheit.› Geoff kämpfte nicht dagegen an. Ich meine, er hätte es tun können, weil es schließlich nur eine Festnahme war, keine Verurteilung durch irgendein Gericht, und ‹Moralische Verderbtheit› ist nicht direkt ein juristisch faßbarer Begriff. Aber er engagierte einen Rechtsanwalt, und der Anwalt handelte diese Übereinkunft mit dem Schulbeirat aus, daß sie nicht über seine Festnahme reden durften, sie nicht erwähnen durften. Ich meine, sie haben Geoff kein Empfehlungsschreiben gegeben, aber sie haben ihn von sich aus kündigen lassen. Das war nur eine reine Formsache, aber es bedeutete, daß er immer noch als Lehrer arbeiten konnte, immer noch seinen Lebensunterhalt verdienen konnte.»

«Ich verstehe», sagte ich.

«Er war ein verdammt guter Lehrer. Er würde einen Schüler niemals anpacken. Er würde nicht mal davon träumen, einen Schüler anzupacken. Manchmal, wenn ein Kid schwul war und mit seinem Problem zu ihm kam, dann sagte Geoff ihm, sagte dem armen Jungen einfach, daß er nicht der einzige Schwule auf der Welt wäre, weil das dem armen Kind ein bißchen Hoffnung gab, wissen Sie, daß es noch jemanden gab wie ihn, jemanden, der es trotzdem schaffte. Außenseiter müssen auf der *Emerson* einen hohen Preis zahlen. Jeder muß mit dem gleichen Förmchen ausgestochen sein. Geoff war anders. Er war ein wunderbarer Mensch, und ein ausgezeichneter Schriftsteller dazu. Er hätte wirklich nicht dazu gezwungen sein sollen, so hart arbeiten zu müssen.»

Stuart leerte das Glas Wasser. Ich wartete.

Er sagte: «Ich dachte, Sie wären dort hingegangen, um ihm zu sagen, daß er seine Karriere als Lehrer vergessen konnte. Ich dachte, irgend so ein Arschloch aus diesem Schulbeirat hätte beschlossen, Rache an Homosexuellen zu nehmen und der *Emerson* alles zu erzählen. Und daß Geoff es nicht verkraften konnte, wieder von vorn anfangen zu müssen, ohne langes Dienstalter, ohne irgendwas...»

«Nein, das war es nicht», sagte ich.

Er saß ungefähr drei Minuten lang da, während es in seinem Gesicht arbeitete. Schließlich sagte er: «Ich verstehe das nicht.»

«Sie sagen mir, daß er keinen Grund gehabt hätte, sich umzubringen», sagte ich.

«Ich hätte es verstehen können, wenn er gefeuert werden sollte. Ich meine, also nicht wirklich verstehen, aber...»

«Er war nicht krank?» sagte ich.

«Nein. Definitiv nein.»

«Deprimiert?»

«Verdammt, nein. Wenn Geoff down war, dann hat er immer getanzt. Und das Adrenalin munterte ihn wieder auf. Er arbeitete. Er schrieb. Er hatte Freunde.»

«Hat er Ihnen gegenüber mal erwähnt, daß er kündigen wollte?»

«Nein. Nie. Es gefiel ihm dort.»

«Was ist damit, daß er einen Produzenten für sein Stück suchte? Hat er darüber irgend etwas fallenlassen?»

«Verdammt, von was reden Sie da?»

«Und wann haben Sie das letzte Mal mit ihm gesprochen?»

«Vor ungefähr drei Wochen. Wir aßen manchmal zusammen zu Abend. Unsere Wohnungen liegen wirklich nicht weit voneinander entfernt, und Donnerstag nacht bin ich einfach in seiner Wohnung geblieben. Ich habe einen Schlüssel.»

«Wann sind Sie in seine Wohnung gekommen?»

«Es war schon sehr spät. Praktisch Freitag morgen. Ich habe wahnsinnig Überstunden gemacht, und ich dachte, vielleicht könnten wir zusammen frühstücken.»

«Ich war diejenige, die angerufen und nach ihm gefragt hat.»

«Bin ich rangegangen?»

«Ja. Sie haben mir gesagt, er wäre auf der *Emerson.*»

«Ich kann mich nicht erinnern.»

«Aber Sie haben sich keine Sorgen gemacht, als er nicht nach Hause kam.»

«Nee. Ich dachte, er würde bei irgendwem übernachten.»

«Er hatte einen Lover.»

«Normalerweise, ja. Nichts Festes. Ich meine, bei Geoff konnte man nicht mal riskieren zu raten – männlich oder weiblich. Er fuhr auf schöne Menschen ab.»

«Was ist mit einem Schüler?» fragte ich.

«Nein», sagte er. «Nein, das glaube ich nicht.»

«Hat er jemals ein Mädchen namens Valerie erwähnt?»

«Ich glaube nicht, nein. Ich weiß nicht.»

Ich fragte mich, wo Valerie an dem Tag gewesen war, als Geoff Reardon starb.

Stuart strich sich die Haare aus der Stirn, verzog sein Gesicht über den Schmerz in seiner Schulter. Dann sagte er: «Das wird sich jetzt wahrscheinlich sehr dumm anhören.»

«Nur zu», sagte ich.

«Sie stellen doch Nachforschungen an, richtig?»

Ich hielt ihm meine Karte hin. «Richtig.»

«Kann ich Sie engagieren, um Geoffs... diese Sache zu untersuchen?»

«Sie wollen wohl sagen, falls ich Sie nicht wegen Mordversuch anzeige?»

«Ja», sagte er.

«Was ich wirklich tun sollte», sagte ich. «Was Sie gemacht haben, war unglaublich dumm, wie's bei riskanten Nummern oft ist. Ich hätte Sie umbringen können. Sie hätten in dieses blöde Messer fallen können.»

«Tut mir leid», sagte er. «Es tut mir wirklich leid.»

«‹Tut mir leid› näht keine Wunden», sagte ich. So was in der Art hat meine Mutter immer gesagt. «Von ‹Tut mir leid› wird die Vase auch nicht wieder ganz», ich glaube, das war's.

«Ja», sagte er, befingerte seine Schläfe. «Scheiße. Ich mache auch nichts richtig. Von mir aus können Sie mich ruhig anzeigen. Ich glaub's einfach nicht. Ich glaub einfach nicht, daß Geoff sich umgebracht hat, aber ich kann auch nicht glauben, daß er ermordet worden ist oder so. Vielleicht sollte ich mit den Cops reden.»

«Vielleicht sollten Sie mich engagieren», sagte ich.

«Häh?»

«Das hatten Sie mich doch gefragt, oder nicht?»

«Sie engagieren, um einen... Mord zu untersuchen?»

«Hören Sie, die Cops in Lincoln glauben nicht, daß es ein Mord war, und ich glaube nicht, daß es Ihnen viel einbringt, die Möglichkeit zu erwähnen. Falls es Mord war, bin ich draußen. In diesem Staat darf ein Privatdetektiv sich nicht in solche Sachen einmischen. Aber wenn's kein Mord war, könnte ich Ihnen vielleicht helfen. Ich könnte herausfinden, was in Ihrem Bruder vorging. Ich könnte überprüfen, ob er irgendwelche schweren finanziellen Verluste hinzunehmen hatte. Könnte feststellen, ob er zu einem Psychiater ging. Solche Sachen eben.»

«Ist es teuer? Ich meine, ich muß mich auch noch um die Beerdigung kümmern...»

«Hören Sie, ich bin noch von einer anderen Warte her an diesem Fall interessiert», sagte ich. «Das hat zur Folge, daß mein Honorar recht bescheiden ist. Und Sie könnten mir vielleicht auch mit etwas helfen. Das reduziert das Honorar sogar noch weiter.»

Er sagte: «Ach ja?»

«Ihr Bruder hatte vor ein paar Tagen in seinem Schreibtisch eine ganze Schublade voller Tagebücher seiner Klasse. Die würde ich gern mal sehen. Zumindest eines davon.»

«Tagebücher? In seinem Schreibtisch auf der Arbeit?»

«Hefte, die seine Theaterklasse führte, die Klasse, die er die Außenseiter nannte.»

«Und Sie möchten, daß ich sie Ihnen besorge?»

«Sie sind jetzt nicht mehr in seinem Büro, jedenfalls nicht das eine, das ich haben möchte. Es könnte in seiner Wohnung sein.»

«Ich kann nicht mehr dorthin. Nicht jetzt. Wirklich nicht. Tut mir leid.»

Ich zog eines meiner Vertragsformulare aus der obersten Schublade des Schreibtisches. «Aber Sie haben doch einen Schlüssel, stimmt's?» sagte ich. «Und wenn Sie mir das hier unterschreiben, mir einen Buck als Vorschuß geben und mir dann noch Ihren Schlüssel ausleihen... dann kann ich.»

KAPITEL 22

Der Briefträger kam den Weg zu meinem Haus hinauf, als Stuart Reardon gerade, sein zusammengeknülltes Taschentuch gegen die Schläfe gedrückt, hinunterschwankte. Ich hatte meinem Angreifer weder kalte Umschläge noch Eiswürfel angeboten. Wie die Dinge lagen, hoffte ich genaugenommen sogar, daß ihm der Schädel brummte wie verrückt.

T. C. kriegte Rechnungen, Wurfsendungen, eine Ausgabe der *Mother Jones* und einen Werbekatalog von einem Schneider aus Hongkong, der T. C.s Größe nicht führte. Ich wollte den ganzen Kram gerade schon in den Papierkorb schmeißen, als ich den kolumbianischen Stempel bemerkte.

Ich schlitzte den Umschlag mit Reardons Messer auf.

Liebe Carlotta –

Sie hatte das vorgeschriebene Luftpost-Briefpapier benutzt und dünne Linien gezogen, um ihre Zeilen gerade zu halten.

Ich überflog den Brief, um zu sehen, ob sie irgendwo was davon geschrieben hatte, wann sie zurückkam.

Liebe Carlotta –

Wie geht's dir? Ich will wieder nach Hause. Hast du schon mal was von einem Mann namens Carlos Roldan Gonzales gehört? Meine Mutter und der Mann, den sie meinen Großvater nennen, streiten sich den ganzen Tag.

Ich hasse es hier. Ich werde weglaufen. Vielleicht kann ich als blinder Passagier auf einem Dampfer mitfahren und wieder zu dir kommen.

Ich liebe dich,
Paolina

Toll, dachte ich. Noch ein Ausreißer. Ich verstaute Reardons Messer in meiner Schreibtischschublade, dachte daran, wie empört und sauer Paolina sein würde, wenn ich mich von irgendeinem Trottel umbringen ließ, während sie fort war. Sie hatte schon immer Angst, daß mir irgendwas zustoßen würde, als ich noch ein Cop war.

Ich fragte mich, wieso Maria mit ihrem Vater stritt. Und wer Carlos Roldan Gonzales war, und was das ganze Gerede von wegen «der Mann, von dem sie sagen, er wäre mein Großvater» sollte. Da Bogota keine Hafenstadt ist, machte ich mir wegen Dampfern und blinden Passagieren keine allzu großen Gedanken. Aber ich machte mir Sorgen um Paolina.

Ich bin noch nie in Bogotá gewesen, daher ist meine Vorstellung von dieser Stadt verzerrt durch Nachrichten über Entführungen und Drogenkriege. Ich erinnerte mich an eine Sonderreportage auf Channel 5, bei denen es um Banden hungriger Bettlerkinder ging, und ich betete, daß Maria ein scharfes Auge auf ihre Tochter hatte.

Ihre Tochter. Beinahe hätte ich *meine* Tochter gedacht, aber Paolina gehörte nicht mir.

Ich nahm ihren Brief mit in die Küche. Es war noch lange nicht Abendbrotzeit, aber der Hunger nagte. Jedesmal, wenn ich vom falschen Ende in den Lauf einer Kanone geblickt oder mich unter massivem Beschuß auf die Erde geschmissen hatte, war ich von einem gewaltigen Bärenhunger heimgesucht worden oder hatte mich schrecklich sexy gefühlt, oder beides.

Wenn man an meinen momentanen gesellschaftlichen Umgang dachte, war ich schon froh, daß ich nur Hunger hatte. Ich hatte eine plötzliche Vision von Sam und wie toll er in der Taxizentrale ausgesehen hatte. Ich konzentrierte mich auf Lebensmittel.

Ich stellte mich auf die Zehenspitzen und tastete ganz hinten in dem winzigen Schrank über dem Kühlschrank nach meinem geheimen, leider schrumpfenden Vorrat von *TV Time*-Popcorn. Roz glaubt, ich würde dort Dope verstecken. *TV Time* ist ein super Popcorn, aber verdammt, die Hersteller haben sich der Mikrowellen-Revolution angeschlossen. Wenn mein Vorrat zu Ende geht, werde ich mir eine Mikrowelle kaufen müssen, um anständiges Popcorn machen zu können.

Das ist der Fortschritt.

Ich schüttete das Zeug in einen verbeulten Vier-Liter-Topf, und den stellte ich auf eine altmodische Gasflamme, fühlte mich dabei richtig selbstgerecht. Für mich nichts von dieser «Einfach die Tüte in den Herd und abwarten»-Faulheit. Ich schmolz viel zuviel Butter, holte mir eine Pepsi aus dem Kühlschrank und dachte, daß ich das Abendessen sausen lassen würde.

Red Emma leistete mir am Küchentisch Gesellschaft. Sie liebt Popcorn über alles, inhaliert es praktisch. Dann kriegt sie Hustenanfälle, weil sie das viele Salz nicht verträgt, und dann muß ich ihr immer eine Gallone Wasser einflößen.

«So», sagte ich zu ihr, «meinst du, er hätte mich erstochen, mit dir als Zeugen und allem?»

«Fluffy ist ein hübscher Vogel», sagte sie.

Ich streckte meinen Zeigefinger aus, ganz vorsichtig, weil sie nämlich manchmal beißt. Sie sprang an Bord, ermutigt durch das Maiskorn, das ich gerade außer ihrer Reichweite hinhielt.

Da sie in Plauderstimmung war, probierte ich ein paar sozialistische Parolen bei ihr aus: «Proletarier aller Länder, vereinigt euch!» und solche Sachen, die Maximen des gewerkschaftlich orientierten Lebens meiner Mutter.

«Hübscher Vogel», sagte sie stur, äffte meine Tante Bea nach.

«Dummes Spatzenhirn», sagte ich.

Sie vergrub ihre Klauen in meinen Finger und wurde ganz schmal und sah auf einmal richtig gemein aus.

«Habla Esbañol?» versuchte ich, dachte an Paolinas Anweisungen.

«Buenas dias», sagte der Vogel ziemlich deutlich, plusterte sich dabei auf. Weiß der Himmel, was sie gesagt haben würde, wenn ich sie darum gebeten hätte, *buenas dias* zu sagen.

Ich ließ sie als Zeichen meiner Anerkennung für ihre Zweisprachigkeit auf dem Rand der Popcornschüssel hocken.

Meine Finger wanderten immer wieder an meinen Hals, glitten über den kaum spürbaren Kratzer. Er störte meinen Appetit, aber nicht, bevor ich die Schüssel fast ganz leer gegessen hatte.

Ich ließ ein paar Bröckchen für Esmeralda-Red-Emma-Fluffy übrig, wählte dann Joannes Nummer im Revier der *Area A*, und siehe da, sie nahm doch tatsächlich den Hörer ab.

«Carlotta», sagte sie mit einer merkwürdigen Stimme. Ich hatte das Gefühl, als hätte sie jemand anderen erwartet.

«Viel zu tun?» fragte ich.

«Nicht mehr als sonst auch», sagte sie eine Spur zu herzlich, «aber, äh, über dieses Nummernschild hab ich nichts rausbekommen.»

«Nichts? So wie in Null?»

«Ich hab's durch den Computer gejagt, und es steht nicht drin. Wahrscheinlich hast du die Nummern durcheinandergebracht.»

«Joanne, das war das Nummernschild.»

«Was soll ich sagen, Kid? Ich kann dir dabei nicht weiterhelfen.»

«Kannst nicht?»

«Genau das habe ich gesagt. Tut mir leid.»

Ich legte langsam auf, war verwirrt, weil Joanne sich anders als sonst angehört hatte. Verwirrt, weil ich ganz genau wußte, daß ich dieses verdammte Nummernschild richtig mitgekriegt hatte. Es war ein Nummernschild aus Massachusetts, und die Zulassungsstelle hätte doch eigentlich einen dazu passenden Eintrag gehabt haben müssen.

Ich fand das Telefonbuch und notierte mir Geoffrey Reardons Adresse in Somerville auf einem Zettel. Dann faltete ich den Vertrag zusammen, den Bruder Stuart unterschrieben hatte, und steckte ihn in meine Handtasche. Es kann nie schaden, ein offiziell wirkendes Formular dabeizuhaben.

KAPITEL 23

Ich hatte keine Schwierigkeiten, die Adresse zu finden, benutzte die ganze Strecke nur Nebenstraßen, vermied wie jeder smarte Taxifahrer Ampeln und dichten Verkehr. Es war ein gutes Gefühl, zu fahren, gut, die muffige Heizungsluft des Wagens einzuatmen. Meine Hände, beschäftigt mit dem Lenkrad, der Hupe und dem Blinker, wanderten weniger häufig zu meinem Hals.

Ich hielt auf der anderen Straßenseite gegenüber der Nummer 85. Wenn Geoff Reardon in der Wohnung im ersten Stock dieses dreistöckigen Hauses in Somerville Selbstmord begangen hätte, kein Mensch hätte sich gefragt, wieso. Es sah wie eine dieser Wohnungen aus, die man mietete, wenn man am Ende war.

Es war ein verwittertes, beigefarbenes Haus, an dem ganz übel die Farbe abblätterte. Irgendwer hatte vor ein paar Jahrzehnten mal versucht, es mit blauer Farbe an den Fenstereinfassungen aufzupeppen, doch jetzt waren die Fensterrahmen zum größten Teil verfault und ausgebleicht. Zwei Fenster im Erdgeschoß waren kaputt und mit Karton abgedichtet, um die Kälte draußen zu halten. Kein großer Verlust; sie boten sowieso keinen besonders tollen Ausblick. Der Rasen vor dem Haus war ein quadratischer brauner Flecken. Schmale Trampelpfade auf dem Gras trennten das Haus von seinem nächsten Nachbarn. Keine Einfahrten für Autos. Ein ramponiertes Dreirad lehnte gegen eine vertrocknete Eibenhecke, wartete darauf, daß irgendein Kind vorbeikam und spielte.

Ich kundschaftete das Gelände aus dem Toyota heraus aus. Die nahe gelegenen Häuser wirkten leer und verlassen, waren aber höchstwahrscheinlich voller neugieriger Nachbarn. In den dicht besiedelten Stadtteilen kommt man mit allem und jedem durch, solange man sich nur den Anschein gibt, man wüßte genau, was man tut. Wenn man sich beklommen und unsicher verhält, werden die Leute nervös. Manchmal rufen sie dann sogar die Cops.

Allein schon aus diesem Grund sollte man Einbrüche nur im Schutz der Dunkelheit begehen. Aber ich hatte keinen Einbruch vor, da ich mich völlig rechtmäßig im Besitz eines Schlüssels befand. Ich brauchte nichts anderes zu tun, als das Haus zu betreten, was unter den richtigen Voraussetzungen bei Tag gemacht werden kann.

Ich überprüfte die Voraussetzungen. Das Haus besaß zwei Türen: eine etwas kunstvoll ausgeführtere im Erdgeschoß, eine weitere als gemeinsamen Eingang für die Wohnungen im ersten und zweiten Stock. Ich konnte drei separate Klingeln ausmachen, von denen jede ein eigenes Namensschildchen besaß. Ich holte tief Luft und stieg aus meinem Toyota, die Handtasche über die Schulter geschlungen, den Schlüssel in meiner Hand.

Ich sehe nicht wie ein Einbrecher aus. Manchmal erweist sich das als recht praktisch.

Mit entschlossenem Schritt marschierte ich die Stufen zur Veranda hoch, tat, als würde ich auf die Klingel der Wohnung im zweiten Stock drücken, wartete auf einen erfundenen Freund, der heruntergesprungen kam, redete dann leise vor mich hin, sagte Dinge wie: «Hi. Mensch, schön dich wiederzusehen», und machte mir selbst auf.

Der Schlüssel drehte sich problemlos im Schloß, was für die Täuschung durchaus förderlich war. Nachdem ich erst einmal in der engen Eingangshalle war, ließ ich das Lächeln und die ganze Nummer fallen und huschte auf Zehenspitzen die Treppe hinauf.

Ich hätte mir das Affentheater sparen können. Reardons Nachbarn gehörten nicht zu der Sorte, die alles mitkriegte, denn andernfalls hätten sie die Person oder die Personen auch bemerken müssen, die vor mir dort gewesen waren und die Wohnung gründlich auseinandergenommen hatten.

Nicht daß es dort viel auseinanderzunehmen gegeben hätte.

Reardons Büro in der *Emerson* zeugte von gediegenem Wohlstand, altem Geld. Sein Wohnzimmer sprach von Armut. Sein Mobiliar, selbst bevor es von den unbekannten Eindringlingen mit Aufmerksamkeiten überschüttet worden war, war erstklassiger Plunder. Und noch nicht mal davon gab es viel. Er hatte ein widerlich rosafarbenes Sofa, das auch nicht viel besser ausgesehen hätte, wenn die Polsterung noch ganz gewesen wäre, und einen beigefarbenen Sessel besessen, der jetzt auf dem Rücken lag und dessen eines Bein in den Pseudokamin ragte. Das war's dann auch schon.

Es sei denn natürlich, wer auch immer den Sessel umgeschmissen hatte, hatte die ungeheuer wertvollen Antiquitäten gestohlen.

Ich fragte mich, ob die Leutchen im Erdgeschoß und eine Etage höher wohl taub waren. Sie mußten doch gehört haben, wie jemand den Sessel umgeworfen hatte. Vielleicht veranstaltete Reardon ja ständig irgendwelche wilden Parties, aber es sah definitiv nicht nach so einer Wohnung aus.

Er hatte ein Wohnzimmer, eine Küche, ein Bad und ein Schlafzimmer, das gerade genug Platz für ein Doppelbett bot, solange man nicht umbedingt drum herum laufen wollte. Die Küche war eine winzige Kombüse, in der sämtliche Geräte an einer Wand aufgereiht waren – sofern man einen Zweiplattenherd und einen Miniaturkühlschrank Küchengeräte nennen konnte. Einen Backofen gab es nicht. Drei Schranktüren standen offen. Der Kühlschrank enthielt zwei Packungen verschimmelten Hüttenkäse und zwei Liter Milch, an der zu riechen ich kein Verlangen hatte.

Irgendwer hatte die Laken und Decken vom Bett gerissen und die Matratze vom Federkasten gehoben. Das einzige Bild in der ganzen Wohnung, ein anständiger Druck von Monets *Wasserlilien*, war mit der Bildseite nach unten auf das Bett geworfen worden.

Die Tür des Wandschranks war zu.

Alle anderen Türen in der Wohnung waren nur angelehnt. Jede Schublade und jeder Schrank standen einen Spaltbreit offen. Ich starrte den Kleiderschrank an und wünschte, ich hätte meine Kanone mitgenommen, statt sie wieder in das alte Unterhemd einzuwickeln und in meinem Schreibtisch zu verstauen.

Tja, ich hätte nach Hause gehen, sie holen, zurückkommen und noch mal einbrechen können. Statt dessen schlich ich mich näher, versuchte, die Bodendielen unter meinen Füßen nicht knarren zu lassen, drückte mich eng gegen die Wand und drehte den Türknauf und riß das Mistding auf.

Natürlich war niemand drin. Ich kam mir ziemlich blöd vor, umsonst Vorsichtsmaßnahmen ergriffen zu haben. Es war verdammt viel zu ruhig in der ganzen Bude. Ich wollte summen oder singen oder pfeifen oder irgendwas, aber ich mußte wieder an die Mieter unten im Erdgeschoß und oben eine Etage höher denken.

Im Wandschrank war es dunkel, und er war größer, als ich erwartet hatte, ein begehbarer Wandschrank. Ich knipste den Lichtschalter neben der Tür an und ging hinein. Es war erstaunlich.

Da er mindestens so groß wie das Schlafzimmer war, vielleicht sogar noch größer, mußte dieser begehbare Kleiderschrank sein Leben als eine Veranda nach hinten raus begonnen haben. Irgendwer hatte dann Wände drum herum gezogen und daraus einen Traum von einem Kleiderschrank gemacht. Geoff Reardon mochte ja vielleicht keine Möbel besessen haben, aber ganz bestimmt hatte er Klamotten.

Ich hab keine Ahnung, ob schwule oder bisexuelle Männer eitler als ihre heterosexuellen Geschlechtsgenossen sind. Ich habe in dieser Hinsicht noch nie eine Untersuchung angestellt. Meine Einstellung zu alternativen Lebensstilen ist im allgemeinen «Leben und leben lassen». Punkt. Tja, vielleicht finde ich es ein ganz klein bißchen schade, daß so viele gutaussehende Burschen nicht mehr auf dem Jungs-und-Mädchen-Markt zu haben sind, und so viele meiner weiblichen Freunde sind auf der Suche nach Mr. Okay, ganz zu schweigen von Mr. Right.

Ich versuche, die Menschen immer so zu nehmen, wie sie sind, in ihnen nicht den typischen Schwulen, Hetero oder was auch immer zu sehen. Ausgehend von seinen Wohnverhältnissen, ließ Reardon sich ganz sicher in keine Schublade einordnen. Er war viel zu «seltsam», um typisch sein zu können.

Ich meine, hier hatten wir einen Burschen, der in seiner Küche keinen Ofen, dafür aber achtzehn Anzüge in seinem Kleiderschrank hängen hatte. Ich zählte nach. Achtzehn Anzüge, zwanzig Sakkos – und alle auf tollen hölzernen Kleiderbügeln. Er hatte einen stummen Diener und einen drehbaren Krawattenständer. Genug Schuhe, um damit ein kleines Geschäft ausstatten zu können, komplett mit den dazugehörenden hölzernen Schuhspannern. Drahtkörbe, zwei voller Pullover, einer voller farbenfroher, winziger Unterhosen, standen vor den Wänden. Hemden lagen hoch aufgestapelt in Wäschereikartons.

Irgendwer hatte hier herumgeschnüffelt, ein paar Hemdenschachteln umgedreht, einige Kleiderbügel zur Seite geschoben, aber nichts war zerstört worden. Nicht so wie im Wohnzimmer.

Ich verließ den Wandschrank und setzte mich auf die Bettkante.

Okay. Irgendwer war mir zuvorgekommen. Aber wer?

Einbrecher und Diebe lesen die Todesanzeigen. Das ist eine der Tatsachen des Lebens. Wenn dein Männe stirbt und du der Presse Datum und Uhrzeit der Beerdigung bekanntgibst, dann machst du deine Abwesenheit von zu Hause publik, und es gibt ein paar Idioten da draußen, die die Gelegenheit nicht ungenutzt verstreichen lassen, dir noch ein bißchen mehr Kummer zu bereiten. Während meiner Zeit als Cop hab ich das immer wieder erlebt.

Also könnten es auch einfach nur ganz gewöhnliche Grabschänder gewesen sein.

Es hätte auch irgendein Lover gewesen sein können, der sich ein derbes Foto, einen kompromittierenden Brief geholt hatte. Aber würde ein Ex-Lover ein Sofakissen aufschlitzen?

Reardon hätte auch in irgendeine Sex- und Drogengeschichte auf der Schule verwickelt gewesen sein können, so wie Valeries Vater es vermutet hatte, und einer seiner Partner hätte dann gekommen sein und nach seinem geheimen Vorrat an Dope und Kinderpornos gesucht haben können. Die alte Geschichte von den zerstrittenen Dieben.

Wer auch immer die Bude auseinandergenommen hatte, er hatte wahrscheinlich nicht Valeries Tagebuch gesucht.

Was bedeutete, daß ich es selbst mal versuchen könnte.

Ich durchsuchte die Wohnung, wie Cops es nach einem verdachterregenden Todesfall tun sollen. Ich zählte praktisch jedes einzelne Messer und jede Gabel. Ich fand nur sehr wenig, was man mit «persönliche Dinge» umschreiben könnte. Keine Fotos. Keinen Krimskrams. Ganz bestimmt keine kompromittierenden Fotos oder Briefe. Ich fragte mich, ob Reardon vielleicht irgendwelche Sachen vor seinem Selbstmord beseitigt hatte. Ich würde das ganz sicher machen. Es ist schon schlimm genug, zu sterben, aber sich auch noch vorzustellen, daß irgendein Cop anschließend in deinem persönlichen Kram rumschnüffelt?

Habe ich das Heft gefunden?

Nein.

Eine noch kleine Stimme ganz hinten in meinem Kopf fragte sich, ob Reardon es wohl Valerie zurückgegeben hatte. Und wann.

KAPITEL 24

Um zehn Uhr am Sonntagabend holte ich mir ein Cab.

Vorher hatte ich Mooney angerufen.

Er hörte sich an, als hätte ich ihn geweckt, was mich beunruhigte, weil acht Uhr verdammt früh für einen erwachsenen Mann ist, allein in die Falle zu springen, wahrscheinlich ein Zeichen von Depression. Ich schätze, ich hätte froh darüber sein sollen, daß er zu Hause statt in irgendeiner Kneipe saufen war. Ich fragte, wie's bei ihm so lief, und er knurrte eine Erwiderung.

«Haben die Cops deine Zeugin schon gefunden?» fragte ich.

«Wenn, dann haben sie's mir bislang noch nicht erzählt. Oder dem *Herald*. Die Anhörung rückt immer näher.»

«Hör auf, die Zeitungen zu lesen», sagte ich. «Hör mal, Mooney, du kennst doch Joanne. Ist irgendwas mit ihr nicht in Ordnung?»

«Triola? Nee. Warum?»

«Ich habe sie gebeten, ein Nummernschild durch den Computer zu jagen, und sie hält mich zum Narren.»

«Das Police Department ist nicht dafür da, dir Gefälligkeiten zu erweisen. Schon mal daran gedacht?» fragte er, klang wieder eher nach dem alten Mooney, wie ich ihn kannte.

«Nee. Wie steht's mit dir?»

«Wie steht's mit mir was?»

«Wie steht's mit dir, mir kleine Gefälligkeiten zu erweisen?»

«Wie zum Beispiel was?»

«In Lincoln hat sich ein Bursche umgebracht. Ich würde gerne Einzelheiten wissen.»

«Und?»

«Kennst du jemanden in Lincoln?»

«Vielleicht», sagte Mooney, immer auf der Hut.

«Einen Cop?»

«Ja.»

«Du verstehst, worauf ich hinauswill, Mooney?»

«Du willst, daß ich ihn nach dieser Leiche frage.»

«Geoffrey Reardon», sagte ich. «Mit einem G. Hast du das?»

«Wieviel schulde ich dir bislang?» fragte er. «Dafür, daß du diese verdammte Nutte suchst?»

«Nichts. Ich hab sie noch nicht gefunden.»

«Ich habe dir einen Scheck geschickt.»

«Mensch», sagte ich, «der ist nie bei mir angekommen. Du solltest die Zahlungen besser einstellen.»

«Carlotta», sagte er.

«Du kannst deine Schulden bei mir abarbeiten, indem du was über Reardon herausfindest», sagte ich.

«Ja, also, könnte sein, daß mein Freund der Cop nicht besonders mitteilsam ist, wenn er weiß, daß ich...»

«Woher soll er denn wissen, daß du vom Dienst suspendiert worden bist?» sagte ich schnell.

«Mir scheint, das weiß heute jeder.»

«Ja», sagte ich. «Tja, übrigens, Gloria läßt dich grüßen.»

«Siehst du, sie weiß es auch.»

«Was Gloria nicht weiß», sagte ich, «ist auch nicht wert, gewußt zu werden.»

Das stimmte. Sie saß in ihrem Rollstuhl, eine emsige Spinne, verbunden mit einem Netz von Funkgeräten und Telefonen, saugte Informationen so schnell auf, wie sie *Twinkies* verschlang. Sie war eine Enzyklopädie des Wissens über diese Stadt und eine schnell zur Legende werdende Figur in der abgeschlossenen Welt der Boston Cabs.

Zum Beispiel wußte sie, daß ich rüberkam. Das war auch der Grund, warum sie eine alte Klapperkiste extra für mich aufgehoben hatte.

Ich kutschierte die Karre in die *Zone* und trieb mich dort bis Mitternacht herum, hielt mich mit einem Band von Chris Smither und zwei Handschuhen warm, sah eine Menge bekannte Gesichter, aber kein einziges, das auch nur entfernt nach Janine, der tätowierten Lady, aussah.

Ich hielt meine Augen auch nach meinem grauen Chevy Caprice offen. Kein Glück.

Ich fragte mich, was Mooney wohl in Lincoln erfahren würde. Ich dachte über Stuart Reardon nach und befühlte den Kratzer an meinem Hals. Was, wenn ich – indirekt – für Reardons Selbstmord verantwortlich war? Ich meine, vielleicht hatte Bruder Stuart ja gar nicht so danebengelegen. Vielleicht hatte Geoff irgendwas mit Valerie angefangen, eine Affäre, wegen der er, wenn es erst einmal herauskam, gefeuert worden wäre oder sogar noch Schlimmeres.

Da ich sie nicht mehr suchte, wäre ich beinahe an ihr vorbeigefahren. Ich mußte in wachsender Erregung einmal um den Block kreisen, während ich das Foto aus meiner Handtasche kramte. Es war Valerie Haslam, aufgedresst und geschminkt, die da auf zehn Zentimeter hohen Pfennigabsätzen die Washington Street entlangspazierte.

Was komisch war, wo sie doch eigentlich zu Hause in Lincoln sein sollte.

Ich beschloß gerade, mich an sie ranzumachen, als das Funkgerät knackte und schepperte. Es war Glorias tiefe Altstimme. Ich meldete mich, und sie sagte: «Sam ist hier, und er weiß, wem das Nummernschild gehört.»

«Hör zu, Gloria, ich bin hier gerade an einer Sache, und ich kann im Moment nicht.»

«Okay», sagte sie. «Dann ruf mich bald zurück, Babe.»

«Mach ich», sagte ich.

«*Sehr* bald», sagte sie. «Und paß auf deinen Hintern auf.»

KAPITEL 25

Die letzte Ecke nahm ich viel zu schnell mit quietschenden Reifen, weil ich Angst hatte, mein Opfer würde während der zwei Minuten aufgegabelt, die ich brauchte, um einmal um den Block zu fahren. Ich war mehr als neugierig, was Valeries Anwesenheit in der *Zone* betraf.

Ich wollte diese Teenage-Femme fatale endlich kennenlernen, diese Vierzehnjährige, die solch unterschiedliche Reaktionen bei den Leuten heraufbeschwor, die ihr am nächsten waren. Wer zum Teufel würde sie sein, fragte ich mich? Die kompetente junge Frau, die in der Lage war, ihr Leben selbst in die Hand zu nehmen, die, von der Elsie McLintock mir erzählt hatte?

Oder die Unschuldige, die von zu Hause weggelaufen war, weil der Nachbarsjunge sie hinter dem Mathe-Gebäude betatscht hatte?

Oder das störrische Kind, das immun gegen alles war, was ihre wohlmeinenden Eltern tun konnten, dann auf der Suche nach irgendwas in die *Combat Zone* rannte, das sie auf der vornehm eleganten *Emerson School* nicht finden konnte?

Würde Valerie das Mädchen aus Geoffrey Reardons Phantasien sein, schüchtern und fremd, wild und frei? Ein Poet ohne Worte, ein Tänzer ohne Technik?

Wer war dieses Mädchen, das wieder weggelaufen war, dieses kleine angemalte Flittchen, diese Tochter, diese Schülerin, diese Freundin?

«Du!»

Ich kurbelte das Fenster runter, hielt dicht am Bordstein und brüllte. Valerie drehte sich mit einem einladenden Lächeln auf ihren Lippen um. Es verblaßte sofort wieder. Sie starrte mich an, schüttelte dann verneinend den Kopf. Ihre Zungenspitze ragte ein Stück zwischen scharlachroten Lippen heraus.

«Keine Mädchen», sagte sie kurz angebunden. Das Make-up konnte ihre Jugend nicht verbergen.

«Steig ein», sagte ich.

«Bist du verrückt?» erwiderte sie. «Taub? Verpiß dich!»

Ich hätte sie reinlegen sollen, hätte ihr sagen sollen, daß ich nur den Aufreißer für irgendeinen reichen, verschrobenen Freier spielte, der keine Lust hatte, selbst die Straßen abzuklappern, aber ich benutzte nur meinen halben Verstand. Die andere Hälfte war gerade damit beschäftigt, über Glorias Nachricht nachzudenken, hoffte, daß Sam ihr irgendwas gesagt hatte, das mir helfen würde, Mooney aus seiner Patsche zu ziehen.

«Steig ein, Valerie», sagte ich. «Jerry macht sich riesige Sorgen um dich.»

Jetzt wurde sie hellwach. «Jerry?» wiederholte sie.

«Deine Mom und dein Dad auch.»

Für ein Mädchen mit hohen Absätzen, einem engen Minirock und mehr als genug billigem Modeschmuck, um ein Ruderboot untergehen zu lassen, war sie verdammt schnell. Einen Block weit blieb sie auf der Straße, und ich verfolgte sie mit dem Wagen. Dann bog sie in einen schmalen Fußweg zwischen zwei Häusern ab, und mir blieb nichts anderes übrig, als auf die Bremse zu latschen und das Taxi in einem Parkverbot stehenzulassen. Ich brauchte zwei weitere Sekunden, um abzuschließen, weil ich mir nämlich dachte, daß Gloria wirklich richtig sauer sein würde, wenn ich ein weiteres Taxi verlor.

Ganz zu schweigen von Sam.

Als ich endlich auf der Straße war, hatte Valerie schon einen ganzen Block Vorsprung. Dank meiner Turnschuhe verringerte sich die Entfernung schnell. Ich machte mich ganz gut, war nur noch knapp drei Meter hinter ihr und holte weiter auf, als sie in einem Haus verschwand und alles vermasselte.

Nach Mitternacht machen die meisten Läden zu, richtig? Aber nicht Krankenhäuser, und Valerie war in eins von Bostons größten gelatscht, in das *New England Medical Center*, einem verwirrenden Labyrinth von Gebäuden, die untereinander durch Tunnel, Brükken, Fußwege und Gott allein weiß was sonst noch alles verbunden sind. Wenn ein Fahrgast nach dem *New England Medical Center* fragt, konnte man ihn oder sie an jedem von einem Dutzend Eingängen absetzen und war immer noch innerhalb des *Center*. Die mußten wahrscheinlich einen Shuttle-Bus haben.

«Komm zurück», brüllte ich ihr nach, was reine Luftverschwendung war. Sie konnte mich gar nicht gehört haben, und wenn doch, dann würde sie nicht auf mich gehört haben.

Der uniformierte Wächter mußte wohl im Halbschlaf gewesen sein, als Valerie an ihm vorbeischoß. Er starrte mich mit offenem Mund an und begann sich zu erheben.

Ich hasse Krankenhäuser. Freiwillig betrete ich sie nicht. Bei diesem antiseptischen Geruch läuft mir eine Gänsehaut den Rücken runter. Die Zimmer sehen aus wie Zellen, und die Krankenschwestern wie Gefängniswärterinnen.

Aber ich wollte verdammt sein, wenn ich dieses Mädchen entwischen ließ.

«Notfall», brüllte ich, hielt meinen Arm, als wäre er gebrochen. Dann lief ich weiter, ließ den immer noch mit offenem Mund stierenden Wächter hinter mir.

Wir rannten neonbeleuchtete Flure hinunter, manche grau und friedlich, andere voll mit mittelalterlichen Folterinstrumenten. Hinter uns wurden Türen aufgerissen, und hin und wieder brüllte uns jemand irgendwas nach. Ich konzentrierte mich auf Valerie und sonst gar nichts. Ihre Handtasche, ein winziges Dings nicht größer als eine Brieftasche an einem langen Riemen, den sie sich über die Schultern geschlungen hatte, schlug rhythmisch gegen ihre Hüfte.

Sie mit ihren einszweiundsechzig in Stöckelschuhen gegen mich mit meinen einsfünfundachtzig in Turnschuhen. Wenn nicht all diese Ecken gewesen wären, hätte sie überhaupt keine Chance mehr gehabt. Als sie abbog, konnte ich ihre hämmernden Schritte auf dem gebohnerten Boden hören. Wir fingen langsam an, für eine Menge Aufruhr unter den frisch aussehenden Assistenzärzten und müden Krankenschwestern zu sorgen. Wir kamen an einem weiteren Schreibtisch vorbei, und ich konnte erkennen, wie Hörer an Ohren hochgerissen wurden, konnte den Ruf nach dem Sicherheitsdienst klar und deutlich hören.

Sie schlug einen Haken von neunzig Grad und stürmte einen Gang mit Tropfgestellen und Rollstühlen hinunter auf eine Tür mit einem roten AUSGANG-Schild darüber zu. Als ich dort ankam, war die Tür schon wieder zu, und ihre Schuhe trippelten nach oben. Ich nahm zwei Stufen auf einmal, aber die Tür auf der nächsten Etage krachte genau in dem Augenblick zu, als ich sie erreichte. Sie war jetzt auf der ersten Etage.

Wir spielten auf den Korridoren Fangen. Der erste Stock schien wie ein vierblättriges Kleeblatt angelegt zu sein, doch die Außenkante eines jeden Blattes hatte einen Fußweg zu der Außenkante des nächsten, so daß ich sie nicht in eine Sackgasse treiben konnte. Ich heftete meine Augen fest auf ihren flüchtenden Rücken und fummelte im Laufen am Reißverschluß meiner Daunenweste. Hier drinnen war die Luft heiß und bewegungslos, drückend nach der Kälte draußen, und ich begann langsam, klatschnaß vor Schweiß zu werden.

Plötzlich konnte ich sie nicht mehr sehen, konnte sie nicht mehr hören. Ich drehte mich einmal schnell im Kreis und entdeckte sie vielleicht sechs Meter entfernt, als sie gerade in einen Fahrstuhl stieg.

Scheiße. Ich drehte mich so schnell um, daß meine Absätze wegrutschten. Wenn die Fahrstuhltür erst mal zu war, war sie weg. Sie konnte auf jeder Etage aussteigen. Ich würde sie verlieren. Ich hatte das Gefühl, als würde ich durch Ahornsirup laufen, kam keinen Zentimeter weiter, während die Türen sich zu schließen begannen. Sie schienen sich in Zeitlupe zu bewegen, nur ganz allmählich den Spalt immer kleiner werden lassend. Ich konnte sehen, wie Valerie sich gegen die Rückwand des Fahrstuhls preßte, ihre geöffneten scharlachroten Lippen. Ich warf mich über den Boden, als würde ich im entscheidenden Augenblick eines Meisterschaftsspiels nach einem weit entfernten Volleyball hechten. Die Türen schlossen sich um mein rechtes Handgelenk, stockten und öffneten sich wieder.

Ich rappelte mich auf und trat ein.

Valerie war nicht allein in dem Fahrstuhl. In der Ecke stand ein absolut winziger, verschrumpelter alter Mann, der einen Stock umklammerte. Seine Brille hatte so dicke Gläser, daß seine Augen wie die eines Frosches aussahen. Er drehte sich langsam von mir zu Valerie, von Valerie zu mir. Seine Hände zitterten.

Mit einer zittrigen, uralten Stimme sagte er: «Rauf oder runter?»

«Runter», sagte ich.

Das Schweigen im Fahrstuhl wurde unterbrochen von lautem Atmen. Valerie schnappte genauso nach Luft wie ich. Der alte Mann atmete keuchend durch seine Nase.

Ich ergriff Valeries Arm, lächelte grimmig und sagte: «Wenn die Türen gleich aufgehen, werden wir ganz ruhig den nächsten Ausgang hinausgehen.»

«Ich werde schreien», flüsterte sie wütend.

«Schrei ruhig, und ich verspreche dir, daß du die Nacht in einer Zelle verbringen wirst», sagte ich im Plauderton, drückte ihren Arm ein wenig fester. Der alte Mann schob sich langsam auf die Türen zu, stützte sich schwer auf seinem Stock ab. Ich zog Valerie einen Schritt nach vorn und drückte auf den Warteknopf, damit sich die Türen nicht wieder schlossen, bevor er den Fahrstuhl verlassen hatte. Er hielt seine Augen starr auf den Boden gerichtet, die Lippen konzentriert geschürzt. «Schon mal die Zellen gesehen, in die sie die Nutten stecken?» fragte ich. «Schon mal gerochen, wie's da stinkt?»

«Ich gehe nicht nach Hause zurück», sagte sie.

Ich nahm ihre Handtasche und steckte sie in meine eigene, die groß genug war, um sie und noch ein paar weitere ihrer Sorte zu verschlucken.

«He...» protestierte sie.

«Nur um auch sicherzugehen, daß du schön mitkommst», sagte ich. «Du kriegst sie ja wieder.»

«Ich gehe nicht nach Hause zurück», wiederholte sie.

«Darüber reden wir noch», sagte ich. Der alte Mann machte die Tür frei, sein stockendes Schlurfen steigerte sich zu einem Schneckentempo.

Der Sicherheitsbeamte saß nicht hinter seinem Schreibtisch. Er mußte wohl weggerufen worden sein.

KAPITEL 26

Der Weg zurück zu meinem Cab kam mir wie Meilen vor. Valerie kämpfte nicht direkt gegen mich, aber helfen tat sie mir auch nicht unbedingt. Für jemanden, der sich so schnell bewegen konnte, ging sie verflixt langsam. Einmal versuchte sie, sich loszuwinden, und ich mußte sie bei den Haaren packen.

Das Cab stand noch genau an der Stelle, wo ich es zurückgelassen hatte. Was in Boston, der Hauptstadt aller Autodiebe der westlichen Welt, nicht immer der Fall ist.

Cops haben Handschellen immer dabei. Privatdetektive nicht. Genausowenig besitzen sie die Möglichkeit, Gefangene in vergitterte Autofonds zu werfen, in denen es keine Türgriffe gibt.

Ich ließ Valerie also vorn bei mir sitzen, rittlings über dem Kardantunnel, nicht auf dem Beifahrersitz. Auf diese Weise würde sie blitzschnell rüberspringen müssen, vermeiden, gegen das Taxameter zu knallen, die Tür entriegeln und sie aufstoßen müssen, bevor sie fliehen konnte. Und bis dahin hatte ich sie längst wieder am Wickel.

Sie versuchte nichts. Sie atmete nach der Verfolgungsjagd immer noch schwer, und nach diesem letzten Versuch auf der Straße schien sie den Mut verloren zu haben. Vielleicht gefiel es ihr nicht, wenn man sie an den Haaren zog.

Ich beobachtete sie schärfer, als ich die Straße im Auge behielt. Es war nicht viel Verkehr unterwegs.

Sie hatte irgendein Zeug vorn in ihre Haare geschmiert, damit es abstand, und ihr Make-up mit kräftig farbigen Dreiecken übertrieben. Die Wirkung war Punk – bizarr und billig. Sie trug einen tiefausgeschnittenen, silbernen Latexbody zu einem kaum schenkellangen schwarzen Mini und absolute Killerpumps. Rote Plastikperlen, dazu passende hängende Ohrringe und eine ganze Handvoll Ringe vervollständigten das Ensemble. Ich fragte mich, ob sie den Body wohl auch in Geoff Reardons Unterricht getragen hatte.

Aber es war nicht ihre Kleidung, die sie von den anderen jungen Mädchen auf dem Schulfoto unterschied. Es waren ihre Augen. Diese Ausgabe von Valerie hatte herausfordernde, wachsame Augen, lebendig und funkelnd, Augen, die nicht schüchtern ihren Blick von der Kamera abwenden würden.

«Stehst du unter Stoff?» fragte ich. Die Technik hatte ich als Cop gelernt. Oft bringt die unverblümte, unerwartete Frage mehr ein als wohlüberlegte Logik.

«Nee», sagte sie. «Ich nehm ein bißchen Koks, aber das macht doch jeder. Ich brauch's nicht.»

«Ja», sagte ich. «Tja, du läufst übrigens ganz schön schnell.»

«Nicht so schnell wie du.»

«Das nächste Mal, wenn du gegen mich antrittst – wirf vorher deine Schuhe weg», sagte ich.

Sie blickte auf ihre Füße und unterdrückte ein Kichern. «Daran hab ich keine Sekunde gedacht.»

«Du kannst froh sein, daß du dir kein Bein gebrochen hast», sagte ich.

«Froh», wiederholte sie sarkastisch. «Tja, wenigstens bin ich in einem Krankenhaus gewesen. Hör mal, können wir nicht einfach vergessen, daß du mich gesehen hast?»

«Sorry», sagte ich.

«Bist du ein Cop?»

«Privat», sagte ich.

«Ich könnte dir Geld geben», sagte sie.

«Von dem, was du auf dem Strich verdienst?» fragte ich.

Eine Weile ignorierte sie diese Bemerkung, aber ich konnte deutlich ihr unregelmäßiges Atmen hören. Dann sagte sie: «Was dagegen, wenn ich was Krach mache?» Ihre Stimme war ein arktischer Luftstoß.

«Nur zu», sagte ich. «Im Recorder liegt ein Band.»

Die Musik fing mitten in Rory Blocks «Lovin' Whiskey» an, also griff ich hinüber und drückte auf den Rückspulknopf.

Es ist ein trauriges, klagendes Lied darüber, einen Burschen zu lieben, der trinkt, und Block singt es mit viel Gefühl und Anmut und einer schönen Gitarrenuntermalung. Ich verstehe nicht viel davon, wie man mit Alkoholikern zurechtkommt, aber ich weiß eine Menge über das Zusammenleben mit einem Koksfanatiker, und du kannst mir glauben, sie hat's erfaßt.

Ich warf Valerie einen verstohlenen Blick zu. Eine Träne hatte sich über ihre Wange vorgearbeitet, eine glitzernde Spur mit schwarzem Mascararand hinterlassen.

«He», sagte ich.

Sie drehte ihr Gesicht zur Seitenscheibe.

«Sorry», sagte ich.

«Es ist mein Ernst, wenn ich sage, ich gehe nicht mehr nach Hause.»

«Ich glaube dir», sagte ich.

«Und, wo fahren wir dann hin?» fragte sie.

«Es ist schon spät», sagte ich. «Wir fahren zu mir.»

«Und wo ist das?»

«Cambridge.»

«Wirst du meinen Vater anrufen?»

«Wir werden drüber reden», sagte ich.

Wir hielten kurz bei *Green & White*, um das Taxi gegen meinen Toyota einzutauschen, und sie versuchte dort nichts. Sams Wagen stand nicht auf dem Parkplatz, und Gloria hatte alle Hände voll mit den Telefonen zu tun, daher holte ich die Nachricht bezüglich des Nummernschilds nicht ab. Ich dachte mir, ich rufe einfach an, wenn ich wieder zu Hause bin.

Aber auf der Veranda vor meinem Haus saß ein Mann, von dem ich nie erwartet hätte, ihn dort noch mal zu sehen.

Sam Gianelli.

KAPITEL 27

«Scheiße», sagte Valerie Haslam, ihr Gesicht gegen die Seitenscheibe gedrückt. «Ist das dein Freund oder so?»

«Oder so», sagte ich, spürte dabei eine ungewohnte Hitze über mein Gesicht ausbreiten.

«Scheiße», wiederholte sie leise, und wir wechselten ein paar kurze, nachdenkliche Blicke. Sie hatte tolle Zähne, teure, kieferorthopädisch-verbesserte-reiche-Mädchen-Zähne. Für den Bruchteil einer Sekunde sah sie, hinter dem knalliggrünen Lidschatten, wie ein ganz normaler Teenager aus.

«Wenn ich gleich anhalte», sagte ich, «steigst du auf meiner Seite aus.»

«Ich werd schon nicht weglaufen», sagte sie.

Ich vermute, sie wollte Sam wahrscheinlich aus der Nähe sehen. Ich machte ihr keinen Vowurf. «Freut mich zu hören», sagte ich.

«Tja, du hast ja noch meine gottverdammte Handtasche», sagte sie.

«Ja», sagte ich. «Ich bin gottverdammt beeindruckt. Gehen wir.»

Ich behielt meine Hand den ganzen Weg zum Haus wie ein Gefängnisaufseher auf ihrem Arm. Irgendwie scheine ich Sam nie auch nur unter annähernd normalen Umständen zu treffen.

«Hi», sagte er.

«Hi», sagte ich.

«Augenblick», sagte ich, klingelte dreimal und hoffte wie verrückt, daß Roz zu Hause war, einigermaßen vernünftig angezogen und nicht gerade damit beschäftigt, den Klempner zu bumsen. Ich war hoch erfreut, sie die Treppe heruntergepoltert kommen zu hören.

«Den Schlüssel vergessen?» fragte sie, als sie die Tür aufmachte. Dann sah sie an mir vorbei und war sprachlos, als sie Sam sah. Sie hatte schon immer viel von Sam gehalten. Sagte, er hätte einen tollen Körper. Womit sie durchaus recht hatte.

«Roz, darf ich dir Valerie vorstellen? Geh mit ihr in die Küche, und gib ihr was zu essen, okay? Und paß auf, daß sie auch dort bleibt. Sie geht gern stiften.»

«Ich hab keinen Hunger», protestierte Valerie. Sie wollte lieber bei den Erwachsenen bleiben, das war nicht zu übersehen.

«Um so besser», sagte ich. «Bring sie nach oben in mein Zimmer, und sorg dafür, daß sie dort bleibt.»

«Ja», sagte Roz. «Auf geht's.»

«Sie ist gerissen», warnte ich noch.

Darüber mußte Valerie lächeln. Außerdem lächelte sie Sam an, testete ihre weiblichen Reize und drei Schichten Mascara.

«Das bin ich auch», sagte Roz. «Bis dann.»

Und damit blieben nur noch ich und Sam frierend auf der Veranda zurück. Ich war mir meiner zerzausten Haare und des getrockneten Schweißes auf meinem Rücken sehr bewußt.

«Kann ich reinkommen?» fragte er.

«Klar», sagte ich, schaffte es tatsächlich in die Diele, ohne über die Türschwelle zu stolpern. Er auch.

«Ich habe Neuigkeiten», sagte er, während ich sagte: «Gloria hat mir gesagt...»

Wir beide hörten abrupt auf zu sprechen.

«Bitte, du zuerst», sagte ich.

«Nein, du», sagte er.

«Danke, daß du das Nummernschild für mich abgecheckt hast.»

«Hat Gloria dir gesagt...»

«Nur, daß du was rausgefunden hast.»

«Sie hätte es dir sagen sollen...» begann er, während ich ihm mit: «Ich war gerade zu sehr damit beschäftigt...» ins Wort fiel.

Wieder hörten wir beide auf zu sprechen.

«Hör zu, Carlotta», sagte er, «das Nummernschild, das du mir genannt hast, gehört zu einem Undercover-Cop-Wagen.»

Es dauerte eine Weile, bis der Groschen fiel. «Bist du sicher?» sagte ich.

Er nickte.

«Scheiße», sagte ich. Ich ging ins Wohnzimmer und ließ mich in Tante Beas Schaukelstuhl fallen. Da sitze ich sonst nie.

«Es gibt noch mehr, wenn auch nicht viel.»

«Möchtest du dich nicht setzen?» sagte ich, stand wieder auf, war mir plötzlich bewußt, daß ich ihn mit großen Augen angestarrt hatte. «Willst du ein Bier oder irgendwas?»

«Ja», sagte er, ging dabei im Wohnzimmer auf und ab. «Sieht ganz gut hier aus.»

«Ist schon okay, ja.»

«Du siehst auch gut aus», sagte er.

Er folgte mir in die Küche. Dicht. Ich hatte keine Ahnung, wie er sich fühlte, aber ich hatte Schwierigkeiten, meine Hände bei mir zu halten. Diese Wirkung hat Sam auf mich. Ich glaube, ich habe die gleiche Wirkung auf ihn. War früher wenigstens so. Es ist so was wie ein Warnsignal, rot, rhythmisch blinkend und einfach unwiderstehlich. Ich war seit sieben Monaten nicht mehr allein mit ihm in einem Raum gewesen.

«Carlotta.» Er legte seine Hände auf meine Schultern, und ich erstarrte. Dann drehte er mich zu sich um und schob mich zurück, bis sich mein Rücken gegen den Kühlschrank preßte. Ich spielte mit.

«Jesus, deine Haare riechen gut», sagte er.

«Sam», war alles, was ich wegen seines Duftes herausbrachte, dieser Kombination aus Shampoo und After-shave, und Sam war genau wie immer, es traf mich wie eine volle Breitseite, in den Bauch und ein Stück tiefer.

«Es ist lange her», sagte er.

«Ja», sagte ich. Seine Hände fummelten auf meinen Schultern und an meinem Nacken herum.

«Ich hab dich vermißt», sagte er.

«Ja», brummte ich. Es war das einzige Geräusch, das ich von mir geben konnte.

«Hör mal, Carlotta, was geschehen ist, ist geschehen. Es hatte wirklich nichts mit dir und mir zu tun. Wir waren einfach nur da, stimmt's?»

«Und ob wir das waren.»

«Ich dachte, du hättest mich nur benutzt, um besser in *G & W* reinzukommen.»

«Und ich dachte, du würdest mich benutzen.»

«Sind wir jetzt quitt?» fragte er, rieb seine Finger an meiner Wange.

«Quitt», sagte ich.

«Und was machen wir jetzt», sagte er. «Jetzt, nachdem wir quitt sind?»

«Willst du was zu trinken?» sagte ich.

Er beugte sich herab und gab mir einen Kuß, einen dieser sanften, alles dahinschmelzenden Küsse, die nur so nach einem umgehenden, eindringlicheren Dakapo schreien... und danach noch einem.

Nach einer ganzen Weile tauchte ich wieder auf und sagte: «So was nennt man nicht direkt tolles Timing. Oben habe ich eine Ausreißerin sitzen, und dann ist da ein Polizeifahrzeug in was weiß ich nicht für eine Sache verwickelt. Ich habe wirklich keine Zeit...»

Er küßte mich wieder, und ich machte mit.

«Sam», sagte ich. «Ich mach's ja wirklich nur äußerst ungern, aber ich muß wissen, was du herausgefunden hast, und ich muß auch mit diesem Kid da oben sprechen, und was ich dir damit sagen will, Sam, ist, daß ich dich bitten möchte, ob wir die Sache nicht auf ein andermal verschieben können.» Ich brauchte eine ganze Weile, um das alles auszuspucken, denn wir hatten alle Hände voll damit zu tun, uns zu küssen und uns abzugrabschen. Er roch wunderbar, er schmeckte wunderbar. Ich atmete schneller, als ich während der ganzen Verfolgungsjagd gekeucht hatte.

«Sam», sagte ich, legte etwas mehr Nachdruck in meine Worte. «Sam, hör auf. Setz dich. Erzähl mir, was los ist.»

«Ich glaube nicht, daß ich mich bewegen kann», sagte er. «Ich bin festgenagelt.»

«Setz dich», sagte ich grinsend. «Ich schütte ein Bier drüber.»

«Du hast dich nicht verändert», sagte er. «Außer daß du jetzt wahrscheinlich in größeren Schwierigkeiten steckst.»

«Schieß los, erzähl», sagte ich.

Und so setzten wir uns an den Küchentisch und tranken Bier und versuchten, unsere Hände bei uns zu halten.

«Mein Freund hat den Namen des Cops rausgefunden, der mit dieser Karre durch die Gegend kutschiert. Es ist einer der alten Scheißkerle aus der *Area D*. Joe Manelli. Kennst du ihn?»

«Manelli, Manelli, Manelli», brummte ich vor mich hin. «Kommt mir irgendwie bekannt vor.»

«Er ist nicht direkt einer unserer ehrlichsten Cops.»

Wenn irgend jemand sonst das über einen Cop sagt, werde ich sofort stinksauer. Wenn Sam es sagt, dann weiß er es. Seine Informationsquellen sind unglaublich zuverlässig. Einen Sam Gianelli lügen die Leute nicht an. Er könnte es ja seinem Papa sagen. Natürlich würde er das nie tun – er spricht nicht mal mit Papa –, aber das wissen die Idioten ja nicht.

«Scheiße», sagte ich, ließ meine Faust auf den Tisch krachen. «Manelli!»

«Der Name sagt dir was?»

«Himmel, Sam, ja, er sagt mir was. Ich danke dir. Das ist mein Ernst. Vielen Dank.» Manelli war der Knabe aus dem *Blue Note*, der, der den Scotch auf den Boden gekippt hatte. Plötzlich sah ich ihn vor meinem geistigen Auge wieder die Bar verlassen und erkannte in ihm den Mann mit den schmierigen Haaren und schmalen Schultern, den Fahrer des grauen Caprice.

Wenn der Caprice eine Undercover-Karre war, dann würde er auch ein Polizeifunkgerät haben, das gehörte zur Standardausrüstung. Manelli könnte bemerkt haben, daß ich ihn verfolgte, hatte dann über Funk jemanden gerufen, um mich auszuschalten…

«Du mußt jetzt gehen, Sam», sagte ich. «Auf mich wartet Arbeit.»

«Es ist Schlafenszeit», sagte er.

«Ich wünschte, es wäre so», sagte ich. «Ehrlich, Sam. Ich wünsche es mir wirklich. Tu mir jetzt bitte einen Gefallen und fahr nach Hause, hörst du, bevor ich dich aufs Kreuz lege.»

«Verdammt», sagte er. «Warum sollte ich?»

«Bitte», sagte ich.

Also küßten wir uns noch einmal, wie zwei frustrierte Teenager in Moms Hinterzimmer, und dann ging er.

Sex. Er kann dein Urteilsvermögen erheblich beeinträchtigen.

KAPITEL 28

Nachdem Sam gegangen war, atmete ich erst mal eine Weile tief durch. Dann rief ich etwas zu Roz hoch, um mich zu vergewissern, ob oben alles unter Kontrolle war. Es war, also wählte ich eine Nummer, die ich auswendig kannte, die Durchwahl der Kriminalpolizei. Eine unbekannte Stimme meldete sich, nachdem ich es achtmal hatte klingeln lassen. Ich fragte nach Detective Triola.

«Bleiben Sie dran», sagte die Stimme. «Ich glaube, sie ist hier irgendwo.»

Ich atmete erleichtert auf, und drei Minuten später hatte ich Joanne an der Strippe. «Triola», sagte sie knapp.

«Jo», sagte ich, «ich bin's, Carlotta.»

«Carlotta, ich hab dir doch gesagt...»

«Also, ich weiß über den Wagen Bescheid. Es ist ein Undercover-Fahrzeug, und du glaubst, du könntest mit mir nicht darüber reden, weil es ausschließlich Polizeisache und all die Scheiße ist, aber wenn du erst die ganze Geschichte gehört hast, wirst du liebend gern mit mir reden... falls du Mooney aus der Patsche helfen willst.»

«Das weißt du ganz genau», sagte sie vorsichtig.

«Das Nummernschild gehört zu einem Wagen, dem ich durch den Franklin Park gefolgt bin. Mooneys Zeugin, die, die verschwunden ist, saß drin, zusammen mit zwei Burschen, von denen ich dachte, es wären Freier, okay? Ich war vielleicht eine Viertelstunde hinter ihnen her, als ich merkte, daß mir auch jemand folgte. Also, wenn der Wagen eine Undercover-Kiste gewesen ist, dann würde er wahrscheinlich Unterstützung gerufen haben – Unterstützung von der Sorte, an deren Ende ich von der Straße abgedrängt wurde und an einem Baum landete.»

«Scheiße», sagte Joanne.

«Es könnte Mooney vielleicht helfen, wenn du mal die Polizei-Werkstatt überprüfst, mal siehst, ob in letzter Zeit jemand einen Dienstwagen vorbeigebracht hat, dessen Karosserie vorne repariert werden mußte.»

«So dumm würden sie doch nicht sein», sagte Jo.

«Was würdest du denn vorschlagen?»

«Im Augenblick ist hier eine ziemliche Geräuschkulisse», sagte Jo leise, «aber ich denke, ich sollte mal mit der Dienstaufsicht reden.»

«Kennst du jemanden, der sauber ist?»

«Ich glaube ja», sagt sie nach längerem Schweigen. Wenn man mit korrupten Cops zu tun hat, muß man verdammt vorsichtig sein. Cops haben Freunde. Sie hängen alle irgendwie in einer Art von großem Netzwerk zusammen. Jo würde mit ihrer Sache sicherlich nicht zu Manellis Schwager gehen wollen.

«Wenn du Manelli jemanden auf die Fersen setzen könntest, ich glaube, er würde dich zu Mooneys Zeugin führen.»

«Hast du auch einen Namen für diese Zeugin?»

«Nur einen Vornamen. Janine. Eine Nutte. Es gibt jede Menge Unterlagen über sie. Arbeitet mit Abziehbildtätowierungen. Eine Blondine. Weiß. Einsfünfundsechzig. Früher war Renney ihr Zuhälter.»

«Ich werde sehen, was ich tun kann», sagte Joanne.

«Jo, kannst du Mooney informieren?»

«Scheiße, Carlotta, das ist eine ziemlich heikle Kiste, weißt du.»

«Aber du wirst es versuchen?»

«Du verlangst nicht wenig.»

«Ich weiß. Paß auf, ich werde ihn anrufen. Ich werde ihn wissen lassen, daß du dich mit ihm in Verbindung setzen wirst, okay?»

«Du bist ein bißchen voreilig, Carlotta.»

«Ich muß jetzt Schluß machen, Jo. Danke für alles.» Ich knallte schnell den Hörer auf, weil ich genau wußte, daß sie mit mir feilschen wollte, und dafür hatte ich jetzt keine Zeit. Ich mußte unbedingt mit Mooney reden, und ich mußte nach oben zu Valerie. Ich wählte, hoffte, ich würde Mooneys Mutter nicht aufwecken.

«Hallo?» Seine Stimme klang belegt und verschlafen.

«Mooney», sagte ich. «Carlotta hier. Ich muß ganz schnell ein paar Sachen von dir wissen.»

«Carlotta?» sagte er. «Es ist...»

«Spät, ja, ich weiß, aber es ist wirklich wichtig.»

«Das will ich hoffen.»

«Stell deine Füße auf den Boden, Moon, und hör mir jetzt genau zu.»

«Ist mit dir alles okay?» fragte er. «Deine Stimme klingt irgendwie komisch, so als wärst du gerannt.»

«Bin ich auch», sagte ich. Es war keine richtige Lüge, und ich wollte ihm nicht erzählen, daß ich wegen meiner Begegnung mit Sam praktisch immer noch keuchte.

«Okay», sagte er. «Ich sitze. Schieß los.»

«Joe Manelli», sagte ich. «*Area D.* Ist er einer der Cops, gegen die du im Zusammenhang mit dieser Kneipen- und Bar-Geschichte ausgesagt hast?»

«Carlotta...»

«Versuch nicht mal, mir zu erzählen, das wäre reine Polizeisache, Moon. Es ist deine Sache, glaube mir.»

«Was, wenn es so war?» sagte Mooney, vorsichtig wie immer.

Bingo.

«Würde es dich interessieren», sagte ich, «zu wissen, daß ich ihn diese Woche zweimal gesehen habe, einmal im *Blue Note* und einmal mit einer tätowierten Frau?»

«Häh?»

«Mooney, wie ist deine Aussage gelaufen? Ich meine, vor dem Untersuchungsausschuß wegen dieser Kneipen-Geschichte?»

«Was erwartest du?» sagte er verbittert. «Ein korrupter Cop bezichtigt einen anderen korrupten Cop, genauso haben die mich angeglotzt.»

«Genau das hat Manelli mit dir gemacht», sagte ich. «Er versteckt deine Zeugin. Er hält sie irgendwo bis nach den Untersuchungen versteckt. Er ist mit den Leuten im *Blue Note* wirklich gut befreundet, hat wahrscheinlich die ganze Zeit für Schutz für ihren Laden gesorgt. Irgendwer muß ihn angerufen haben, kurz nachdem der Kampf stattgefunden hat. Er hat die Zeugen gekauft und hat sich dann diejenige geschnappt, die ihren Mund nicht halten wollte. Damit du in schlechtem Licht dastehst, Mooney.»

«Jesus», sagte Mooney.

«Ja», sagte ich.

«Ein Cop», sagte er.

«Wo würde Manelli einen Zeugen verstecken, Mooney? Genau das ist es, was du herausfinden mußt.»

«Ich werde den Dreckskerl umbringen», sagte Mooney.

«Keine besonders gute Idee.»

«Was ich wegen dem Kerl durchmachen mußte, was meine Mutter wegen ihm durchmachen mußte...»

«Laß ihn im Knast verrotten, Mooney», sagte ich. «Das ist die bessere Lösung.»

«Vielleicht», sagte er, aber überzeugt klang er nicht.

«Mooney, wir werden sie finden. Ich habe schon mit Triola gesprochen, und sie wird mit der Sache zur Dienstaufsicht gehen. Wenn Manelli sie irgendwo verstecken kann, dann können du und ich und Jo sie auch finden, richtig? Na, habe ich recht?»

«Ja», sagte er.

«Triola wird sich um die Sache kümmern. Sie wird dich anrufen. Und vergiß nicht, ihr die ganze Geschichte zu erzählen, alles über Manelli und die Kneipen und Bars und deine Aussage. Sie wird dann schon dafür sorgen, daß du die ehrlichen Cops auf deiner Seite hast.»

Er sagte kein Wort. Ich konnte ihn deutlich atmen hören.

«Mooney», sagte ich, «so ungern ich jetzt das Thema wechsle, aber hast du irgendwas über meinen Selbstmord in Lincoln in Erfahrung gebracht?»

«Scheiße, Carlotta, ich hätte dich schon noch angerufen. Vielleicht nicht gerade um drei Uhr morgens. Aber ich hätte angerufen.»

«Was haben sie gesagt?»

«Ein schlichter, einfacher Selbstmord.»

«Aaach, Mooney, komm mir doch nicht damit. Erzähl mir lieber was über irgendwelche Verdachtsmomente, was Merkwürdiges.»

«Genau deswegen bist du aus der Polizei geflogen, weißt du, Carlotta. Mußtest an allem und jedem immer was Merkwürdiges suchen.»

«Ich bin eben von Natur aus mißtrauisch, Mooney. Das weißt du.»

«Ja, ich schätze», sagte er mit dem winzigsten Anflug eines Lächelns in seiner Stimme.

«Also, was gibt's?»

«Ich habe eine Kopie des Autopsieberichts.»

«Gut. Und was steht jetzt da drin, das zu Spekulationen einlädt?»

«Kein komisches Zeug. Im Ernst. Tod durch Inhalation von Kohlenmonoxid. Die genaue Anzahl der Teilchen pro Tausend brauchst du wahrscheinlich nicht zu wissen. An einer Kopfseite des Burschen befand sich ein Bluterguß, aber der Gerichtsmediziner vermutet, daß er an dieser Stelle mit seinem Kopf aufgeschlagen ist, als er seitlich gegen die Wagentür fiel. Es gibt auch keinen Abschiedsbrief. Die Akte ist praktisch geschlossen. Diese Schule besitzt Einfluß, und sie wollen nicht, daß die Akte wieder geöffnet wird.»

«Danke», sagte ich.

«Für was?» sagte er.

«Du wirst schon sehen.»

«Manelli», sagte er.

«Er hat eine Chance gesehen, aus seiner persönlichen Patsche herauszukommen, Mooney, und die hat er ergriffen.»

«Er sollte aber ein *Cop* sein», sagte Mooney.

«Ja», stimmte ich ihm zu.

«Ich werde jetzt nicht mehr schlafen können», sagte er. «Das hinterläßt einen schlechten Geschmack in meinem Mund, weißt du.»

«Ja. Tut mir leid.»

«Verdammt, es gibt nichts, das dir leid tun müßte. Ich hab mich auf die Cops verlassen, um meinen Arsch zu retten. Ich werde nicht mehr schlafen», wiederholte er.

«Ja», sagte ich.

«Ich nehme nicht an, daß dir der Sinn nach ein bißchen Gesellschaft steht?» fragte er.

«Oh, Mooney», sagte ich. «Nicht heute nacht.»

KAPITEL 29

«Dieses Herzchen ist ein echter Härtefall», verkündete Roz, als ich die Treppe heraufkam. So wie sie es sagte, meinte sie es nicht wirklich. Roz ist hart genug, um es zu wissen.

Valerie hatte es sich in meinem Zimmer soweit gemütlich gemacht, daß sie der Länge nach ausgestreckt auf meinem ungemachten Bett lag.

«Drogen?» fragte ich Roz.

«Keine Spuren», sagte Roz. «Ich glaube, sie ist einfach nur müde, und ihr ist kalt. Vielleicht hat sie auch Hunger, aber sie will nichts essen. Sie ist stinksauer. Hat nach mir geschlagen.»

Ich brauchte nicht zu fragen, ob sie getroffen hatte. Roz ist schnell.

«Okay», sagte ich. «Danke. Ich übernehme jetzt.»

«Ist Sam noch hier?» fragte sie.

«Nee», sagte ich.

«Schade.»

«Ja.» Meine Erwiderung kam aus tiefstem Herzen.

«Wenn du mich brauchst...» sagte Roz.

«Ja», sagte ich wieder.

«Paß auf dich auf», sagte Roz zu dem Mädchen auf dem Bett. Valerie schnaubte verächtlich. Roz ging.

«Ich heiße Carlotta», sagte ich.

Nichts.

«Roz ist weg. Ich bin hier. Die Alte, die schneller rennt als du.»

«Nicht mehr, wenn ich andere Schuhe anhabe», sagte sie. Wenigstens glaube ich, daß sie das gesagt hat. Es wurde ins Kopfkissen gebrummelt.

«Wann bist du wieder weggelaufen?»

Sie wandte mir ihr Gesicht zu. Ihr Mascara war verschmiert. Hak einen Kopfkissenbezug ab.

«Ich weiß nicht, was du meinst», sagte sie.

«Versuchen wir's mal so», sagte ich. «Wo ist dein Tagebuch?»

«Häh?» sagte sie verständnislos. «Was geht's dich an? Mein Tagebuch?»

«Das Ding, das du für Mr. Reardons Unterricht geführt hast.»

«Oh.»

«Wo ist es?» fragte ich.

«Woher zum Teufel soll ich das wissen?»

«Du hast es Reardon abgeliefert.»

«Na und?» sagte sie bemüht gleichgültig.

«Hat da irgendwas darüber dringestanden, daß du weglaufen wolltest?»

«Ja, ich schätze.»

«Bist du deswegen zurückgegangen, um es wiederzubekommen?» fragte ich.

«Häh?»

«Muß ich alles wiederholen, was ich sage?»

«Zurück auf die beschissene *Emerson*? Da würde ich nie wieder hin zurückgehen.»

«Nicht mal an dem Tag, an dem Reardon starb?»

Sie starrte mich an. Irgendwas Komisches passierte mit ihrem Mund, dann verzog er sich an den Mundwinkeln nach oben.

«He, komm schon», sagte sie.

«Was?»

«Das ist nicht komisch», sagte sie. «Himmel.»

«Hat dein Vater es dir nicht gesagt?»

«Mein *Vater*? Ich kapier überhaupt nicht mehr, was du da redest.»

«Gleichfalls», sagte ich.

«Wirst du meinen Eltern erzählen, wo ich bin?»

«Wahrscheinlich werde ich sie anrufen», sagte ich vorsichtig. «Eltern haben so eine Art, sich Sorgen zu machen. Bist du dieses Mal auch wieder einfach so sang- und klanglos verschwunden, oder hast du eine Nachricht hinterlassen?»

«Eine Nachricht hinterlassen?» sagte sie ungläubig. «Wieso hast du sie nicht danach gefragt? Du arbeitest doch für sie.»

«Seit Reardon tot ist, habe ich nicht mehr mit ihnen gesprochen.»

«Hör endlich auf, das dauernd zu sagen.»

«Was?»

«Weißt du, ich bin jetzt seit mehr als zwei Wochen weg, um Himmels willen. Und ich bin verdammt gut klargekommen.»

«Moment mal», sagte ich. «Heißt das, du bist gar nicht nach Hause zurückgegangen?»

«Ich gehe nie wieder nach Hause. Außer vielleicht, um meine Schwester zu holen. Wenn ich mich erst mal richtig niedergelassen hab, wenn ich erst mal eine Wohnung gefunden hab, dann werde ich Sherri holen gehen.»

«Du hast Geoff Reardon in der *Combat Zone* gesehen», sagte ich, versuchte die Sache zurückzuverfolgen. Ich wollte sehen, ob sie sich einen Spaß daraus machte, mich zu belügen.

«Ja», sagte sie. «Er hatte mein blödes Tagebuch gelesen, und er wollte mit mir reden. Er ist schon in Ordnung, weißt du, für einen Lehrer. Er ist was Besonderes. Ich meine, mal abgesehen davon, daß er so sagenhaft aussieht. Er wollte mir wirklich helfen. Er hat mir ein bißchen Geld gegeben. Er hat gesagt, er würde wiederkommen und mir mehr geben, viel mehr. Ein paar Tausend, hat er gesagt, aber ich hab keinen Schimmer, woher er das Geld nehmen wollte. Ich meine, Lehrer verdienen schließlich nicht besonders viel, oder? Jedenfalls hätte es für Busfahrkarten in den Westen und für die Kaution für eine Wohnung gereicht. Man braucht zwei Monatsmieten als Kaution. Das ist eine Menge Kohle.»

«Dein Vater hat dich diese Woche noch nicht gesehen?» sagte ich.

«Dieser Blödmann. Nein.»

«Und Reardon hast du auch nicht gesehen?»

«Nein.»

«Und du weißt nicht, daß er tot ist?»

«Wieso sagst du das andauernd?» fragte sie besorgt.

«Weil's stimmt», sagte ich. «Deswegen.»

«Bitte», sagte sie.

«Tut mir leid», sagte ich.

«Tot», wiederholte sie.

«Ja.»

«Wie?»

«Er hat sich umgebracht.»

«O nein», sagte sie. «Das ist doch Quatsch. Das würde er nie tun.»

«Die Polizei sagt, er hätte.»

«Aber...»

Ich schüttelte meinen Kopf, und ihr Gesicht zerbröckelte. Sie warf sich in das Kopfkissen. Ihre Schultern bebten, aber sie gab keinen Laut von sich. Ich ging zu ihr hinüber und streichelte ihren Rücken. Zuerst zuckte sie vor meiner Berührung zurück, dann blieb sie ruhig liegen. Ich wäre bei ihr geblieben, hätte ich nicht Roz um Hilfe schreien hören.

KAPITEL 30

Roz ist wirklich kein Schreihals. Damit meine ich nicht, daß sie ein stiller Mensch ist. Besonders wenn sie eine ihrer Gymnastikmatten zum Liebesspiel benutzt, kann sie eine höchst unglaubliche Folge ärgerlicher Geräusche von sich geben. Aber das hier war anders, und ich hatte das Schlafzimmer schon verlassen, bevor ich darüber nachdachte, worin die Schwierigkeiten wohl bestehen mochten.

Sie hatte das Bad im ersten Stock ausprobiert. Ich weiß nicht, ob ihr Lover, der große, doofe Klempner, in einem Anfall von übersteigertem Selbstvertrauen ihr gesagt hatte, es wäre sicher, oder ob ihr Nicht-Lover in einem entsprechenden Anfall eifersüchtiger Wut ihr das gleiche gesagt hatte, jedenfalls steckte Roz jetzt im Bad und starrte wie angewurzelt den Geysir an, der aus dem gebrochenen Wasserhahn des neonorangefarbenen Waschbeckens ausbrach.

Sie war klatschnaß, tropfte, kauerte auf der Fensterseite des Badezimmers. Um zur Tür zu gelangen, hätte sie unter der Fontäne herlaufen müssen. Dampf stieg auf.

«Der Absperrhahn!» brüllte ich.

«Ist unter dem beschissenen Becken», kreischte sie. «Zu heiß.»

«Bleib stehen, wo du bist. Rühr dich nicht», sagte ich.

«Ich springe aus dem Fenster», schrie sie.

«Wirst du von dem Wasser getroffen?»

«Nein, aber der Dampf...»

«Wir sind hier im ersten Stock», rief ich. «Bleib da.»

«Ich kann springen», sagte sie.

«Da unten liegen keine beschissenen Gymnastikmatten. Ich lauf zum Absperrhahn im Keller runter.»

«Beeil dich», sagte sie.

Ich war bereits die Treppe hinunter. Mit jeder Stufe brummte ich irgendwas Nettes über die *Twin Brothers*. Diese blöden, beschissenen, saudummen, gottverdammten *Twin Brothers*.

Ich mußte zuerst eine Taschenlampe finden, zwei Treppen runterlaufen, mich erinnern, wo der beschissene Hauptwasserhahn war, hoffte dabei die ganze Zeit, daß Roz oben keine tödlichen Verbrennungen erlitt oder aus dem Fenster kroch und runter auf die Erde krachte.

Als ich wieder hochlief, waren die ersten Worte, die Roz

kreischte, als sie mir über den Treppenabsatz entgegenstarrte: «Hast du sie erwischt?»

Valerie. Sie war gottverdammt weg.

KAPITEL 31

Das Badezimmer war das reinste Katastrophengebiet: ein Sumpf aus dunstigem Wasser und verzogenen, schokoladenbraunen Kacheln, die an in der Sonne liegengelassene Tafeln Hershey-Schokolade erinnerten. Wasser tropfte von Deckenkacheln, die nie wieder die gleiche Farbe haben würden. Der lädierte Hahn des neonorangefarbenen Waschbeckens verstopfte die Porzellanschüssel.

Roz, die jetzt mit hängendem Kopf auf dem Flur stand, hatte in kluger Voraussicht die Tür geschlossen, als sie rausgelaufen war. Es tat mir sofort leid, daß ich sie wieder geöffnet hatte.

«Scheiße», sagte ich, als ich meine Hand in das Waschbecken steckte und den kaputten Wasserhahn herausriß. Das Wasser lief mit einem rachsüchtig saugenden Geräusch ab. Ich wollte mir meine Hand abtrocknen, doch die Handtücher waren ausnahmslos klitschnaß.

Von meiner Hand mochte ja heißes Wasser abtropfen, aber ansonsten war mir eiskalt. Auf Roz' gebrüllte Warnung hin war ich ohne Jacke aus dem Haus gerannt, hatte Valerie gesucht. In der Dunkelheit hätte sich spielend eine ganze Armee in meinem Viertel dicht zusammen stehender Häuser und kräftiger Eichen verstecken können. «Valerie», rief ich, stellte mir dabei ihr lautloses, spöttisches Lachen vor, während sie sich hinter einem Busch oder im Schatten einer nahegelegenen Veranda oder eines Werkzeugschuppens versteckte.

«Gottverdammte Scheiße», sagte ich, wischte meine Hand an meiner Jeans ab.

Ich verließ das Bad, rannte los, um wärmere Kleidung, meine Schultertasche und eine starke Taschenlampe zu holen. Weit konnte das Mädchen noch nicht gekommen sein. Mit meinem Wagen...

Und genau in diesem Augenblick hörte ich, wie der Motor angelassen wurde, und der Klang und die Richtung, aus der dieses Geräusch kam, ließen mich erstarren. Ich glotzte fassungslos die Haustür an und registrierte, was mir vorher nicht aufgefallen war. Valerie hatte die Tür offengelassen. Ich hatte sie aber nach meiner ersten erfolglosen Rückkehr geschlossen. Meine Schlüssel, die ich im Schloß hatte steckenlassen, waren jetzt fort. Ich rannte gerade noch schnell genug zur Haustür, um meinen geliebten roten Toyota, mein erstes und einziges Auto, ohne mich wegfahren zu sehen.

«Scheiße», sagte ich.

Also war ich naß, fror, war wütend und kam mir obendrein auch noch verdammt blöd vor. Ich dachte kurz daran, die Cops anzurufen und den Diebstahl meines Fahrzeugs zu melden, konnte aber die kolossale Gleichgültigkeit nicht ertragen, mit der die Cambridge Police auf diese Nachricht reagieren würde.

Autodiebstahl ist in diesem Staat lediglich ein Vergehen, sofern der Besitzer nicht beweisen kann, daß wer auch immer das Fahrzeug gestohlen hatte, dies mit der Absicht tat, besagtem Besitzer auf Dauer die Nutzungsmöglichkeit seines Autos zu entziehen. Ein Kid, das nur eine kleine Spritztour unternimmt, ist im engeren Sinne nach Massachusetts-Gesetz kein Autodieb.

Ich schickte ein kurzes, aber inbrünstiges Stoßgebet zum Himmel, daß Valerie, auch wenn sie minderjährig war, dennoch wenigstens rudimentäre Kenntnisse über das Führen eines Kraftfahrzeuges besaß.

Ich schnappte meine Handtasche, um mir die Zulassung des Autos zu holen. Sie fühlte sich ungewöhnlich schwer an, und ich erinnerte mich an Valeries Handtasche, ihre brieftaschengroße Umhängetasche, die ich in die Tiefen meiner eigenen gestopft hatte.

Ich fand sie und kippte ihren Inhalt auf den Küchentisch. Zwei Lippenstifte rollten auf den Boden. U-Bahn-Fahrscheine folgten ihnen. In einem zusammengeknüllten Kleenex befand sich eine Pakkung Kondome, und dann war da noch ein Päckchen Zigaretten, *Virginia Slims*. Zwei Streichholzheftchen, beide von Bars aus der *Zone*. Kein Adreßbuch. Ich entdeckte mehrere Schlüssel, von denen jedoch keiner einen Anhänger besaß. Ich hatte gehofft, einen Hotelschlüssel zu finden. Ein reiches kleines Miststück wie sie würde sich ein Zimmer genommen haben.

Dann war da noch ein Stück Papier, ganz klein zusammengefaltet, ein liniertes Blatt, ausgerissen aus einem Heft, eine Seite vollgeschrieben mit einer kindlich runden Schrift. Ich las. Ich setzte mich. Ich las es noch mal.

Die Seite war in zwei Teile zerrissen worden. Die obere Hälfte fehlte, daher gab es keine Einführung zum wesentlichen Kern des folgenden Absatzes.

> *...also träume ich davon, einfach wegzulaufen. An Orte, wo man weiß, was ich bin, wo die anderen Mädchen sind wie ich. Oder ich träume davon, Jerry alles zu erzählen. Oder Ihnen alles zu erzählen. Es allen zu erzählen. Eines Tages einfach an den Rand der Bühne zu treten und in meiner ruhigen Stimme zu sagen, daß ich nie Jungfrau gewesen bin. Ich kann mich nicht mehr daran erinnern, Jungfrau gewesen zu sein, weil mein Vater mein Geliebter ist und es auch schon immer gewesen ist, so lange ich mich erinnern kann. Und wenn ich nein sage, dann sagt er, er wird es mit Sherri machen, und daß ich die Älteste bin, und daß ich es am besten verkraften könnte. Und wenn ich sage, ich werde es meiner Mutter erzählen, dann sagt er, das würde sie umbringen, und falls ich es sonst irgend jemandem erzählen sollte, dann würde er die eben umbringen, und daß mich kein Junge mehr heiraten wollte, falls es jemand erfahren würde, und das bedeutet mir was, auch wenn ich wirklich nicht weiß warum, weil ich nämlich niemals jemanden heiraten möchte, der so ist wie mein Vater nie nie nie nie nie nie nie nie nie nie nie nie nie nie nie nie nie nie nie nie nie nie nie nie nie nie nie nie nie nie nie nie nie...*

Dieses eine Wort hatte sie wieder und wieder geschrieben, vielleicht hundertmal. Es nahm ein ganzes Drittel der Seite ein und setzte sich auf der Rückseite fort, wo es immer dicker und schwärzer wurde. Ein Aufschrei, den selbst ein so ichbezogener Mensch wie Geoff Reardon nicht ignorieren konnte.

Er hatte ihn auch nicht ignoriert. Er hatte Valerie ausfindig gemacht. Er hatte ihr Geld versprochen. Geld von wo? Und er wollte seinen Lehrerberuf aufgeben, würde vielleicht das Geld haben, sein Theaterstück zu produzieren...

Ich rieb meine Hand über meine ausgetrockneten Lippen und erwischte mich bei der Frage, ob ich Preston Haslams Hand geschüttelt hatte, ob ich seine Hand mit meiner berührt hatte.

Valerie hatte von Reardons Tod nichts gewußt, bis ich es ihr erzählt hatte.

Ich las die Seite aus dem Schulheft noch mal, fand die Stelle, an die ich mich erinnert hatte:

> *...und falls ich es sonst irgend jemandem erzählen sollte, dann würde er die eben umbringen...*

Valerie war am Tag von Reardons Tod nicht nach Hause zurückgekehrt. Reardon hatte versprochen, dem Mädchen finanziell unter die Arme zu greifen.

Und jetzt hatte Valerie meinen Wagen geklaut. Wieso? Hier in Cambridge konnte sie sich doch eine Red-Line-Bahn zurück in die *Zone* nehmen.

«Roz», brüllte ich.

Dann rannte ich ins Wohnzimmer, schloß meine unterste Schreibtischschublade auf und wickelte hastig meine Kanone aus. Der stechende, ölige Geruch wirkte wie eine Dusche mit eiskaltem Wasser, und ich hoffte, ich irrte mich, was Valeries Ziel betraf. Ich brüllte wieder nach Roz, als ich die .38er geladen hatte und sie in meine Jackentasche steckte.

Ich hatte sie nicht die Treppe herunterkommen hören. Sie war barfuß und trug einen weißen Frotteebademantel, hatte sich ein großes kastanienbraunes Handtuch um ihren Kopf gewickelt.

«Sie kommen rüber», sagte sie verteidigend, bevor ich Gelegenheit hatte, etwas zu sagen. «Sie sind schon unterwegs. Es wird keine fünf Minuten mehr dauern.»

«Wer?» sagte ich.

«Die *Brothers*. Sie verstehen einfach nicht, wie das passieren konnte. Sie werden alles wieder in Ordnung bringen.»

«Sicher werden sie das», sagte ich.

Als der Lieferwagen mit kreischenden Reifen vor dem Haus anhielt, wanderte ich bereits ungeduldig auf und ab.

Roz überzeugte sie davon, daß sie mir den Wagen ausleihen sollten. Nachdem ich vollendete Tatsachen geschaffen hatte. Ich riß ihnen einfach die Schlüssel aus der Hand und düste los.

KAPITEL 32

Eins fünfzehn, Lilac Palace Road, Lincoln.

Es war verdammt schwer, die Adresse zu finden. Keine Straßenlaternen, und auch wenn welche dagewesen wären, hätte mir das nicht viel geholfen, weil nur äußerst wenige der Ecken mit Straßenschildern glänzten.

Ich mußte immer wieder an den Straßenrand fahren und im *Arrow Straßenatlas für die Städte des östlichen Massachusetts* nachschlagen, den die *Twin Brothers* in ihrem Handschuhfach hatten.

Daß er mit einem Straßenatlas ausgestattet war, war auch schon so ziemlich das einzig Gute, was man über den Lieferwagen der *Twin Brothers* sagen konnte. Es gab keine Innenbeleuchtung, also mußte ich immer wieder meine Taschenlampe benutzen, um die Karten lesen zu können. Abgesehen von der alles andere als luxuriösen Innenausstattung und dem scheußlichen Geruch hatte die Kiste absolut keine Kurvenlage, und im Vergleich mit seiner Lenkung wirkte Glorias übelstes Cab immer noch wie ein 944er Porsche. Mit gutem Zureden brachte ich das Ding auf der Route 2 immerhin auf knapp achtzig Sachen hoch und glaubte schon, durch die Schüttelei müßten jeden Moment meine Füllungen rausfallen. Aber es war schon gut so, daß die Kiste nicht schneller fuhr, denn die Wirkung der Bremsen war geradezu minimal, was ich entdeckte, nachdem ich unbeabsichtigt eine rote Ampel überfahren hatte. Die *Brothers* konnten wahrscheinlich sowohl für die Stoßdämpfer als auch für den Schalldämpfer mit Fug und Recht behaupten, daß es sich um echte Altertümer handelte.

Während der ganzen Fahrt hallten Valeries Worte immer wieder durch meinen Kopf. *Ich bin nie Jungfrau gewesen. Mein Vater ist mein Geliebter*. Mit ihrer anfänglichen Wucht hatte ich diese Worte ohne Widerspruch akzeptiert. Jetzt kamen mir die ersten Zweifel. Sagte Valerie die Wahrheit? Sie hatte die Zeilen für ihren Theaterlehrer geschrieben. War ihre Inzest-Behauptung nur ein Aufmerksamkeit heischender Trick, eine theatralische Lüge?

Ich stellte mir den Mann vor, den ich bei chinesischem Essen kennengelernt hatte, den bebrillten Broker, Preston Haslam. Ich hörte seine kühle Stimme auf meinem Anrufbeantworter, mit der er verkündete, daß seine Tochter wieder sicher und wohlbehalten zu

Hause wäre. Ich sah Valerie mit verschmiertem Augen-Make-up auf meinem ungemachten Bett weinen. Ich glaubte dem Mädchen. Warum? Weil sie weggelaufen war, nachdem sie ihr Tagebuch abgegeben hatte, den Gedanken nicht ertragen konnte, daß ihr Lehrer von ihrer Schande wußte. Weil sie ausgeflippt war, als Jerry Toland sie küßte.

Und vor allem anderen, weil es Geoffrey Reardons Tod erklärte, aus einem grundlosen Selbstmord einen Mord machte. Nachdem er Valeries Tagebuch gelesen hatte, hatte Reardon sie in der *Zone* ausfindig gemacht. Hatte ihr Hilfe versprochen. Geld. Tausende von Dollar, das hatte Valerie wenigstens behauptet, auch wenn sie sich wunderte, woher der Lehrer soviel Geld nehmen wollte. Woher sonst? Er mußte zu Haslam gegangen sein, versprochen haben, sein schmutziges kleines Geheimnis auszuplaudern, sofern der Broker kein Geld ausspuckte – genug, um Valerie zu helfen, genug, um Reardon seinen Lehrerberuf an den Nagel hängen lassen zu können. Haslam mußte der unbekannte Engel gewesen sein, der beabsichtigte, Geld in Reardons Drehbuch zu investieren...

Vielleicht hatte Reardon Haslams Vermögen überschätzt, eine unmögliche Summe verlangt. Vielleicht hatte er aber auch einfach Haslams Bedürfnis unterschätzt, sein Geheimnis zu bewahren.

Ich fand nicht direkt das Haus 115 Lilac Palace, sondern vielmehr meinen Wagen, meinen geliebten, teuren Toyota, hielt am Rand einer Straße an, von der ich dachte, daß sie vielleicht die Lilac Palace sein könnte. Er stand mit den Vorderreifen auf dem mit Gras bewachsenen Seitenstreifen, während die Hinterreifen ein gutes Stück auf die Straße hinausragten. Nicht besonders gut geparkt, aber Beulen konnte ich nirgendwo entdecken. Valerie hatte die Fahrertür nicht abgeschlossen, aber der Schlüssel steckte nicht in der Zündung.

Ich hatte auf den Lieferwagen der Klempner warten müssen, und es hatte einige Zeit gedauert, bis ich die richtige Straße gefunden hatte. Valerie war um – wieviel? eine Stunde vielleicht? – vor mir hier eingetroffen.

Ich tätschelte den glatten Kotflügel meines Wagens, lehnte mich dagegen. Indem ich den Wagen wiedergefunden hatte, wurde ich auch wieder in die nüchterne, kalte Wirklichkeit zurückgebracht. Bis zu diesem Augenblick waren alle meine Energien darauf gerichtet gewesen, Valerie zu finden. Sie körperlich zu finden, sie geistig zu finden. Jetzt wußte ich, wer sie war, dieses erwachsene Kind. Ich wußte, warum sie aus dem Paradies fortgelaufen war. Und ich wußte, wo sie war. Im Haus bei dem Mann, der ihre Kindheit gestohlen hatte.

Was ich nicht wußte, war, was ich deswegen jetzt unternehmen sollte.

Noch vor zwei Stunden hatte Valerie mir erzählt, daß sie nie wieder nach Hause zurückgehen würde, es sei denn, um ihre kleine Schwester zu holen. War sie hergekommen, um Sherri zu retten? Aber vor zwei Stunden hatte Valerie auch noch nicht gewußt, daß Geoffrey Reardon tot war.

Ich fragte mich, ob ich einfach bei dem Haus auf der anderen Straßenseite klingeln sollte, bei Jerry Tolands Haus, fragen sollte, ob ich mal ihr Telefon benutzen dürfte, die Polizei anrufen sollte. Ich konnte mich schon hören, wie ich versuchte, die beklemmende Dringlichkeit zu erklären, die ich verspürte.

Ich ging nicht zu Jerry Tolands Haus. Ich schlich mich näher an Valeries Haus heran, benutzte meine Taschenlampe, um den Weg zu finden. Auf halber Höhe des Weges zum Haus versuchte ein schmiedeeiserner Laternenpfahl, mir ein Beinchen zu setzen.

Die Nummer 115 war ein großes, kistiges Haus im Kolonialstil mit einer auf der rechten Seite angebauten Doppelgarage, das exakt in der Mitte eines vielleicht einen Morgen großen Grundstükkes lag, mit einer hellen Farbe gestrichen war und dunkle Fensterläden hatte. Der Blick auf die Fenster rechts von der Haustür wurde durch eine Gruppe Rhododendronbüsche versperrt. Im Erdgeschoß war alles dunkel, aber auf der linken Seite des Obergeschosses brannte Licht. Ich überlegte hin und her, ob ich einfach klingeln sollte, umging den Weg und arbeitete mich näher an die Lichter vor.

Das Zimmer unter dem beleuchteten Raum war groß, eine Art Wohnzimmer, mit Ledercouches, Fernseher und Stereoanlage, einer Terrasse und Glasschiebetüren. Ein geschlossener Barbecue-Grill blockierte die Mitte der Terrasse. Vor der Hauswand waren Holzscheite aufgestapelt worden. Selbst wenn ich den Holzstoß hinaufkletterte, konnte ich das Zimmer im Obergeschoß nicht erreichen. Neben den Schiebetüren kauernd, hörte ich Geräusche aus dem Haus. Ein Mann brüllte irgend etwas vor dem Hintergrund rhythmischer Schläge. Da war neben den Schlägen noch ein anderes Geräusch, das ich allerdings nicht identifizieren konnte – ein leises Jammern oder Winseln, wie von einer Katze.

Ich probierte mein Glück an den Schiebetüren, doch sie waren abgeschlossen. Ich lief zur Haustür, stolperte auf dem Weg dorthin über irgendwelche Büsche. Als ich meine Hand hob, um auf die Klingel zu drücken, gingen plötzlich sämtliche Lichter im Haus aus. Die Geräusche verstummten. Ich erstarrte mit erhobener Hand.

Hatte Valerie ihren Schlüssel benutzt? Hatte sie versucht, sich heimlich ins Haus zu schleichen?

Ich legte meine Hand auf den Türknauf und drehte ihn langsam. Er ließ sich drehen. Ich drückte gegen die Tür, kein Widerstand. Vielleicht hatte Valerie sie offengelassen, um ihre spätere Flucht zu erleichtern, nachdem sie erst mal Sherri gefunden hatte.

Falls sie wegen ihrer kleinen Schwester zurückgekommen war.

Die Geräusche in der ersten Etage klangen allerdings nicht nach dem erfolgreichen Ergebnis einer heimlichen Blitzaktion.

Ich klopfte auf meine Jackentasche und spürte das beruhigende Metall, doch ich nahm meine Kanone nicht heraus. Ich brauchte meine rechte Hand für die Taschenlampe.

Der Lichtstrahl zeigte mir eine mit Teppichboden ausgelegte Treppe, die auf der linken Seite der Eingangshalle nach oben stieg. Ich setzte meinen Fuß ganz außen auf jede Stufe, testete jede einzelne auf ein verräterisches Knarren, bevor ich mein Gewicht darauf verlagerte. Während ich nach oben ging, versuchte ich mir die Topographie des Hauses in Erinnerung zu rufen. Ich war an dem Zimmer interessiert, in dem zuerst Licht an und dann plötzlich wieder aus gewesen war.

Der erste Stock war mit dem gleichen schweren Bodenbelag ausgelegt wie die Treppe. Durch ein Dachfenster fiel das Licht der Sterne herein, so daß ich vier geschlossene Türen ausmachen konnte. Zwei davon lagen auf der linken Seite. Jede konnte in den Raum führen, den ich suchte. Ich lauschte an der ersten. Nichts. Ich schob mich dicht an die zweite und hörte ein unregelmäßiges, schweres Atmen.

Vorsichtig, lautlos drehte ich den Türknauf, hielt meinen Atem an.

Im Schein meiner Taschenlampe sah ich ein kleines Zimmer, das Zimmer eines kleinen Mädchens mit hohen Regalen voller Puppen über einem Einzelbett. Ein Mädchen – den Kleidern nach zu urteilen

Valerie – lag quer über diesem Bett, auf der Tagesdecke, achtlos hingeworfen wie ein Sack schmutziger Wäsche, die Knie angezogen, die Arme weit ausgebreitet. Ich fand, daß es eine recht unbequeme Haltung sein mußte.

Das Zimmer hatte ein Fenster mit Gardinen. Ich schlich mich dichter an das Bett, dachte, ich würde das Mädchen aufwecken, sie mitnehmen, zur Polizei, zu einem Therapeuten, irgendwohin, an einen sicheren Ort.

«Valerie», flüsterte ich.

Ihr Atem klang irgendwie falsch, und ich richtete den Strahl der Taschenlampe voll auf ihr Gesicht.

Blut tropfte aus einem Nasenloch. Ihre Nase war zerschlagen, zur Seite gedrückt, und ihr Gesicht hatte das klumpige Aussehen, das es nach einer Tracht Prügel annimmt, bevor die Druckstellen Gelegenheit hatten, sich zu verfärben, und die Schwellung begann. Ich machte meinen Mund zu und ließ die Taschenlampe einen weiteren Kreis abtasten. Neben einer Flasche Tabletten stand auf ihrem Nachttisch ein Glas Wasser.

Ich nahm sie nicht in die Hand, beugte mich aber vor, um das Etikett lesen zu können. Das Rezept war für Mathilde Haslam ausgestellt worden. Serax, 30 mg. Eine vor dem Zubettgehen.

Ich berührte einen dunklen Flecken auf Valeries Pullover. Kein Blut. Wasser. Auch ihr Kinn war feucht.

In dem Zimmer gab es kein Telefon. Ich mußte unbedingt ein Telefon finden, 911 wählen.

Dann flog die Tür des Zimmers mit einem lauten Krachen auf. Vielleicht war das Geräusch nicht ganz so laut gewesen, aber ich stand mit dem Rücken zur Tür und zur Stille, die nur durchbrochen wurde von Valeries Versuchen, durch ihre zerschmetterte Nase zu atmen, einer Stille, die so tief war, daß sich die gegen die Wand krachende Tür wie das Donnern bei einem Gewitter anhörte.

Die Deckenbeleuchtung flammte auf, viel zu grell für meine an die Dunkelheit gewöhnten Augen. Ich blinzelte in den rosafarbenen Raum hinein, den Raum voller Rüschen, Spitzen und Puppen. Das Zimmer eines kleinen Kindes. Eines mustergültigen Kindes. Nichts war in Unordnung, nicht eine einzige Porzellanpuppe, nicht ein Stofftier. Außer dem dunklen Klumpen, der Valerie war, die auf dem Bett lautlos vor sich hin blutete.

Preston Haslam trug einen Bademantel über einer Hose. Die Augen hinter seiner Hornbrille waren schmal und grüblerisch.

«Was geht hier vor?» sagte er. «Was machen Sie hier?» Seine Stimme war viel zu laut, sein Gesicht zu rot, sein Atmen zu schwer.

«Ihre Tochter hat mein Auto gestohlen», sagte ich.

«Das tut mir leid», sagte er, bemühte sich um ein Lächeln, «aber das wird doch wohl sicher bis morgen warten können.»

«Ihre Tochter aber nicht», sagte ich. «Sie muß dringend zu einem Arzt.»

«Das denke ich aber nicht», erwiderte er, als hätte er bereits sorgfältig über diese Angelegenheit nachgedacht.

«Sehen Sie sie doch nur an», sagte ich. «Sie ist verletzt.»

«Ja», sagte er kalt. «Sie muß auf der Treppe gestürzt sein.»

«Sie ist bewußtlos», sagte ich.

«Ich denke, wir sollten sie jetzt wohl besser schlafen lassen», sagte er.

«Da steht ein Fläschchen Tabletten auf dem Tisch. Es sind die Schlaftabletten Ihrer Frau.»

«Ja», sagte er, «die gehören meiner Frau.»

«Ihre Tochter braucht einen Arzt.»

«Nein», sagte er.

«Nein?» wiederholte ich, änderte den Tonfall.

«Hören Sie», sagte er. «Sie mögen ja vielleicht meinen, das Richtige zu tun, aber Sie kennen nicht sämtliche Tatsachen. Meine Tochter hat eine, äh, eine freie Entscheidung getroffen, und so sehr mir das auch weh tut, ich finde, wir müssen ihre Entscheidung respektieren.»

«Entscheidung? Hör mal, Kumpel, du rufst jetzt sofort einen Arzt.»

«Meine Tochter hat ihre Entscheidung gefällt.»

«He, wovon zum Teufel reden Sie da?» Im Licht der Deckenbeleuchtung sahen Valeries Verletzungen noch schlimmer aus. Eines ihrer Augen schien zugeschwollen zu sein, das andere war halb geöffnet. Die Pupille in dem halb geöffneten Auge war riesengroß.

«Ich weiß, daß Sie meinen, nur das Beste für sie zu tun», sagte Haslam in entschiedenem Ton, «aber sie will nicht mehr länger leiden. Sie will die öffentliche Schande nicht, die Beschämung. Sie ist nach Hause gekommen, um mir das zu sagen, um alles zu gestehen. Ich habe ihr gesagt, sie würde immer meine Tochter sein, gleichgültig, was auch immer sie getan haben mochte. Aber Mord... Sie wollte diesen Ausweg. Nehmen Sie ihr das nicht.«

Ich erkannte an seinen triumphierenden Augen, wie er sich alles zurechtgelegt hatte. Valerie würde die ganze Schuld auf sich nehmen müssen. Wieder mal. Mit Valeries Tod, ganz offensichtlich ein Selbstmord, würden alle möglichen Fragen bezüglich Reardons Tod leicht zu beantworten sein. Selbst wenn sich keine Zweifel an Reardons Selbstmord ergeben sollten, konnte er es immer noch verwenden. Er konnte sagen, der Theaterlehrer wäre wegen des Verschwindens seiner Tochter deprimiert gewesen. Und Valerie hatte ein dermaßen schlechtes Gewissen bekommen, als sie von seinem Selbstmord erfuhr, daß sie das gleiche Ende auch für sich gewählt hatte.

Und natürlich, falls irgend jemand Reardons Tod für einen Mord halten sollte, fein, hier hatten wir Valerie, der die Rolle des Mörders wie auf den Leib geschnitten saß. Reardon hatte sie verschmäht, nachdem er ihr zuvor versprochen hatte, zusammen mit ihr durchzubrennen. Sie war zur *Emerson* zurückgekehrt, hatte ihn am Tag seines Todes zur Rede gestellt. Sie hatte Papa alles erzählt, und so sehr er es auch immer haßte, den Namen seiner toten Tochter zu besudeln, die ungeschminkte Wahrheit war immer das Beste, oder nicht?

Die Cops wußten, wie wild Valerie war. Sie hatte eine Vergangenheit.

«Und wann hat sie beschlossen, sich umzubringen? Bevor oder nachdem sie die Treppe runtergefallen ist?» sagte ich.

«Was wollen Sie damit sagen?»

«Ich will damit sagen, daß die Cops Sie danach fragen werden. Nach der Tracht Prügel. Ihre Geschichte ist voller Löcher.»

«Wahrscheinlich ist sie von irgendeinem Zuhälter zusammengeschlagen worden. Von irgendeinem Asozialen, den sie in der *Combat Zone* kennengelernt hat. Meine Tochter hatte eine Vorliebe für solche Leute, wissen Sie.»

«Ich habe Ihre Tochter vor nicht mal zwei Stunden gesehen. Da hatte sie noch keine Schramme im Gesicht.»

«Das sagen *Sie*», erwiderte Haslam. «Das sagen *Sie*.»

«Damit wir uns jetzt richtig verstehen», sagte ich. «Ihre Tochter wird für Sie nicht mehr länger bezahlen.»

«Ich glaube nicht, daß ich Sie verstehe.»

«Dann verstehen Sie das mal. Ich werde Ihre Tochter jetzt von hier fortbringen. Mit oder ohne Ihre Hilfe.»

«Sie sind unbefugt in mein Haus eingedrungen», sagte er.

«Keine Sorge. Ich werde nicht lange bleiben.» Ich streckte eine Hand aus und berührte Valeries Schulter. Sie stöhnte, und ich sagte: «Valerie? Valerie, kannst du aufstehen?» Er konnte ihr die Tabletten vor nicht mehr als einer Viertelstunde aufgezwungen haben. Ich hatte keine Ahnung, wie schnell sie wirken würden.

Sie bewegte sich und stöhnte und flüsterte: «Sherri?»

«Wegen Sherri kommen wir noch mal wieder», versprach ich. «Zuerst mußt du jetzt aber mit mir kommen.»

«Hat meine Tochter Sie vielleicht angelogen?» sagte Haslam selbstsicher, lehnte sich mit einer Schulter lässig gegen den Türrahmen. «Doch, ja, ich sehe, sie hat.»

«Nein», sagte ich. «Sie hat mir die Wahrheit erzählt.»

«Ich bezweifle, daß sie weiß, was das Wort bedeutet.»

«Darüber werden wir dann später noch diskutieren. Im Moment rufen Sie einfach einen Arzt oder gehen mir aus dem Weg.»

Ich verstaute die Taschenlampe in meiner Handtasche, warf sie über meine Schulter, beugte mich vor und hob das Mädchen, so behutsam ich nur konnte, auf die Arme, wie ein Baby, einen Arm unter ihren Schultern und den anderen unter ihren Knien. Sie war nicht schwer, aber sie hing wie tot auf meinen Armen. Sie hatte nicht die Kraft, sich festzuhalten, mir auf irgendeine Weise zu helfen. Sie stöhnte, und ich war froh es zu hören. Selbst wenn der Schmerz schlimm war, war ich froh, daß sie ihn noch spüren konnte. Ich hatte keine Ahnung, wie viele der Pillen sie geschluckt hatte, wie viele ihr mit Gewalt in den Mund geschoben worden waren.

Ich machte einen Schritt auf die Tür zu. Ich hatte schon größere Lasten getragen, allerdings nicht in letzter Zeit und auch nicht sehr oft.

Es war eine kleine Kanone, wahrscheinlich eine .22er. Sie verschwand beinahe vollständig in Haslams Faust.

«Legen Sie sie wieder hin, und verschwinden Sie», sagte er.

Einen Augenblick lang starrte ich die Waffe an, dann wich ich zurück und gehorchte. Ich glaube nicht, daß Valerie etwas davon mitbekam, was um sie herum passierte. Sie hatte nicht mitbekommen, daß ich sie hochgehoben hatte. Sie bekam auch nicht mit, als ich sie jetzt wieder hinlegte.

Ich legte meine Hand in die Nähe meiner rechten Tasche.

«Sie haben ein großes Problem, Preston», sagte ich.

«Nicht ich bin hier derjenige, der in ein fremdes Haus eingebrochen ist», erwiderte er.

«Entweder nehme ich jetzt Ihre Tochter mit, oder ich rufe einen Arzt an und warte hier, bis er kommt. Es wird verdammt schwer werden zu erklären, daß Sie mich erschießen mußten, weil ich versucht habe, Ihr Kind zu einem Arzt zu bringen.»

«Vielleicht hat Valerie Sie ja auch erschossen», sagte er lächelnd. «Sie macht oft solche verrückten Sachen.»

«Ja, ja», stimmte ich zu, «aber wissen Sie auch schon, wie Sie das drehen können? Ich meine, Sie sind schließlich ein Investment-Banker, kein Cop.» Ich schob ganz beiläufig beide Hände in meine Taschen. «Kein Killer», sagte ich.

«Was meinen Sie damit, wie ich es drehen kann?» sagte er. «Ich werde Augenzeuge sein. Die Polizei wird mir glauben.»

«Es ist ziemlich kitzlig», sagte ich. «Sie müssen an Schmauchspuren, Rückstände und solche Dinge denken.»

«Das Risiko gehe ich ein.»

«Tja, ich hoffe, Sie haben eine Lizenz für diese Kanone», sagte ich.

«Sie gehört mir», sagte er. «Ganz legal. Valerie muß sie mir gestohlen haben. Ich hatte keine Ahnung, daß sie so gewalttätig war.»

Ich meinte ein leises Geräusch aus dem Flur gehört zu haben, vielleicht das Öffnen einer Tür.

«Natürlich, Ihre Frau könnte jeden Augenblick kommen», sagte ich.

«Meine Frau nimmt ihre Pillen», sagte er. «Sie wird noch das Jüngste Gericht verschlafen.»

Schritte überquerten den Teppich. Hinter Haslam konnte ich eine kleine Gestalt erkennen, dunkle, zerzauste Haare, ein verschlafenes, zerknautschtes Gesicht.

«Sherri», sagte ich. «Lauf weg. Ruf die Polizei. Sag ihnen, das Haus würde brennen.»

«Sherri», sagte ihr Vater. «Du gehst sofort wieder ins Bett.»

Das kleine Kind steckte einen Finger in ihren Mund, drehte sich um und ging wieder ins Bett. Sie machte sogar ihre Tür wieder hinter sich zu.

Ihr Gehorsam war bedingungslos und unerschütterlich. Sie würde auf ihren Vater hören, gleichgültig was auch immer er ihr befahl. Der Gedanke an dieses winzige Kind und Preston Haslam ließ mich schneller atmen, ließ meine Augen brennen.

Meine Hand befand sich jetzt in der richtigen Position, der Finger bereit.

«Eins», sagte er. Er hielt das alles für ein Spiel. Vielleicht glaubte er, jeder würde nach seiner Pfeife tanzen, genau wie Sherri. Wie Valerie es früher auch getan hatte. Wie seine mit Schlaftabletten vollgepumpte Frau.

«Zwei», sagte er leise, richtete dabei die Waffe auf mich, benutzte beide Hände, als würde eine kleine .22er einen Wahnsinnsrückschlag haben.

Ich konnte beinahe die Gedanken sehen, die jetzt durch seinen Kopf rannten. Er sah keinen anderen Ausweg mehr, und ich wartete nicht darauf, daß er bis drei zählte. Keine dramatische Konfrontation. Kein *high noon*. Ich zog meine Kanone nicht und forderte ihn nicht heraus. Ich erschoß ihn einfach. Einfach durch den Stoff meiner Jacke.

Die .38er hat durchaus einen gewissen Rückschlag. Meine linke Schulter fühlte sich an, als wäre mir der Arm abgerissen worden.

Die Kugel erwischte ihn hoch auf der rechten Seite seines Brustkorbs und wirbelte ihn herum. Seine Hände tasteten nach dem Türrahmen, und schwerfällig sackte er zu Boden. Er machte kaum Lärm auf dem dicken Teppich.

Ich ging zu ihm hinüber, meine Kanone inzwischen aus der Tasche, auf Haslams Kopf gerichtet. Er sah nicht aus, als würde er noch irgendwo hingehen, aber ich dachte, es wäre vielleicht besser, seine Kanone an mich zu nehmen, nur um ganz sicherzugehen.

Während ich mich über ihn beugte, wunderte ich mich über Sherris geschlossene Tür, über das absolute Fehlen einer Bewegung irgendwo im Haus, über Mathilde Haslams Abwesenheit. Und ich dachte über das nach, was ich Haslam gesagt hatte, über die Cops und Dinge, die schwer zu erklären sein würden. Ich sicherte meine .38er wieder, zog meinen rechten Handschuh an und zwang seinen Finger auf dem Abzug der .22er, die er immer noch in seiner Hand hielt, einen Schuß in die Richtung abzufeuern, in der ich noch vor einem Augenblick gestanden hatte. Ein zweiter Schuß sprach sehr für Selbstverteidigung.

Ich tastete den unregelmäßigen Puls an seinem Hals, sah den schnell größer werdenden roten Fleck auf dem Teppich. Ich glaubte nicht, daß Haslam noch in der Lage sein würde, irgend etwas zu leugnen.

Valerie gab ein würgendes Geräusch von sich, und das riß mich wieder in die Gegenwart zurück. Ich hörte auf, das Blut und den Mann anzustarren, rannte den Flur hinunter, fand ein Telefon und wählte 911. Ich forderte die Polizei und zwei Krankenwagen an. Irgendwie schien es wichtig für mich zu sein, daß Tochter und Vater nicht im selben Wagen fahren mußten.

Meine Hand begann zu zittern, als ich den Hörer wieder auflegte, so wie eine Hand, die zu einem ganz anderen Körper gehörte. Ich setzte mich zu Valerie, bis der Krankenwagen kam.

KAPITEL 33

Vierundzwanzig Stunden, nachdem ich Preston Haslam erschossen hatte, saß ich zusammengesunken auf dem Beifahrersitz eines nicht gekennzeichneten Polizeifahrzeugs und beobachtete ein dreistöckiges Ziegelgebäude an der Ecke der Huntington Avenue in der Nähe des Jamaicaway.

Joanne Triola saß in dunklem Pullover und Hose in der Mitte der Rückbank. Neben ihr auf der einen Seite saß ein blauäugiger Grünschnabel namens O'Hara, und auf der anderen ein dicker Veteran. Beide trugen Uniformen. Mooney saß auf dem Fahrersitz.

Manelli war Mitbesitzer des Hauses, eine Tatsache, die durch beiläufiges Befragen eines Kumpels herausgekommen war. Einer seiner Cousins wohnte in Apartment 3F. Nachbarn hatten den langbeinigen, blonden Gast Triola gegenüber erwähnt, die in der Verkleidung einer Volkszählerin das Gebäude ausgekundschaftet hatte. Ihr Mann bei der Dienstaufsicht hatte mehr gehalten, als er versprach, hatte sofort eine geheime Einsatzgruppe gebildet, die Mooney zu Hilfe kommen sollte. Triola sagte, daß die Augen des Burschen bei der Aussicht geleuchtet hätten, noch mehr gegen Manelli in die Hand zu bekommen.

«Angenommen, irgendwer hat ihm einen Tip gegeben?» sagte der Grünschnabel, brach damit ein langes Schweigen.

«Wer von uns hat's denn deiner Meinung nach getan?» fuhr ihn der Veteran an.

«Immer mit der Ruhe», sagte Triola.

«He», sagte der Grünschnabel, «nichts für ungut. Ich meinte die hohen Tiere, wißt ihr, irgendwer ganz weit oben...»

Triola sagte: «Wahrscheinlich solltest du jetzt besser deinen Mund halten.»

Das war einer der zivileren Wortwechsel während der letzten drei Stunden. Die Stimmung im Wagen war gereizt, so wie es immer ist, wenn der Straftäter, der verhaftet werden soll, ein Cop ist.

Regentropfen fielen auf die Windschutzscheibe. Ich beobachtete, wie ein Tropfen langsam von oben nach unten rollte.

Das Funkgerät knackte und erwachte zum Leben. Jeder spannte sich an, doch nichts geschah.

«Hör zu, Joanne», sagte Mooney nicht zum erstenmal, «laß mich bei der Festnahme dabeisein.»

«Nachdem das Gebäude gesichert ist, verständigen wir euch über Funk, und dann kommst du rauf. So haben wir es geplant, und genau so wird es auch gemacht, Mooney.»

«Scheiße», sagte er. «Ich will diesen Dreckskerl sehen, wenn er kapiert, daß er erwischt worden ist, wenn er sieht, in welcher Scheiße er steckt...»

«Ich verstehe, Mooney», sagte Joanne. «Und wenn du nicht sofort damit aufhörst, gehen wir alle nach Hause. Okay? Eigentlich solltest du überhaupt nicht hiersein.»

Ich tippte ihm auf die Schulter und warf ihm einen warnenden Blick zu. Joanne meinte, was sie gesagt hatte.

Das statische Rauschen aus dem Funkgerät hörte, genau wie die Unterhaltung, abrupt auf. Ich schloß meine Augen, öffnete sie wieder. Es gefiel mir nicht, was ich bei geschlossenen Augen sah.

Wir saßen, wie es mir vorkam, für Tage in tiefem Schweigen da. Mooneys Knöchel auf dem Lenkrad wurden langsam weiß und immer weißer.

Das Funkgerät knackte wieder, und eine leise Stimme sagte: «Zielfahrzeug nähert sich dem Gebiet.»

Joanne atmete aus. Der Grünschnabel sagte: «Endlich!»

«Pssst», machte der Veteran. Es war schwer, die Worte aus dem Lautsprecher des Funkgeräts zu verstehen. Der Grünschnabel klopfte nervös auf sein Holster.

«Zielfahrzeug ist ein 80er Nova, beige, fährt in nördlicher Richtung auf der Frawley, biegt jetzt Ecke Huntington Richtung Westen ab…»

«So ist's brav», murmelte Mooney, «komm immer schön weiter in diese Richtung.» Ich warf einen Blick auf sein Gesicht, auf das, was ich davon im Schein der Straßenlaterne erkennen konnte. Ich glaube nicht, daß er wußte, daß er laut gesprochen hatte.

Wir konnten den Wagen nicht kommen sehen. Es war dunkel, aber das war nicht das Problem. Unser Fahrzeug parkte auf der Rückseite des Gebäudes im Schutz eines Müllcontainers und eines weit ausladenden Baumes. Die beiden anderen Einsatzfahrzeuge waren noch weiter fort. Niemand wollte Manelli verscheuchen.

«Bereitschaftspositionen einnehmen.» Der knisternde Befehl kam nach weiteren fünf Minuten statischem Rauschen.

«Los», sagte Joanne, und die beiden hinteren Türen wurden leise geöffnet. «Wir rufen euch», sagte sie zu mir und Mooney, ganz besonders aber zu Mooney. «Bis dahin bleibst du schön hier.»

Mooney wollte schon protestieren, ließ es dann aber sein. Die drei Cops verschwanden in der Dunkelheit.

«Mit dir alles okay, Mooney?» sagte ich.

«Ja», sagte er. Dann zehn Sekunden später: «Und wie steht's mit dir?»

Ich zuckte mit den Achseln. «Ja, ich glaub schon», sagte ich.

«Wenn du darüber reden willst, was letzte Nacht passiert ist, über die Schießerei… tja, ich bin hier.»

«Danke.»

Eine Weile beobachteten wir beide die Regentropfen. Dann begann ich zu reden, dachte, ich sollte ihm eine Kurzfassung der Ereignisse in Valeries Elternhaus geben, damit die Zeit schneller verging. Ich merkte, daß meine Stimme zitterte, als ich zu der Szene im Schlafzimmer kam.

«He», sagte Mooney. «Es ist okay.»

«Es ist nur, ich kann einfach nicht glauben, daß ich den Burschen umgebracht habe. Ich meine, ich weiß noch genau, wie sich die Kanone in meiner Hand anfühlte, aber ich kann mich nicht mehr daran erinnern, wann ich mich entschlossen habe, ihn zu erschießen. Es passierte alles so langsam – und gleichzeitig ging es so schnell.»

«Tja, so geht's», sagte er. «Und die Frau ist nicht mal wach geworden.»

«Sie war selbst noch wie ein Kind, Mooney», sagte ich. «Viel jünger als ihr Mann. Kaum einssechzig groß. Richtig winzig. Trug Babydolls und stand ziemlich unter Drogen. Ihre Schlaftabletten hat sie immer mit Scotch runtergespült.»

«Trotzdem...» sagte Mooney.

«Trotzdem was?» sagte ich. «Trotzdem hätte sie ihre Tochter beschützen sollen? Sicher. Aber es war nicht ihre Schuld. Haslam ist derjenige, der seine Tochter vergewaltigt hat.»

«He», sagte Mooney. «Ich hab nie was anderes behauptet. Beruhige dich wieder, okay?»

Es war ein schlechter Rat. Wenn ich mich beruhigte, hatte ich Schwierigkeiten, die Augen aufzuhalten. Wenn sie sich schlossen, war ich wieder im Lilac Palace Drive.

Ich saß auf dem grauen Teppich in Valeries Zimmer, meine Hand über ihrer, bis die Sirenen heulten. Dann versuchte ich aufzustehen, aber meine Knie und ich entschieden sich dagegen. Die Tür war ja immer noch auf. Die Cops würden schon einen Weg ins Haus finden.

«Hier oben», brüllte ich, als ich sie hereinkommen, in der Dunkelheit herumstolpern hörte.

«Ich glaube, er ist tot», sagte ich zu dem ersten Mann, der in der Tür auftauchte, einem weißgekleideten Sanitäter. Meine Zähne klapperten. Ich hatte nicht bemerkt, wie kalt es in dem Zimmer war. «Die hier ist mit Medikamenten vollgepumpt und zusammengeschlagen worden. Muß den Magen ausgepumpt bekommen.»

Der Mann blieb neben Preston Haslam stehen.

«Kümmern Sie sich zuerst um Valerie», fuhr ich ihn barsch an. «Die hier zuerst.»

Und dann wimmelte es auf einmal von Cops.

Mrs. Haslam war so weggetreten, daß sie sie auf einer Bahre mitnehmen mußten. Und die kleine Sherri – gehorsam, brav und verängstigt – wollte nicht aus ihrem Zimmer kommen. Ihr Dad hatte ihr gesagt, sie sollte dort bleiben, und dort würde sie auch bleiben. Eine Polizistin mußte hinein und sie rausholen.

«Wo werden sie sie hinbringen?» fragte ich.

Der Cop, der mich verhörte, zuckte nur mit den Achseln.

Ich sagte: «Es gibt Nachbarn, die Tolands. Die würden sich bestimmt um sie kümmern.»

«Adresse?» fragte er.

«Direkt gegenüber.»

«Das hier ist eine nette Gegend», sagte der Cop. «Gute Leute.»

«Ja», sagte ich.

Wenn man von der Polizei verhört wird, soll man höflich antworten und nicht wie ein Wasserfall quatschen. Zuviel Information verwirrt sie nur. Und wenn man erst mal damit anfängt, einem Patrolman seine Geschichte zu erzählen, dann muß man sie wieder und immer wieder die ganze Dienstgradleiter rauf erzählen. Das wußte ich, daher widerstand ich dem Impuls, bei dem ersten freundlichen Gesicht mit der ganzen Geschichte rauszuplatzen. Ich wartete, bis sie den Chief of Police aus dem Bett geholt hatten.

Als ich ihm den Auszug aus Valeries Tagebuch zeigte, veränderte sich die Atmosphäre geringfügig. Nachdem ich erst mal erklärt hatte, auf welche Weise Haslam dadurch in Verbindung zu dem Selbstmord Reardons stand, sahen die Cops mich nicht länger als Ruhestörer und Mörder eines angesehenen Bürgers an. Sie sahen alle aus, als wollten sie sich am liebsten ihre Ohren und Augen zuhalten und ihre Hände waschen.

«Haben Sie einen Officer, der sich auf sexuelle Traumen spezialisiert hat?» fragte ich.

«Nein», sagte der Chief. «Das hier ist nicht die Art von...»

«Sie sollten einen Therapeuten ins Krankenhaus schicken», sagte ich. «Valerie wird dringend einen guten benötigen.»

Der Chief nickte einem jüngeren Mann zu, und er ging aus der Tür, als hätte er einen Auftrag bekommen. Ich hoffte, daß er jemanden finden würde, der helfen konnte, jemand, der sanft und freundlich war, jemand, der die richtigen Worte finden würde, um Valerie zu sagen, daß nichts von alledem ihre Schuld war. Nichts davon...

«Wie geht's dem Mädchen?» fragte Mooney, holte mich in die Gegenwart zurück.

«Wer weiß?» sagte ich.

«Es ist schon komisch», sagte Mooney.

«Was?»

«Die ganze Zeit über habe ich nach einer blonden Frau mit einer Schlangentätowierung gesucht, und du sagst, diese Janine hätte überhaupt gar keine Tätowierungen.»

«Sie ist immer nur vorübergehend tätowiert, Mooney», sagte ich. «Abziehbilder, so wie du sie dir als Kind auch auf den Arm gemacht hast.»

«Unsichtbare Tätowierungen», sagte er. «Ja. Das paßt.»

Unsichtbare Tätowierungen, dachte ich. So wie die, die Valerie aus Lincoln in die *Zone* getrieben haben.

Eine metallisch klingende Version von Joannes Stimme sagte: «Kommt jetzt rauf.»

Mooney und ich hatten die Wagentüren schon auf, bevor sie das zweite Wort ausgesprochen hatte.

Bewohner der anderen Wohnungen hingen auf dem Flur herum, starrten uns wortlos an, als wir die beiden Treppenabsätze hinauftrampelten. Später, wenn wir Zeugen brauchten, würden dieselben Mieter schwören, daß sie nie auch nur einen Fuß über ihre Türschwellen gesetzt hätten.

Die Tür zu Apartment 3F stand weit offen. Drinnen konnte man an den geröteten Gesichtern und dem schweren Atmen sofort merken, daß es zu einem Handgemenge gekommen sein mußte. Der Raum war voller blauer Uniformen, sechs, um es genau zu sagen. Bei dieser Sache ging das Department kein Risiko ein.

Eine kalte Brise bauschte die Gardinen auf. Eines der Fenster war weit aufgerissen worden. Manelli – dessen Arme mit Handschellen auf dem Rücken gefesselt waren – mußte versucht haben, zur Feuerleiter zu fliehen.

Jetzt war er eifrig damit beschäftigt, Erklärungen für seine instinktive Flucht zu liefern, scherzte und zwinkerte den Cops zu, erzählte ihnen, daß ein kleiner Seitensprung doch ganz gewiß nicht diese Art von Feuerkraft verdiente. Er sah Mooney, und schlagartig verstummten seine Scherze.

Als Mooney durch die Tür kam, traten die anderen Cops einen Schritt zurück, gaben ihm den Weg zu Manelli frei. Mooney baute sich einen halben Meter vor ihm auf und spannte sich an, bereit zum Blutvergießen. Doch er blieb einfach so stehen, starrte Manelli an, so wie man einen ganz besonders widerlichen Dreckskerl ansehen würde.

«Schafft ihn hier raus», sagte Mooney schließlich, senkte seine Augen.

Auch Janine erkannte Mooney wieder, daran bestand überhaupt kein Zweifel. Ihr waren keine Handschellen angelegt worden, aber Triola hielt sie mit einem eisernen Griff am Arm. Die Blondine traf eine schnelle Entscheidung.

«He», sagte sie, «ich hab nur das Messer aufgehoben, das ist alles.»

«Halt's Maul», zischte Manelli.

«Den Teufel werd ich tun. Ich meine, ich dachte, ich könnte es noch mal gebrauchen. Ich hab es diesem Trottel da gegeben», sie deutete mit einem Kopfnicken auf Manelli, wobei ihre näselnde Stimme vor Verachtung troff, «als ich das Zeug in den Zeitungen gelesen hatte. Dachte, er würde mir das nächste Mal dafür eine Chance geben, wenn ich eine brauchte, ihr wißt schon.»

«Halt's Maul», wiederholte Manelli.

«Und statt sich bei mir zu bedanken, hat dieser Idiot zu mir gesagt, daß ich im Knast verfaulen würde, falls ich es anzeigen würde. Und dann bin ich hier verfault», sagte sie zu Manelli, «ich weiß wirklich nicht, wo da ein beschissener Unterschied liegen soll.»

«Ich weiß überhaupt nicht, von was für einer Scheiße diese Schlampe da redet», sagte Manelli. «Welches Messer?»

«Bastard», sagte Janine.

Wir lasen ihnen ihre Rechte vor. Das brachte Manelli zum Schweigen, aber Janine setzte ihren Teil der Unterhaltung den ganzen Weg bis ins Polizeipräsidium fort.

KAPITEL 34

Am nächsten Morgen war mir nicht besonders nach Volleyball, aber ich zwang meinen Körper einfach dazu, die richtigen Bewegungen zu machen, und es dauerte nicht lange, bis der Rhythmus des Spiels sich durchsetzte, seinen eindringlichen Takt durch meine müden Muskeln pulsieren ließ: Abspiel und Rückspiel, Sprünge ans Netz und Schmetterbälle, Antäuschen, in Position gehen, den Ball über das Netz. Mein Körper wurde lockerer, meine Knie bewegten sich geschmeidig, und der erhöhte Adrenalinspiegel schärfte meinen Verstand. Kristy machte ein gutes Anspiel, und ich kam in meiner Ecke richtig auf Touren. Am Ende gewannen wir unser Spiel gegen eine knallharte andere Y-Mannschaft aus der Innenstadt, und wieder in der Umkleidekabine, keuchend und schwitzend, mit klatschnassen Haaren und einem praktisch gefühllosen rechten Arm, war ich froh zu leben, froh, gespielt zu haben.

Ich schwamm meine zwanzig Bahnen, duschte und zog mich an, bahnte mir dann einen Weg durch den dichten Verkehr auf der Mass. Ave. rüber zum *Dunkin' Donuts*. Ich bestellte mir zwei Doughnuts mit Zuckerguß und einen Kaffee zum Mitnehmen, und genau in dem Augenblick wurde mir zum erstenmal bewußt, daß ich beschlossen hatte, Valerie im Krankenhaus zu besuchen.

Es war der erste richtige Frühlingstag, ein Tag von der Sorte, der dir ganz klar sagt, vergiß den Winter, hier ist New England. Die Sonne glitzerte auf den Ästen der Bäume, die jetzt überall knospten, das Grün war neu und frisch. Ich nahm meine Sonnenbrille ab, auch wenn das bedeutete, daß ich meine Augen in der Sonne zusammenkneifen mußte. Ich wollte die Farben so sehen, wie sie waren. Der Motor meines Toyota surrte leise, nachdem er seinen nächtlichen Alptraum unbeschadet überstanden hatte, ich kurbelte die Seitenscheibe runter und genoß das Gefühl des frischen Windes auf meinem Gesicht.

Valerie lag im Concord Hospital, einem kleinen vornehmen Vorortkrankenhaus, das zu besuchen ich nie Gelegenheit hatte. Trotzdem, ein Krankenhaus ist ein Krankenhaus, und die Spielregeln waren die gleichen wie überall. Eine rundliche Lady am Informationsschalter sagte mir, daß Valerie im Flügel A, Zimmer 341 lag. Benutzen Sie die Fahrstühle dort rechts.

Ich erkundigte mich nicht nach den Besuchszeiten. Ich war einfach da, und ich wollte einen Krankenbesuch machen.

In Krankenhausbetten nehmen selbst die stämmigsten Cops ab. Valerie wirkte in dem tristen weißen Bett winzig und halb so alt, wie sie wirklich war. Ihre Nase verschwand vollständig unter einem weißen Gipsverband. Beide Augen waren schwarz: Tiefe, eingesunkene Waschbäraugen. Ihre rechte Wange war rauh und gerötet, ihr linkes Handgelenk durch einen Gipsverband ruhiggestellt.

Ihre Augen waren geschlossen. Sie trug kein Make-up. Ohne Make-up wirkte ihr Gesicht irgendwie schutzlos. Ich war froh, daß irgendwer das Einzelzimmer bezahlte. Ich fragte mich, wer das wohl sein könnte.

Der Fernseher war an, es lief irgendeine Game Show. Der Ton war abgestellt. Wenn Valerie ihre Augen aufschlagen wollte, konnte sie lächelnde Gesichter gewinnen und verlieren, bunt gekleidete Barbie-Püppchen auf und ab springen sehen.

Ich konnte nicht erkennen, ob sie schlief oder nur ruhte. Eine

Weile stand ich neben ihrem Bett und wartete. Die Wimpern flatterten.

«Hi», sagte ich.

Es gab keinerlei Hinweis darauf, daß sie mich gehört oder gesehen hatte. Ihre Augen schlossen sich wieder.

«Bist du okay?» sagte ich.

«Nein», sagte sie knapp, und das mit so leiser Stimme, daß ich mich vorbeugen mußte, um das einsilbige Wort verstehen zu können.

«Tut dir dein Arm weh? Soll ich eine Krankenschwester holen, damit sie dir irgendwas gibt?»

Sie schlug wieder ihre Augen auf, und ihr Mund verzog sich zu einer humorlosen Grimasse. «Vielleicht jemanden, der mich für eine Million Jahre k. o. schlägt», sagte sie.

«Deine Nase sieht zwar nicht direkt spitzenmäßig aus, aber das wird schon wieder. Ich hab meine Nase dreimal gebrochen.»

«Wirklich?»

«J-ja», sagte ich.

Einen Augenblick lang dachte ich, sie würde vielleicht tatsächlich lächeln, doch dann begann ihr Mund zu beben, und sie flüsterte: «Es ist nicht meine blöde Nase.»

«Ich weiß, Valerie.»

«Klar.» Sie preßte ihre Lippen fest zusammen, als wäre ihr dieses eine verbitterte Wort ohne Erlaubnis rausgerutscht.

«Ich habe dein Heft gelesen.»

«Scheiße», sagte sie. «Ich meine, hat Geoff es rumgereicht? Ich meine, die Cops und dieser Klapsdoktor... Weiß jetzt jeder über mich Bescheid?»

«Nein», sagte ich. «Nein.»

«Es ist nicht meine Nase oder mein Arm oder meine Zähne», sagte sie. «Wenn du mein bescheuertes Heft gelesen hast, dann weißt du ja Bescheid. Ich wünschte mir nur, ich hätte den Mist nie aufgeschrieben, hätte das Heft nie abgegeben...»

«Hör mir jetzt mal zu, Valerie. Du hast nichts Falsches getan. Dein Vater...» Sie zuckte zusammen, als ich das Wort sagte. Ich wiederholte es. «Dein Vater hat dir etwas ganz Schreckliches angetan. Aber du hast nichts falsch gemacht, indem du es erzählt hast.»

«Du verstehst nicht...» begann sie, wobei ihre Stimme lauter wurde und ihre Wangen sich röteten.

«Sofern du es mir nicht erklärst nicht, nein», stimmte ich zu.

Sie biß sich auf ihre Unterlippe und schloß ihre Augen. Ich wartete, bis sie sie wieder aufschlug. «Er war mein Dad», sagte sie, zuerst noch stockend, dann immer sicherer. «Und ich habe ihn geliebt, weißt du. Ich wollte, daß er glücklich war...» Ihre Stimme verlor sich zu einem Flüstern. «Und was du über mich wissen solltest, was jeder wissen sollte, ist... daß ich es manchmal auch selbst wollte. Ich meine, ich hab es genossen. Es war irgendwie, als wäre ich besser als meine Mom, und er war auf mich angewiesen – es ist also nicht so, als wäre ich normal oder so – ich hab's selbst so *gewollt*, und es ist meine Schuld, daß er jetzt tot ist...»

«Wie alt warst du damals, Valerie? Als es anfing?»

«Ich weiß nicht mehr», flüsterte sie. «Als ich noch richtig klein war, da hat er, du weißt schon, da hat er mich nur berührt. Und dann hat er immer gesagt, wie gut ich mich anfühlen würde, und wie sehr er mich liebte, und daß ich was ganz Besonderes für ihn wäre. Und daß Mommy so krank war, und daß ich ihr helfen könnte, indem ich die geheime Mommy war. Aber es mußte unser kleines Geheimnis bleiben. Ich könnte nie, nie, nie was davon erzählen.»

«Valerie, da warst du noch ein Kind. Du hattest keine andere Wahl...»

«Später wollte ich nicht mehr. Ich wollte nicht, daß er es machte. Es hat weh getan, und ich wußte, daß es nicht richtig war, aber er liebte mich doch so... Und jetzt ist er tot, und alles ist nur meine Schuld...»

«Nein», sagte ich bestimmt, versuchte ihr direkt in die Augen zu sehen, ihren Blick zu halten, meine Worte tief in ihren Kopf einbrennen zu lassen. «Sag das nie wieder. Das darfst du nicht mal denken, Valerie.»

Ich legte meine Hand über ihre, so wie ich es auch getan hatte, als wir auf den Krankenwagen warteten, und sie weinte, Tränen rollten ungehindert über ihr Gesicht, fielen auf die weichen Kissen unter ihrem Kopf.

«Und dann war da noch Geoff», sagte sie, schluckte schwer gegen ihre Tränen. «Geoff hat versucht, mir zu helfen, und...» Wieder wurde sie von Schluchzern geschüttelt. Ich entdeckte eine Packung Papiertaschentücher und gab ihr eins.

Als sie sich wieder ein bißchen gefangen hatte, fragte ich: «Willst du vielleicht ein Glas Wasser oder so?»

«Nein», sagte sie. «Ich wollte nicht weinen.»

«Ist schon okay», sagte ich.

«Es ist, als würde ich gar nichts anderes mehr tun.» Sie zerknüllte benutzte Papiertücher in ihren Händen. «Ich mach nichts anderes, als immer nur heulen.»

«Ist schon in Ordnung so», wiederholte ich. Dann, nach einem längeren Schweigen, das nur von ihrem Schniefen und schwerem Schlucken unterbrochen wurde, sagte ich: «Wenn du willst, dann erzähl mir von Geoff, das ist auch okay.»

«Was denn?»

«Alles», sagte ich. «Alles, was du mir erzählen willst.»

«Kanntest du ihn?»

«Ich habe ihn mal getroffen», sagte ich.

«Er sah so verflixt gut aus, stimmt's?» sagte sie, starrte auf den Bildschirm. «Und er wollte immer, daß wir mit ihm redeten, daß wir ihm Sachen erzählten, daß wir ihm Geheimnisse und so erzählten, Sachen, die wir sonst keinem anderen Menschen erzählen würden. Er hatte da so ein Spiel, das wir immer in der Klasse gespielt haben, ein Wahrheitsspiel, bei dem man irgendwas ganz ehrlich über sich selbst erzählen mußte, etwas, das man noch nie irgendwem erzählt hatte. Er sagte, das würde Vertrauen aufbauen, du weißt schon.»

«Ja», sagte ich.

«Ich hab ihn gemocht. Er schien so, du weißt schon, interessiert an mir zu sein, so als könnte er etwas in mir sehen, daß sonst kein Mensch sehen konnte.»

Wie reizvoll das wohl gewesen sein mußte, dachte ich. Für einen Mann etwas Besonderes zu sein, der wie Geoffrey Reardon aussah.

«Ich konnte nichts über, du weißt schon was, erzählen, über *gar nichts*, also, vor der ganzen Klasse», sagte sie. «Ich wollte auch nicht, aber dann habe ich immer öfter und öfter darüber nachgedacht, es ihm zu erzählen, und dann habe ich es einfach in mein Heft geschrieben. Ich wollte es nicht abgeben. Ich hab's einfach nur so geschrieben. Ich weiß auch nicht, was ich mir dabei gedacht habe. Und dann hat er gesagt, daß ich bei dem Kurs durchfallen würde, wenn ich das Heft nicht sofort abgab, na ja, und dann hab ich's einfach getan. Es war so, als könnte ich's nicht mehr länger aushalten. Es war unheimlich wichtig für mich, daß er Bescheid wußte. Aber dann konnte ich ihm nicht mehr unter die Augen treten...»

«Und du bist einfach weggelaufen.»

«Ja.»

Ich sagte: «Du bist auch wegen Jerry Toland weggelaufen, stimmt's? Weil er dich geküßt hat?»

«Ich dachte, er wäre mein Freund, aber...»

«Er hat mich engagiert, damit ich dich finde.»

«Nicht mein... mein, äh, Dad?»

«Nein.»

«Oh», sagte sie.

«Eine Menge Leute interessiert es, was mit dir los ist, Valerie. Sie mögen dich», sagte ich.

«Wegen mir ist Geoff gestorben», sagte sie. «Auch das ist meine Schuld.» Ihre Worte waren ein leises, ausdrucksloses Flüstern. Sie weinte nicht, aber ihr Brustkorb bebte. Wahrscheinlich hatte sie keine Tränen mehr.

Ich dachte an Geoffrey Reardon, wie er seine Schüler drängte, sich ihm anzuvertrauen, wobei er nichts erwartete, mit dem er nicht auch fertig werden konnte. Ich fragte mich, wie er seine erbarmungslose Neugier wohl gerechtfertigt hatte. Nachdem er seine Schüler soweit hatte, daß sie ihm ihre Geschichten erzählten, daß sie zu ihren Wahrheiten standen, was hatte er da erwartet? Falls ein Kid unter der Last all dieses Wissens zusammenbrach, wußte er wirklich, wie er sie wieder aufrichten konnte? Oder betätigte er sich als Psychiater und Psychologe, ohne dazu die Lizenz zu besitzen?

So wie ich.

«Dein Vater hat Geoff Reardon umgebracht», sagte ich. «Du hattest keinen Einfluß auf das, was dein Vater machte.»

«Aber ich hab es geschafft, daß mein Vater umgebracht wurde.»

«Aber deine Schuld war es nie. Auch nicht für den winzigsten Augenblick. Nicht für eine einzige Sekunde. Du hast das Richtige getan. Du mußtest es jemandem erzählen.» Ich wünschte, Reardon wäre mit dem Vertrauen, das sie ihm entgegengebracht hatte, anders umgegangen, wäre direkt zu irgendeinem Schulpsychologen gegangen...

«Valerie», fuhr ich fort, als sie nichts mehr sagte, «erlaube mir, daß ich hier jetzt mal ein richtig kitschiges Wort benutze. Weißt du, was du bist? Du bist ein Held.»

«Eine Heldin», sagte sie.

«Nee», sagte ich. «So klingt es immer irgendwie verwässert und abgeschwächt. Du bist in dieses Haus zurückgekehrt, um deine kleine Schwester zu retten. Du hast sie vor deinem Vater beschützt. Du bist ein Held. Ein geheimer, ein versteckter Held, wenn es dir so lieber ist, aber ein Held.»

«Ich will kein blöder Held sein.»

«Ich weiß», sagte ich. «Aber manchmal hat man keine Wahl.»

Dann kam eine Krankenschwester mit einem Orangensaft und einer Spritze herein und fragte mich, was ich glaubte, hier zu tun. Die Besuchszeit hätte noch nicht begonnen, und ich müßte sofort das Zimmer verlassen. Sie gehörte der alten Schule an, picobello in Weiß gekleidet, das Häubchen in Kampfstellung. Keine Frau, mit der zu spaßen war.

«Ich werde wiederkommen, Valerie», versprach ich, drückte ihre gesunde rechte Hand.

Tränen liefen über ihr Gesicht, und ich bin nicht sicher, ob sie mich gehört hatte. Ich hoffte, daß es reinigende Tränen waren, aber ich wußte, daß sie mehr Hilfe brauchte als ich ihr geben konnte, Hilfe für den Rest ihres Lebens.

KAPITEL 35

Mooney kam gegen acht Uhr an diesem Abend vorbei, gerade noch rechtzeitig, um die *Twin Brothers* auf ihrem Weg hinaus noch zu erwischen. Ich schüttelte ihnen tatsächlich die Hand, gratulierte ihnen zu einer Arbeit, die sie wirklich gut gemacht hatten – sagte lobende Worte, von denen ich niemals gedacht hätte, daß sie von meinen Lippen zu ihren Ohren wandern würden. Roz, deren Haare eine merkwürdige neue Nuance von Orange zeigten, strahlte.

«Prima Arbeit», sagte ich zu Rodney. «Ehrlich.»

«Das mit dem, äh, Wasserschaden, das tut uns leid...» sagte George.

«Ja, ja, schon gut», sagte ich. «Kein Problem. Laßt euren Lieferwagen mal reparieren.»

Und in diesem Augenblick kam Mooney den Weg hochgestapft und klingelte und beendete so unser herzliches Abschiednehmen. Er trug seine Uniform, was Roz und die Jungs augenscheinlich irritierte.

«Hi», sagte er. «Hast du zu tun?»

Roz begleitete die Brüder zu ihrem Lieferwagen, die sich plötzlich daran erinnerten, aufzubrechen. Genau so wirken Cop-Uniformen auf eine Menge Leute. Roz murmelte irgendwas von wegen einer «Einweihungsparty» für das neue Bad vor sich hin. Ich hatte gegen diese Idee bereits mein Veto eingelegt.

«Komm rein», sagte ich zu Mooney. «Wie ist die Sitzung vor dem Untersuchungsausschuß gelaufen?»

«Nicht schlecht», sagte er.

«Ach ja?» Ich lächelte mit aufrichtiger Freude. Mooneys Stimme hatte zu ihrem normalen Knurren zurückgefunden, die Angespanntheit war verschwunden. Er sah aus, als hätte er mindestens zehn Pfund und fünf Jahre verloren.

«Diese Janine war schon eine tolle Zeugin», sagte er.

«Gesprächig?»

Mooney sagte: «Wie's scheint, lief was zwischen Manelli und Janine. Sie wußte, daß er mit mir auf Kriegsfuß stand, wegen dieser Geschichte mit den Kneipen-Erpressungen und allem, und als sie dann den Kampf sah, da sah sie eine Möglichkeit, Manelli glücklich zu machen. Glaubte, er würde ihr deswegen dankbar sein.»

«Und das war er», sagte ich.

«Ja. Er hatte das *Blue Note* unter seinen schützenden Fittichen, von daher bereitete es ihm keine größeren Schwierigkeiten, den Stammkunden dort das Maul zu stopfen. Aber Janine meinte, sie hätte genug getan. Sie hatte keine Lust, für Monate unterzutauchen, während die Cops nach ihr suchten. Sie wollte arbeiten. Was Manelli aber nicht zulassen wollte, also war sie stinksauer. Und eine wütende Zeugin...»

«Ist eine gute Zeugin», beendete ich seinen Satz. «Willst du dich nicht setzen?»

«Sicher», sagte er. «Hast du schon zu Abend gegessen?»

«Ich glaub schon», sagte ich. «Um die Wahrheit zu sagen, ich bin nicht sicher.»

Zum zweitenmal innerhalb einer einzigen Woche ließ ich mich auf Tante Beas Schaukelstuhl nieder. Vielleicht gewöhnte ich mich ja langsam an die Tatsache, daß sie ihn bestimmt nicht mehr benötigen würde. Mooney versuchte es mit der Couch, und T.C. kam rüber und schnupperte mit gewisser Verachtung seine blankpolierten Schuhe ab. T.C. ist nicht gerade verrückt nach Mooney. Es ist dieser Konkurrenzfimmel, den er anderen männlichen Wesen gegenüber hat.

«Wie geht's dem Mädchen?» erkundigte sich Mooney.

Ich zuckte mit den Achseln.

«Weiß sie über Reardon Bescheid?» fragte er.

«Tja», sagte ich, «ja und nein. Sie weiß, daß er tot ist. Sie weiß, daß höchstwahrscheinlich ihr Dad ihn umgebracht hat. Die Polizei in Lincoln hat ein paar Gewebeproben und Haare und Zeugs ins Labor geschickt, Beweismaterial dafür, daß Haslam in Reardons Wagen war. Sie weiß nicht, daß Reardon versuchte ihr zu helfen, indem er ihren Dad erpreßte. Ich meine, eines Tages wird sie das vielleicht erfahren müssen, aber auf jeden Fall nicht jetzt. Soweit es mich betrifft, muß sie daran glauben, daß es jemanden gegeben hat, der für sie eingetreten ist...»

«Ja», sagte Mooney. «Die Wahrheit macht frei.»

«Wie frei?» sagte ich.

«Wo wir gerade von frei sprechen.» Er streckte seine Hand aus und kratzte T.C. hinter den Ohren. «Ich wette, du hast meinen Scheck nicht eingelöst.»

«Ach, Mooney», sagte ich. «Müssen wir schon wieder damit anfangen?»

T.C. knurrte, seine Version eines Schnurrens.

«Hör mal», sagte Mooney, «du hast sie gefunden. Ich schulde dir was.»

«Vergiß es, Mooney.»

«Bist du dafür bezahlt worden, Valerie zu finden?»

«Heute morgen waren zwei Schecks in der Post», sagte ich. «Und rat mal, wer den einen geschrieben hat?»

«Der Vater?»

«Nee. Bei dieser Sache sind keine Hände aus dem Grab im Spiel. Die Mutter. Mathilde Haslam.»

«Gut für sie», sagte Mooney. «Da hat sie wenigstens was getan. Hat sie einen Brief mitgeschickt oder so?»

«Nein», sagte ich. «Ich meine, was hätte sie auch schon groß schreiben sollen?»

«Ja», sagte Mooney. «Tja, Geld spricht auch.»

«Genau.»

«Hat sie gut bezahlt?»

«Sehr gut sogar, und dann habe ich noch einen Scheck von Jerry erhalten, dem Jungen, der mich ursprünglich engagiert hatte. Seine Familie kümmert sich jetzt um Valeries kleine Schwester. Gerade wenn ich denke, ich hätte endlich alles durchschaut und verstanden – alle Menschen sind mies und gemein –, schwupps, da taucht auch schon jemand auf und beweist mir das Gegenteil.»

«Man kommt einfach nicht ins Gleichgewicht», sagte Mooney.

«Ja, also, mit den beiden Schecks, da müßte ich doch eigentlich in der Lage sein, ein bißchen was zu Paolinas College-Geld beizusteuern. Und da ich Janine gefunden habe, während ich Valerie suchte, betrachte mich als bezahlt.»

«Irgendwie kommt mir das aber nicht richtig vor», sagte er. «Aber vielen Dank.»

«Gern geschehen», sage ich und versuchte ihn dazu zu bewegen, daß er mit mir lächelte.

«Dieser vietnamesische Bursche?» riet ich, als er nicht reagierte.

«Ja», sagte er. «Ich war gerade drüben, im Krankenhaus.»

«Und?»

«Die Frau macht mir keinen Vorwurf. Armes Kind. Sie macht sich selbst Vorwürfe.»

«Und die Ärzte?»

«Ärzte», sagte Mooney so wie er auch «Buchmacher» oder «Diebe» sagen würde. «Was verdammt noch mal wissen die im Grunde denn schon?»

«Der Bursche lebt, Mooney», sagte ich. «Und wenn er lebt, ist das doch schon ein gutes Zeichen.»

«Ja», brummte er. «Ich vermute.» Er lockerte seine Dienstkrawatte, riß den Knoten ungefähr zehn Zentimeter runter und öffnete den obersten Knopf seines Uniformhemdes.

«Ein Bier?» fragte ich.

«Gleich.»

«Hast du viel drüber nachgedacht, ob du bei der Polizei bleiben sollst?» fragte ich.

«Ich denke über gar nichts anderes mehr nach», sagte er.

«Gib ihr eine Chance, Moon», sagte ich. «Wer weiß? Vielleicht gefällt's dir ja sogar.»

«Und außerdem», sagte er mit unbeweglichem Pokerface, «habe

ich ja noch so unglaublich viele andere marktfähige Fähigkeiten und Talente.»

«Mooney», sagte ich nach einer Weile. «Hast du schon mal jemanden erschossen und dich anschließend deswegen nicht mies gefühlt?»

«Ich hab noch nicht viele Leute erschossen», sagte er. «Gott sei Dank.»

«Ich muß immer wieder an Haslam denken. Der Mann war krank, so was seinem eigenen Kind anzutun, aber...»

«Ja», sagte Mooney. «Aber.»

«Ich kann die Vorstellung einfach nicht ertragen, einen Burschen umgebracht zu haben, der gar nichts gegen das tun konnte, was er gemacht hat. Aber verdammt, was er gemacht hat, war so schrecklich falsch... und Valerie war so gottverdammt wehrlos...»

«Carlotta», sagte Mooney. «Zumindest für das Mädchen ist es wahrscheinlich besser, daß er tot ist.»

«Das meinst du wirklich?»

«Denk an das Verfahren», sagte er. «Scheiße.»

«Ja.» Ich hatte Mooney nichts davon erzählt, daß ich Haslams Waffe abgefeuert hatte. Die Lincoln-Cops hatten meine Schießerei-Geschichte nicht angezweifelt.

«He», sagte ich. «Willst du jetzt dein Bier?»

«Klar», sagte er, folgte mir in die Küche.

«He, was zum Teufel ist denn hier passiert?» sagte er, sobald er sich umgeschaut hatte.

«Ach, du meinst die Decke?»

«Ja», sagte er.

«Die Klempner», sagte ich.

«Die Burschen, die gerade gegangen sind, als ich kam.»

«Ja.»

«Die kamen mir irgendwie bekannt vor.»

«Freunde von Roz», sagte ich.

«Sieht ziemlich schlimm aus.» Er starrte die abblätternde Farbe an.

«Tja, also, ja und nein», sagte ich. «Es ist alles wieder repariert. Ich muß das Zeug nur abkratzen und danach neu streichen. Roz hat sich dafür schon freiwillig gemeldet, nur daß ich Angst habe, sie streicht die Decke schwarz oder so. Ich war ziemlich sauer, als es passiert ist, aber sie haben oben wirklich absolut tolle Arbeit geleistet. Neue Badewanne, neues Waschbecken. Roz ist für das Design verantwortlich, und verdammt, es ist sagenhaft geworden.»

«Das muß ich sehen», sagte Mooney.

«Okay», sagtc ich. «Nimm dein Bier mit.»

Mooney ist noch nie im Obergeschoß meines Hauses gewesen. Ich war mir nicht ganz sicher, ob das jetzt ein guter Zeitpunkt für einen Präzedenzfall war, aber, wirklich, ich war so gottverdammt zufrieden mit dem neuen Badezimmer, daß ich nur einen flüchtigen Gedanken daran verschwendete.

Roz hatte recht gehabt. Die schokoladenbraunen Fliesen waren perfekt. Das neonorangefarbene Waschbecken war zu meiner Freude verschwunden und durch ein beigefarbenes Standwaschbecken, elegant und modern, ersetzt worden. Die Armaturen waren ausnahmslos in Beigenuancen – «mandelfarben», «toastfarben» und «weizenfarben», wenn ich mich recht erinnerte –, und keine von ihnen paßte so ganz zu den anderen. Aber Roz hatte alles durch Farbe in Einklang gebracht. Sie hatte diese Sache mit den Wänden gemacht – sie nannte es einen gesprenkelten falschen Marmoreffekt –, verschiedene Beige- und Pink- und Goldtöne, durch die es so aussah, als wären all die verschiedenen Armaturen ganz bewußt so ausgesucht worden.

Und die Wanne war super. Kein Jacuzzi oder sonst irgendwas Ausgefallenes, sondern einfach nur eine Wanne, die groß genug war, um sich drin ausstrecken zu können. Ich hatte eine Flasche *Caswell-Massey-Lily-of-the-Valley*-Schaumbad auf dem Wannenrand stehen und beabsichtigte, die Wanne an diesem Abend einzuweihen. Ich hatte mich noch nicht ganz entschlossen, ob ich sie allein einweihen oder Sam anrufen und bitten sollte, mir dabei zu helfen. Ich war müde, aber so müde vielleicht auch wieder nicht.

«Ziemlich flott», sagte Mooney.

Roz hatte die Decke in Pink gestrichen. Pink ist nicht direkt meine Lieblingsfarbe, aber es verlieh dem Raum einen gewissen heiteren Touch.

Ich schätze, ich werde wohl erwartet haben, daß Mooney dem Raum einfach einen flüchtigen Blick und ein zustimmendes Grunzen gönnte, aber er schob sich an das Waschbecken und inspizierte es wie ein Profi. Dann überprüfte er die Toilette, musterte das Etikett. Dann setzte er sich auf den Badewannenrand, wollte offenbar irgendwas sagen, mußte aber schließlich nur laut lachen.

«Also, ich finde eigentlich nicht, daß es so komisch ist», sagte ich.

«O doch, das wirst du noch», sagte er, versuchte, sich wieder einzukriegen.

«Komm mit nach unten.» Ich dachte, daß die Anspannung durch den Untersuchungsausschuß sich schließlich doch noch Luft machte. «Trink dein Bier.»

«Du solltest vielleicht besser deins trinken», sagte er, kicherte wie verrückt vor sich hin und hielt sich auf dem Weg nach unten am Geländer fest.

«Wieso?»

«Weil du in größeren Schwierigkeiten steckst, als du ahnst», sagte er.

Wir setzten uns an den Küchentisch. Ich holte tief Luft und sagte: «Was ist denn los? Haben sie irgendwas mit dem Hauptabflußrohr angestellt?»

«Nee», sagte er.

«Was dann? Wieso gackerst du wie ein Bekloppter vor dich hin?»

«Heißt einer der beiden Knaben zufälligerweise Rodney?» fragte er.

«Ja», antwortete ich langsam.

Er trank einen großen Schluck Bier. «Carlotta, jetzt hör mir mal zu. Ich weiß wirklich nicht, wie ich dir das jetzt am besten sagen soll. Du hast da oben ein ganzes Badezimmer voller gestohlener Sachen.»

«Nein.»

«Doch, Carlotta. Ehrlich. Das ganze Zeug da oben ist von der Ladefläche eines Lastwagens gefallen. Du weißt ja, was das bedeutet?»

«Ich werde sie umbringen», sagte ich.

«Scheiße, Carlotta. Ich habe gerade erst den Bericht gelesen.»

«O mein Gott, Mooney. Das ist nicht dein Ernst.»

«Ich schwör's dir, es stimmt.»

Ich trank von meinem Bier. Ich schmeckte gar nichts. «Ist das jetzt Hehlerei oder was?»

«Könnte sein», sagte er, während er von einem weiteren Kicheranfall geschüttelt wurde. Ich hab Mooney noch nie kichern gesehen.

«Könnte sein», wiederholte ich.

«Ich muß ja nichts sagen», sagte er. «Du könntest so tun, als wäre ich nie oben gewesen.»

«Mooney, damit wir uns jetzt ganz richtig verstehen. Du meinst, ich müßte mir jetzt für den Rest meines Lebens Gedanken darüber machen, wer mein Bad benutzt? Vielleicht sollte ich ein Schild aufstellen: Das Betreten des Badezimmers ist für Cops verboten.»

«Es wäre kein Problem, die Sache durchgehen zu lassen», sagte er. «Außer...»

«Oh, Mooney», sagte ich. «Du verpfeifst mich nicht. Ich verpfeife dich nicht, und dann dauert es nicht mehr lange, und wir beide sind genau wie Manelli, stimmt's?»

«Tja», sagte er. «Nicht ganz so schlimm.»

Ich trank Bier. Ich spürte deutlich, wie ein Lachanfall an die Oberfläche drängte. Oder vielleicht waren es auch Tränen. «Aber genau darauf würde es doch rauslaufen, Mooney. Ich müßte damit leben. Das wäre dann der Gefallen, den du für mich tust... und dann schulde ich dir einen... und dann... Scheiße.»

«Es ist kein Kapitalverbrechen», sagte Mooney.

«Was denn dann? Eine kleine Provision von irgendeiner Bar oder Kneipe? Angst davor zu haben, deiner Mom oder deinem Lehrer zu sagen, was dein Dad dir nach der Schule angetan hat? Wegzusehen, wenn dein Mann und deine Tochter ein bißchen zu viel zusammen sind? Wo fängt es an, Mooney? Mit irgend jemandem, der seine Augen verschließt, seine Augen verschließt und es nur dieses eine Mal durchgehen läßt. Aber wenn man erst mal angefangen hat, Dinge durchgehen zu lassen...»

«Ach, komm schon, Carlotta, reagierst du jetzt nicht ein bißchen übertrieben?»

«Ja», sagte ich mit zusammengebissenen Zähnen. «Das tue ich.»

«Tut mir wirklich leid, Carlotta», sagte er. Aber es gelang ihm nicht ganz, ein ernstes Gesicht zu behalten.

«Verdammt», sagte ich.

«Es würde besser aussehen, wenn du es selbst meldest», sagte Mooney. «Gute Verteidigung gegen Hehlerei.»

«Himmel, Mooney, sie werden das ganze Zeug als Beweismaterial beschlagnahmen, stimmt's? Sie werden mir meine Badewanne wegnehmen. Ich brauche aber unbedingt ein Bad, Mooney. Ich meine, ich bin zum Äußersten entschlossen.»

«Tja, da hätte ich eine Lösung», sagte er.

«Ja», sagte ich, «da mache ich jede Wette.»

«Paß auf, du hast doch wahrscheinlich Hunger, richtig? Wir

könnten zusammen ausgehen und irgendwo was essen. Ein Eis, wenn das alles ist, was du haben willst. Zu *Herrell's* oder wo immer du hin willst. Und meine Mom ist gerade auf Besuch bei ihrer Cousine. Ich habe eine Badewanne. Nichts Besonderes, wirklich nicht, aber eben eine Badewanne.»

«Mooney», sagte ich mißtrauisch, «du wußtest das doch nicht schon vorher, oder?»

«Häh? Was meinst du damit? Ich dachte nur, ich hätte diesen Burschen von irgendwo wiedererkannt, der vorhin das Haus verlassen hat. Rodney Wie-heißt-er-noch-gleich?»

«Und du nimmst mich wirklich nicht auf den Arm?»

«Das würde ich nie tun. Das Zeug ist heiß, Carlotta. Ich sage ja nicht, daß du was davon gewußt hast. Ich sage ja auch nicht, daß Roz davon gewußt hat, aber sie hat wirklich einen beschissenen Geschmack, was ihre Freunde angeht.»

Die ganze Zeit, während Mooney redete, sprang mir das Bild von Cops durch den Kopf, Cops, die mein nagelneues Badezimmer auseinanderfetzten. Es war praktisch unerträglich, also schaltete ich schnell auf einen anderen Kanal um.

Ich dachte an Sam Gianelli und an sein dunkles, lockiges Haar und an seine Wohnung am Charles River Park und an seine wunderbare, in den Boden eingelassene Badewanne. Dann sah ich zu Mooney rüber – der muskulöse, kräftige Mooney. Vielleicht wenn er die Uniform nicht getragen hätte...

«Tut mir leid, Mooney», sagte ich. «Ich hab heute abend schon was anderes vor.»

Linda Barnes

«Carlotta Carlyle ist eine großartige Bereicherung der schnell wachsenden Gruppe intelligenter, witziger, verführerischer, tougher, aber dennoch verwundbarer Privatdetektivinnen ...» *The Times*

Carlotta fängt Schlangen
(thriller 2959)

Carlotta jagt den Kojoten
(thriller 3099)

Carlotta spielt den Blues
(thriller 3160)
«Der Roman bezieht seinen Reiz aus einer eigenartigen Mischung zwischen einer spannenden Krimihandlung und der außerordentlich intensiven, in allen Farben des Spektrums schillernden Beschreibung der Popmusik-Szene.» *Radio Bremen*

Zum Dinner eine Leiche *Mit einem Linda-Barnes-Interview*
(thriller 3049)

Marathon des Todes
(thriller 3040)
Jemand will die Wahl von Senator Donagher verhindern und Spraggue einen Mord ...

Blut will Blut
(thriller 3064)
Wer goß Blut in die Bloody Mary, wer enthauptete Puppen und Fledermäuse? Und wer legte den toten Raben ins Büro des Theaterdirektors? Michael Spraggue wird wieder einmal gefordert.

rororo thriller

Im Wunderlich Verlag sind erschienen:

Ein Schnappschuß für Carlotta
Roman
352 Seiten. Gebunden und als rororo thriller 3250

Carlotta geht ins Netz *Roman*
384 Seiten. Gebunden

«Carlotta Carlyle ist eine Frau mit Witz und Ernsthaftigkeit, voller Mitgefühl und Härte, eine Heldin, mit der man mit Vergnügen seine Zeit verbringt.»
New York Times

rororo thriller werden herausgegeben von Bernd Jost. Ein Gesamtverzeichnis der Reihe finden Sie in der *Rowohlt Revue*. Vierteljährlich neu. Kostenlos in Ihrer Buchhandlung.

3025/4

Philip Kerr

Philip Kerr wurde 1956 in Edinburgh geboren und lebt heute in London. Er hat den Ruf, einer der ideenreichsten und intelligentesten Thrillerautoren der Gegenwart zu sein. Für seinen Roman **Das Wittgensteinprogramm** wurde er 1994 mit dem Deutschen Krimi-Preis für den besten ausländischen Kriminalroman ausgezeichnet.

Das Wittgensteinprogramm
Ein Thriller
Deutsch von Peter Weber-Schäfer
416 Seiten. Gebunden
(Wunderlich Verlag und als rororo thriller 3229)

Gesetze der Gier
(rororo thriller 3133)
«Die überaus authentische Geschichte entwickelt sich zu einer Chandler-Version von Turgenjew: witzig, grimmig, kenntnisreich und präzise.»
Ruth Rendell

Feuer in Berlin
(rororo thriller 3164)

Alte Freunde - neue Feinde *Ein Fall für Bernhard Gunther*
(rororo thriller 3163)

Im Sog der dunklen Mächte *Ein Fall für Bernhard Gunther*
(rororo thriller 3165)
«Ein kantiger, subversiver Held vor einem kraftvoll gestalteten geschichtlichen Hintergrund: Kerr liefert das Beste.» *Literary Review*

rororo thriller

Game over *Thriller*
Deutsch von Peter Weber-Schäfer
496 Seiten. Gebunden
(Wunderlich Verlag)
Ein High-Tech-Hochhaus in Los Angeles wird zur tödlichen Falle, als der Zentralcomputer plötzlich verrückt spielt. Mit dem ersten Toten beginnt für die Yu Corporation ein Alptraum.
«Brillant und sargschwarz.»
Wiener

Esau *Thriller*
Deutsch von Peter Weber-Schäfer
512 Seiten. Gebunden
(Wunderlich Verlag)
Wieder zündet Philip Kerr einen literarischen Sprengsatz aus neuesten wissenschaftlichen Erkenntnissen, aktuellen gesellschaftspolitischen Konflikten und uralten menschlichen Schwächen.